苗疆道事

第十卷 白衣年代

MIAOJIANG DAOSHI

南无袈裟理科佛——著

上海文艺出版社

第十卷　白衣年代

目录 contents

苗疆道事

第一章 路遇团结求珍宝

在离开天山神池宫的那一刹那，我便感觉到有一种东西被封印了——但凡提到天山神池宫之事，便如鲠在喉。

这是当初我们在湖畔外宫冰城上所起的誓言奏效了。看得出来，那天山祖灵的确能够将这誓言具象化，直接牵制到人的行为，从而将天山神池宫的秘密用这种形式保留下来，世世代代地流传下去。

出了神池宫偌大的门户，我回过头才发现自己身处的地方，根本就不是当初北疆王带我们进入的巨大山壁，反而是一处冰封的湖面。偌大的湖面上白雪皑皑，冰冻三尺。寒风吹得人直哆嗦，我和小白狐赶紧穿上买来的裘皮大衣，将气行于全身。小白狐摸出了一瓶烈酒，自己喝一口，又给我喝一口。

我将这口灼热的酒含在口中，慢慢咽入，感觉浑身血脉贲张，忍不住赞叹一声："好酒！"

说这话的时候，小白狐却哭了起来。我问她怎么了，她抹着眼泪告诉我，说酒是那黑胖子伯伯给她的，谁想到短短几天命运陡转，豪爽的田伯伯永远都回不来了……

这话让我心伤，虽说北疆王求仁得仁，但是对于身为莫逆之交的我们来说，他的逝去终究还是一种内心折磨。

我都不知道该如何对张励耘说起北疆王的死讯。

小白狐伤心得不能自已，我不知该说些什么，只是在旁边默默地等待。小白狐悲伤的情绪持续良久，方才收敛。我看着周遭的环境，方才晓得神池宫的入口和出口，并不仅仅只有一处。倘若我下一次还要来神池宫，只怕会费上许多周折，要是内中的人并不欢迎，只怕我这辈子都不可能再进入那个修行秘境。

也许，我今生今世，都再也见不到天山神姬，见不到阿史那将军，见不到迦叶，也见不到神池宫中所遇到的、形形色色的人物和风景了吧。

我怅然若失，不过严寒最终帮我驱走了这些离愁别绪。我将周遭的环境与地图作了比对。再三确认，见湖滨云杉环绕，雪峰辉映，终于确定这个地方就是十分有名的博格达峰的天山天池。

天山天池是博格达峰最为著名的地方，传说其为瑶池，也就是王母娘娘沐浴更衣的场所。当然对于这一殊荣，神池宫认为自己的神池才是正统。不过不管怎么说，我们算是出来了。

恍如隔世。

天池是一处著名的旅游景点，虽说此刻大雪封山，不过还是有一些地方可以落脚的。我拔出饮血寒光剑，砍倒一棵云杉，然后给我和小白狐各做了一副简易的滑雪板。两人便从山壁这边一路朝着湖边滑过去，没多久就瞧见了脚印。接着一直往湖边走，终于瞧见了一排建筑，是一处供游人食宿的旅馆。旅馆上空有热气冒出，便晓得有人，于是与小白狐一同走了过去。

到了跟前，我将简易滑雪板放在门口。推门而入，发现大厅里面有很旺的火气，跟外面的天寒地冻有着明显的区别。旅店里面人不多，有个在柜台后面昏昏欲睡的老板，还有一个跑堂正在招呼着客人。左边的厨房传来了让人食指大动的香气，我吸了吸鼻子，猜测应该是烤羊肉。

这大雪封山，能有一处落脚的地方就很不错了。这旅店有客人，更是件稀奇的事儿。我忍不住扫视一圈，瞧见总共有四桌，三桌人都长着异国面孔。唯独东北角的一桌，有一对老年夫妇。男的穿着中山装，一脸威严，颇有佛像；女的六十多岁了还涂着胭脂，一看就是个很追求生活品质的老太太。

就在我打量四周的时候，店里的客人也看向我。其他人都是扫一眼，便下意识地收回目光。只有那穿中山装的老头朝着我拱手，一副认识我的模样。

我认出了他穿着的中山装，是特勤局出外勤任务时的一种常用制服。除了衣袖上的暗纹之外，胸口的一排扣子也是有特殊标志的。瞧见他领口处纽扣的鹤形图文，我便晓得此人至少是五大总局的副职一级。这样的身份可比我在体制内的级别高一些。瞧见对方有意结交，我便带着小白狐走了过去。那老头站了起来，说道：“西南贾团结，志程同志可还记得？”

我听这人的嗓音，总感觉耳熟，突然间想了起来。当日我在神池宫的聚宝斋做买卖时，旁边有一个煽风点火的行商，使尽了坏招想要谋夺八宝囊，不过这八宝囊终究还不是落在了我的手里。如今听这口音，那人正是我面前这一位。

除了这层关系，还有另外一事。当这人报上自己的名头时，我便晓得了此人在体制内的身份是西南总局的一个业务副局。

根据江湖和修行者力量的分布，特勤局下属的几个大分局里面，西北局和西南局的实力数一数二。能够在这西南总局之中谋得一席之地，此人绝对是大佬。我之所以知道这一位是因为，无论是王朋还是努尔，都曾经跟我提及过他。当初他们在西南局当差的时候，便是在这位的手下做事情。讲起来，这位还是我这两位至交好友的老上级。

虽说贾团结业务能力很强，修为也是局中一等一的高手，但风评并不是很好。为人霸道、残酷，喜欢拉帮结派，不属于自己派系的人，就会毫不留情地打压，是个十分难缠的人。努尔之所以一直留在中央，没有返回家乡就职，虽说大部分原因是想要扶持我，不过也有一些不想在这人手下做事的原因。

当然，这些事情都是私下里的话题，明面上自然还是需要一番虚假的客套。所以在对方表明了身份之后，我热情地拱手，说了几句久仰，还谈了些工作之间有交集的事情，跟他一下子就热络了起来。

贾团结邀我同桌就餐，我心中虽说有些不愿，但终究还是盛情难却。落座之后，他又给我介绍旁边的是他的夫人客海玲。我当下也是拱手问好，老妇人一脸慈祥，对我和小白狐嘘寒问暖。特别是对小白狐，那好话就像不要钱似的。小妮子听得一阵欢喜，心里乐开了花。

双方就座，贾团结将跑堂的叫过来，又多点了几样菜。然后与我寒暄，聊起了天来。

虽说大家心知肚明对方为何会出现在此处，甚至也晓得这处旅店恐怕也是神池宫所开设的驿站，不过却都不动声色地避开了神池宫的话题，而是讲起了官场之事。

贾团结是特勤局建国后就一直在的元老，西南局从无到有，他都亲身参与。故而对于西南之事，了然于心，诸多典故张口就来。他的话既有许多私货，也有很多自吹自擂的。不过听他说起西南的诸多秘闻，以及在西川以及西南等地发生的诸多大事件，我倒也觉得颇有意思。不一会儿菜上来了，大家吃菜喝酒，倒也没有那么不爽利。

酒过三巡，我与贾团结就青城山一事聊得火热。作为西南的一级领导，他对固步自封的青城山十分不满。他甚至觉得无论是梦回子、重瞳子还是酒陵和尚，都是徒有虚名之辈。特别是后两者，近年来一直都在闭关，说要冲击地仙。可在贾团结看来，两人都不过是欺世盗名而已。

“地仙哪有那么好炼的。所谓‘上士举形昇虚，谓之天仙；中士游于名山，谓之地仙；下士先死后蜕，谓之尸解仙’。这般大法力者，古往今来都必是卓绝天资之辈，方才得以成事，可不是什么猫猫狗狗都能够炼成的。倒是你师父陶晋鸿，方才是这世间几个最有希望之人。”

这一番话，贾团结虽说是在捧我师父陶晋鸿，但是他明里暗里对青城三老的贬低，让我有些不满。因为这三人于我皆有些恩情在，在我看来，他们都是当世的奇才。

当我不想再继续这个话题时，旁边的客老太太突然指着小白狐手里的八宝囊，对我说道：“小陈啊，你这八宝囊有三件，你一件，尹小妹一件，还有一件，不知道能否割爱于我们夫妻俩呢？”

第二章 回茅山求师解惑

我光顾着跟贾团结聊天，都不知道小白狐什么时候将八宝囊拿了出来。瞧见这小妮子一脸诧异的表情，我心思一转，晓得她终究还是心思单纯的小姑娘，不像客老太这般有几十年的江湖阅历，三两下就被人诓骗了。当客老太这般说的时候，一脸殷切地望着我，好像就等着我出口询问，她好用一大箩筐的话来搪塞我。

还没有等我开口，旁边的贾团结就表现得十分不满，对客老太说道："你什么意思啊，这八宝囊是小陈千辛万苦换来的，你怎么好意思开口问人讨要呢！别把机关里面的作风带到这里来啊，真丢人！"

被贾团结这般义正言辞地一说，客海玲顿时将筷子一摆，指着我说道："什么啊，我看小陈是自己人，才这么说的。以我的档次会随便跟下面的人要东西啊，这得是多大的情面啊！小陈，你放心，这事儿你若是应了，以后要有什么难事，西南一地，阿姨都帮你摆平！"

她口气颇大，贾团结却板着脸，气呼呼地说道："你要吧，我可丢不起这人！"

这话说完，他一甩手，就站起身来，推门而出，迎着漫天风雪离开了。客海玲骂了一声"死老头子"，转过头来，喋喋不休地说道："他这个人啊，就是好面子，下面的人送他个什么东西，都是人情来往，你说对不对？可他怎么说呢，'不行，坚决不行'，说不能没有一点儿原则——要我说，再大的原则都比不过人情。小陈你说是吧，我跟你讲……"

客老太太对我展开了长达十多分钟的人情往来教育，说这个社会终究还是情感决定理智之类的。可眼睛却一直盯着小白狐收在腰间的八宝囊，眼神特亮。

这事儿若是放在以前，我肯定受不住这样的唠叨。然而此刻的我却也能够边听边淡定自若地用餐。

刚才陪贾团结一通吹牛，我饭没多吃几口。此刻却胃口大开，净挑着离客老太比较远的盘子，一通狼吞虎咽。至于她面前那两个盘子，恐怕沾了太多的唾沫，我可没有勇气伸出筷子。

一顿饭吃完了，客老太还有些意犹未尽。正待她要说些什么时，我叫来了跑堂的，问他收不收人民币。

那跑堂的许是认出了我，笑嘻嘻地摆手说道："陈爷您是我们这儿的大恩人，咱哪能收您的钱呢，这要传出去可不得被人骂死。"

饭钱没有多少，不过这跑堂的话倒是说得让人舒心。我拍了拍他的肩膀，问了他的名字，记下了他叫"卢旭庆"，然后让他离开。

酒足饭饱，我起身离桌，拉着小白狐准备离开。在旁边等待已久的客老太一把拉住我的胳膊，一脸疑惑地问道："哎，小陈，我们的事情还没有说完呢，你怎么就要走啊？"

我一脸茫然地问道："啊，我们什么事？是饭钱吗，伙计说不用付账了。趁着天还没有黑，咱赶紧下山吧。"

瞧我这副态度，客老太的整张脸垮了下来，眯着眼说道："小陈，我明白了。看来你是不太愿意啊，对不对？"

她同我翻脸，不过我是个尊老爱幼的人，也就没有与她多言，而是笑着说道："客老太太，这事儿呢着实有些难办，我觉得你若是喜欢那地界的物件，自己凭本事去弄就好了。至于我手里的，每一个都是有主之物，恐怕不能拨给你。至于官场上面的事情，实话告诉你，第一，我不在西南局混，第二，我这人性子倔，就算是天王老子、九大长老来了，老子照样不鸟他们！"

这话说完，我一扫刚才的晦气，带着小白狐推门而出。留下客老太一人气得干瞪眼，指着我大骂道："你、你……"

我出门走了几步，瞧见贾团结在院子里赏雪。见我们出来了，他故作热情地说道："这就走？还是在这里住一天吧，我看一会儿可得下大雪呢……"

我朝着这位西南名宿拱手说道："贾老，青山不改，绿水长流。如若有缘，咱们江湖再见吧！"

我满面笑容，贾团结只以为我是个极明白眼色之人，妄想我会将八宝囊顺水推舟地赠予他。当下就走过来与我握手，说了几句劝勉的话。他站在门口，目送我们离开。

我们一直走了好远，他依旧还在院门口相望，一副依依不舍的模样。我忍不住猜测一会儿他和自己的老伴儿碰上面之后，会是个什么表情。

回程下山的路上，小白狐一脸不解地问道："哥哥，这东西是咱们自己的，他们凭什么要啊？"

我一边滑着雪，一边给她解释道："这个世界上，总有一些人，仗着自己身处高位就忘乎所以。其实他们手上的权力来自于人民，并不是他自己的。他们总喜欢公器私用，觉得除了自己的上级外，别人都是一群被养肥待宰的猪。他若想要，你就得给他。不给的话，就是对他不敬，就是他的仇人……"

小白狐似懂非懂，问我道："那你为何不给他？"

我笑了，摇头说道："这个世界上，有很多人都不得不屈从于潜在的规则，却很少有人胆敢对这些事情说不，我恰好正是那个可以说不的人。"

小白狐恨恨地骂道："这帮狗东西，狗仗人势，全部都死了才好。"

我叹了一口气，没有多言，保持着速度一路朝着山下滑去。

我和小白狐赶在天黑之前下了山，来到与阿依古丽分别的小镇上，在一家旅馆里找到了这个等急了的边疆美女。她瞧见我们回来，兴奋得尖叫一声，飞奔着过来与小白狐拥抱。两人一阵闹腾之后，阿依古丽对我说道："领导，你赶紧给我们队长打个电话吧。你上山的这些天里，他每天都要打好几个电话来问，我都快被他弄疯了！"

我此番上了天山祖峰，一去这么多天，着实让他们担心了。萧大炮为人豪爽，与我是生死兄弟，这般表现倒也正常。我赶忙来到旅店柜台前，给他挂了一个电话。当得知我平安归来的时候，那家伙兴奋地在电话那头嗷嗷大叫，说马上开车过来接我。

我拗不过他，也就不再扭捏。萧大炮果然连夜赶了过来，瞧见我没少什么零件，顿时高兴极了，拍着我的肩膀，都快把我给弄散架了。

阿依古丽叫店家弄了个小火炉，一锅羊肉汤在火上煮得咕嘟咕嘟的。随后又叫了几瓶烈酒，哥俩儿便围着火炉聊了起来。

我倒了第一杯酒，没有喝，端着朝天山博格达峰的方向拜了一会儿，然后将其缓缓洒在地上。这举动让萧大炮感到有些莫名其妙，问我怎么回事。我回答道："倘若北疆王在此，必然是好这一口酒。所以第一杯，我先祭奠他……"

这话说完萧大炮一脸严肃，凝神问我到底发生了什么。我告诉萧大炮，我们此前上天山的时候，碰到了北疆王。有他带路，方能得入其中，小白狐的寒毒也得以解除。不过因为某些原因，北疆王故去了。

我只能给萧大炮说一个大概。至于具体的细节，刚准备说，便被心头的一种力量阻拦住了——这是法则和契约的力量，我没有到达一定的高度，是没办法突破的。故而只能一杯酒接着一杯酒地下肚，喝到后面，整个人都给喝飘了。

我在西北待了数日，萧大炮邀我去给他手下的队伍指点一番，我推脱不过。与他手下的兄弟们练过手，发现虽说没有特别拔尖的人才，但到底是常年在第一线战斗的部队。无论是人员的素质，还是战斗的意志和悟性，都不比总局的几个特勤组差——甚至在某些方面，还更胜一筹。

萧大炮再三挽留我，可我终究还是离开了西北。由于神池宫一行，我在野人林中发现了张大明白的身影，心中对努尔的生机也充满了期望，自己也没必要继续当苦行僧。况且这天寒地冻的，大片戈壁和沙漠实在不适合徒步行走。我索性乘火车离开，一直来到了江阴金陵。然后告知小白狐，说自己准备返回茅山，找师父咨询一些事情，问她要不要同去。

小白狐是从茅山逃出来的，对那儿天生就有一种恐惧。摇了摇头说算了，这儿离沧州挺近的，她要去那儿探望养伤的小破烂。

第三章 欲见你而又彷徨

重回茅山，山门依旧气势恢弘，然而跟神池宫比起来，终究差了些味道。毕竟身为三大秘境之一的神池宫，其底蕴并非别处所能够比拟的。不过即便如此，我并不觉得天山神池宫除祖灵之外，有谁能够比得上我师父陶晋鸿——即便是最厉害的大长老，她在冲击仙灵之境、尚未受过心魔摧残之前，只怕也不如我茅山掌教真人。

神池宫是个只会让高手固步自封、坐井观天的地方，高手们所谓的修为大都是通过天山祖灵灌顶而入，缺少了对人世间的许多感悟，怎么可能有入世的茅山那般精通自然之道呢？

我返回茅山，算是一件比较重要的事情，所以守门的长老已然传讯回了清池宫。刚刚走出门户不远，符钧便带着人迎了过来。两人寒暄过后，他告诉我，说师父在观星台等我，他是专门过来接我的。

师父性子随意，寻常见我都是安排在竹林小苑的家中，而此刻定在观星台，显然是有一些事情要说与我知晓。

符钧带来了纸甲马，我将其绑在腿上，掐念法诀，登山不过转瞬之间的事情。重回清池宫中，瞧见往日颇为清冷的大殿一派庄严，人员济济。当初与我一同入门的符钧都已经开帐收徒了。符钧步入殿宇之中，许多人纷纷朝他躬身，叫他师父。这话让我下意识地打量着这个一直显得很低调的师弟，方才发现多日不见，他已然不再是当年那个资质欠佳的清苦少年。隐隐之间，居然也有了一派宗师的气度。

大道三千，符钧走上了与我截然不同的道路。不知不觉，我们都已经逐渐成为了茅山的栋梁之才。

符钧即便做了师父，为人也十分谦卑，懂得分寸。他带着我来到了观星殿，便不再前进一步，而是对我说道："大师兄，师父在里面等着你呢，你直接进去吧。"

符钧领着几个面熟的师弟向我告辞。我平静地走进了观星殿，一路来到了殿中的观星台前，瞧见师父盘腿坐在那巨大的观星仪下。此刻天色已暮，他头顶的星空显得格外瑰丽璀璨，无数繁星闪烁。接着，星力垂天而落，涌入了观星台上面的网状法阵之中，将师父辉映得像是一尊神明。

瞧见师父此刻的模样，我心中一阵激动，快步走上前去，躬身说道："恭喜师父，看来您马上就能冲击地仙之位了。"

我师父陶晋鸿是一个并不喜欢繁文缛节的人，自与我认识以来，除了拜师之日，便不曾让我跪拜过。我此刻一躬身，还在入定的他便睁开了眼睛，多日不见，他面上须髯又白了几分，瞧见我便笑道："志程我儿，为师至地仙尚且遥遥无期。与你多日不见，再见便叫为师刮目相看，难得、难得！"

师父见面，别的也不多问，便先考较我的修为。首先是拼力，接着又与我盘点道籍，以及考察我对于境界的感悟。摸过一遍之后，他若有所思地说道："你有今日的修为应该是有所奇遇，要不然不会如此，你且说来与为师知晓……"

天山神池宫之事，我自出山后便没有向人提起过，甚至跟小白狐都没有交流过。总是有一股力量在压制着我，当我想要告知师父细节时，却说不出口。我道出原因，师父却微微一笑，摇头说道："这样的手段，只能应对境界比自己低许多的修行者，只是在其心境之中开了一丝缝隙，继而施加了精神暗示而已。无妨，我来帮你解开。"

这话说完，他示意我盘腿坐下，接着在我的眉心处轻轻地点了三下。

每一下都使灵台欲加清明，被点了三下后，我感觉自己心头的枷锁陡然松开了。当下也是顺利地将天山神池宫所遇的诸般事情，一一告与师父。

师父很认真地听我讲起那一段段精彩的经历，不时点头，不时又摇头叹息。等我说完之后，他遗憾地叹气说道："当初评选天下十大高手，所有人对着一堆资料都十分头疼。那北疆王田师是我力荐入围的，此刻听你一说，我当真是庆幸无比。他倒也没有辜负众人的期望，成为了这世间顶天立地的男子汉，值得称赞。"

北疆王的事迹，有人听了觉得傻，好好的天下十大高手不当，却跑到天山神池宫去送死。我是为之感动的人，说得夸张一点我若是能够得到师父的这一番赞赏，也就死而无憾了。

除了北疆王，师父对天山神池宫的其余事情并未置评，显然他对于这个神秘之地的理解，远不是我能想象得到的。而后我便将在空间裂缝之中看见张大明白的事情说给他听，问他这到底是幻觉，还是张大明白尚且活着，只不过与我们并不在一个世界而已。

师父沉吟了一番，问我道："志程，你抬头看。那漫天繁星之上，是否会有一个世界，与我们这儿的世界一样，同样生机勃勃，同样有无数生物繁衍生息，同样有诸多爱恨情仇、生离死别呢？"

听师父这么一问，我下意识地愣住了，不知道如何回答才好。过了好一会儿，方才回答道："应该……有吧？"

师父盘腿坐在我面前，叹声说道："当今天下的修行者，神、佛、道、巫、蛊以及诸子百家，诸多法门常在。而这些法门来自何方，至今都没有一个定论。人类的文明和历史只有区区几千年，可修行者的传说则存在已有无数个纪元。有的事情，时候未到，我便无法给你形容那些高出我们层次之外的东西，它到底是个什么模样。正如天山祖灵限制你开口说话一样，也有一种力量在制约着处于世界巅峰的我们……"

他说得十分玄奥，我听得有些头疼，开口说道："师父，我是想问张巍和我兄弟努尔是否还活着，是否依旧存在在某一个世界上。"

师父回答道："本质上只要不是神形俱灭，人的灵魂是不会死的。不过你说的情况，我可以给你一个九成肯定的答复，就是他们应该还活着，甚至北疆王田师也极有可能以另外一种形态存在。你想要找回他们就需要你的意志和感知都达到极高的层次。"

我有些失望地说道："师父，连你都不能吗？"

师父笑了，摆手说道："你以为我真的无所不能啊。此刻的我的确还不行，不过倘若我有真龙之血辅助，说不定就能够冲击地仙之位。到了那个时候，也许就能够在无尽的时空中找到他们……"

我立刻兴奋了起来，问师父道："真龙之血？师父，这东西哪儿有，我们现在就去找吧？"

师父摇头苦笑道："在远古时期，真龙是唯一能够凭借肉身穿越无数时空和纪元的神物。不过这种图腾多年未现于世间了，哪有那么好找的。另外真龙之血乃其生命精髓，珍稀无比，寻常人类无法夺取的。倘若为取真龙之血而滥杀无辜，又违背天道，即便真有真龙之血，只怕我最终也会被心魔吞噬，无法解脱。所以这事儿，还是作罢了。”

尽管师父这般说着，但是我已暗暗记在心中。想着总有一日，我一定要找到那真龙之血，助师父飞升地仙，接着找回努尔和张大明白。

谈完此事，我问起师叔祖李道子。师父告诉我，说他老人家又在闭关，连萧克明那臭小子都见不着他，估计我也没什么希望。

不能拜见师叔祖，我并没有失望，因为我晓得他老人家的特殊之处。谈话快要结束时，师父似乎想起了什么来，告诉我说倘若有空的话，去秀女峰拜访一下英华真人，她那里正好有事找我。

辞别师父之后，我本来想去找梅浪长老询问小床单董仲明的下落。不过师父既然吩咐了，我当然是不敢有半点延误，离开了观星台，便直奔秀女峰。

前往秀女峰的路上，我心中既想要与小颜师妹见上一面，又有些害怕见她。不知道怎么回事，自从上次我不告而别，避而不见小颜师妹，我就总是感觉心中有些不太自在。既思念，又不敢与之见面，犹豫得很。清池宫到秀女峰的路途不远，当我出现在秀女峰大殿前求见时，小颜师妹并不在，这让我失望的同时又暗自松了一口气。

英华真人杨影在偏殿接见了我，除了寒暄之外，开头第一句话，便是让我帮她办件差事。

第四章 英华真人重承诺

英华真人告诉我，她被邀请出任华东法术学院的院长。此外，她想找我一同赴任，让我担任教务主任一职。

这里所说的华东法术学院，自然不是位于沪都青浦区外青松路上的那家教会学校，而是挂靠在国家“985 工程”“211 工程”的重点建设综合研究性大学——华东理论大学名下的一家成人制教育机构，这家法术学院表面上是培养立志奉献于宗教事业的年轻人。但是其最主要的任务，则是给秘密战线培养源源不断的后备力量。

既然名字叫做华东法术学院，那么它所囊括的地区则包括沪都、江阴、浙河、皖淮、赣西、闽省、鲁东以及台湾省等，是一个职业性的教育学院。英华真人能够出任这个机构的院长，可见上面对于英华真人的期待，显然是非常高的。

我不知道英华真人为什么会被邀请出任这样一个职位，但是也晓得这应该是茅山出仕的战略步骤之一。如果能够将茅山宗的影响力通过这种教书育人的机构扩散出去，将这华东法术学院办成茅山宗派的山外分部，弄成黄埔军校的架势，那么我茅山说不定就能够打破龙虎山一家独大的局面。

要晓得，这所谓的华东生源区，可是囊括了龙虎山所在的赣西之地。

对于英华真人杨影的这个提议，我感觉到十分意外，毕竟我从总局卸职出来，的确是想放下所有的包袱和责任，走自己想走的路，不受拘束，自由自在。但是倘若我答应了英华真人的请求，只怕我又将被俗务缠身，不得清净。

瞧见我犹豫不决，英华真人很认真地说道：“志程，茅山十大长老里面，就属我修为最低。但是这件事情既然落在了我身上，我肯定要将它办好——不过我这人，大半辈子都在茅山秘境之中修行，在体制内毫无根基，除了应颜和程莉几个手下，也没有什么得力的干将。想来想去，也就你最适合，所以这事儿便找到了你，你看看，帮不帮师叔吧？”

我交叉着手，一脸为难地说道：“不是帮不帮的问题，只是……”

我找不到理由搪塞，正是发愁之时，英华真人突然肃容说道：“志程，在此之前，我已经派了我徒儿应颜，前往沪上先行履任。随后我便带人前往，你真的不想随我去？”

“小颜师妹？”我有些诧异，没想到英华真人前去华东法术学院赴任，还居然将小颜师妹提前派了过去。难怪刚才一路上都没有见到师妹的身影，原来并不是师妹躲着不见我，而是因为她不在茅山。想到这里，我先前失落的心情顿时就消散了许多，脸上不自觉地露出了笑容。而这时却突然听到英华真人说道：“志程，我一直想问你一件事情，你和我徒儿应颜之间的事到底作何打算？”

听到英华真人的问话，我顿了一下，不知道如何回答，心下一片茫然。

我的态度惹得英华真人气愤起来，指着我的鼻子说道：“好你个陈志程，我徒儿应颜十六七岁便心属于你。为了你这个家伙，拒绝了无数的姻缘，难道你就没打算过要娶她吗？”

我晓得自己和小颜师妹的事情在茅山并不是秘密，但是被人这般当面说出来，多少也觉得有些尴尬。不过更尴尬的是被小颜师妹的师父指着鼻子骂，就差骂我是薄情郎了。我不敢领这罪名，慌忙摆手说道：“杨师叔，事情并不是这样的，这里面有很多曲折。并非我不想娶小颜师妹，而是……”

说到后面，我越发语塞起来。而英华真人却心中了然，淡然说道：“你是想说自己身负十八劫之事？”

我抬起头来，讶异地问：“您知道？”

英华真人摇头叹息道：“知徒莫若师，应颜入门十余年，她心中到底在想什么，我焉能不晓得？不过这事儿倒不是那个倔丫头说的，而是我从掌教师兄那儿知晓的……”

我苦涩地回答道：“师叔，您既然知晓，就应该明白我为何不能守护在她身边。”

英华真人接着话头往下讲：“志程，我能够明白你的心思。求而不得，越是挚爱，越是只能遥遥相望，就怕伤害了对方。然而你可曾想过一个问题，所谓十八劫，不明终期。若是再等二十年，即便应颜学得我的花凝真露功，能葆青春常驻。可心思已老。你真的舍得辜负她吗？”

的确，两个相爱的人不能在一起，时间与空间的隔阂，已经让我感觉到自己与小颜师妹的心渐行渐远了。如果我们就这样一直分离下去，我很难想象两人的未来，将会是什么模样。

我坦言："自然觉得不好，但是相对于小颜师妹被我连累而死，我想不出什么更好的办法来。"

说到此处，英华真人的脸上却露出了笑容，颇为神秘地说："这个死结，即便是掌教师兄都未必能够解得开。但是在我看来，这并不是什么太过麻烦的事情。可是，需要冒的风险实在是太大，故而就不能白帮你。你必须答应我一件事情，我方能让你得偿所愿。"

听到英华真人这般笃定的语气，我有些疑惑地问："难道要我出任华东法术学院的教导主任，您就能够帮我解决这个问题？"

她一甩手中的拂尘，高深莫测地答道："当然不是，你还得费尽心思地帮我，若是三心二意可不行。"

英华真人是我师父的师妹，茅山十大长老之一。她的品性高洁，在茅山的口碑自是不错。我并不怀疑她是否在骗我，不过这幸福来得太突然，当下也是有些犹豫地说："我就算拼尽全力，也会帮师叔你办好这份差事的。不过师叔，期望越大，失望就会越大，你可不能拿这事儿来跟我开玩笑……"

英华真人正色道："你放心，我说到做到，不会拿自己徒弟的幸福开玩笑的。"

得到了英华真人这般肯定的答复，我便再无犹豫，而是坚定地许诺："行，我答应你！"

应下了英华真人托付与我的这份差事之后，我便不打算在茅山久留。次日拜访师父时，将此事说与他知晓。当得知英华真人的这一番原话后，师父并没有否认它的真实性，只是长长叹了一口气，说了一声"傻孩子"。这话不知是在说我，还是在说英华真人，总之他对于我即将出任法术学院教导主任一事并没有什么意见，甚至都没有太多的嘱咐。

我看得出来，师父的兴致并不高。而且对于如何扩张茅山的官方影响力这事儿也并不是很上心——这些其实都是茅山长老会的期望。

我在茅山待了三天，与久未谋面的师兄弟们同吃同住。好多人十分羡慕我，求我带着他们去游历四方，特别是小师弟萧克明。这小子对外面的憧憬已经达到了顶峰，一直缠着我，说要与我一同下山。然而当我问起师父的意见时，小师弟又显得十分心虚，顾左右而言他，让我觉得好笑。

不过即便如此，多日不见，这个小师弟的进步真的是让我有些惊讶。我已经听到有一种声音，将我、符钧，以及这位小师弟列为茅山三杰。并称茅山下一任的掌教真人极有可能出自我们三人之中。

对于这个说法，我晓得虽是小道消息，但倒也不是空穴来风。不过我作为外门弟子，并非真正的道士，已然被排除在外。而小师弟性子未定，行事太过跳脱，也不太适合这一职位。思来想去，也就只有符钧师弟可以胜任——只是这样的传言，难道是符钧师弟放出来的？

想到这个可能性，我想起一贯朴实的符钧师弟，不由觉得一阵好笑。

三日后，我辞别了师父及一众长老，带着无人认领的可怜孩子董仲明，跟随英华真人出山，前往位于沪都的华东法术学院赴任。其余同行的还有英华真人的几个得意弟子以及被我带上山来、寄养在秀女峰的毛孩。

第五章 杨劫和大师南南

尽管挂靠在华东理论大学名下，但是华东法术学院因为本身特殊的关系，所以并不与总校共用一个校园，而是建在了崇沙岛上的前哨农场附近。所以它尽管与沪都这个国际化大都市隔江相望，但是路程实际上十分远。

我出了茅山之后，给小白狐挂了一个电话，通知她我即将前往沪都。她告诉我她感觉自己的修为即将要突破了，会找一个山林闭关修炼，暂时就不与我会合了。

此次与英华真人一同外出的除了她的得意弟子程莉之外，还有李诗楠、谭滢，另外小颜师妹已经作为前哨，先行赶到了学院。

英华真人提名我为华东法术学院教务处的教导主任一事，已经通过师父在全国道教协会的关系上报到了总局。上面的领导也觉得与其放着我浪费资源，不如将我放到局管辖下的教育培训队伍中，此举也能够多为局里储备一些后备人才。故而手续基本上都走得差不多了，就等着我这边点头。

我出了茅山，给总局挂了一个电话表明自己的态度。上面让我陪同杨院长直接前往学校便好，其他的事情，他们都会帮我弄妥。

英华真人近年来罕有下山，故而她门下的女弟子对外界的事物并不多见，感到十分新鲜，走两步便忍不住欢欣雀跃。但是小毛豆对外界比较恐惧，总是落在队伍的后面，抿着嘴不说话。

打我们从苏北山村把他捡回来已过去了十三四年，小毛豆也已然长成了个大孩子。不过由于他生下来就是个毛茸茸的小家伙，此刻年纪越大，返祖现象就变得更加严重了。除了脸上稍微干净一点，其余的地方都是金黄色的绒毛，宛如孙悟空一般。

打小长在脂粉堆中的小毛豆性格有些内向，而且因为自己身体的缺陷，性子也有些自卑，不太爱说话。也许是因为我和徐淡定带他上山来的，所以他跟我倒是十分亲近。

小毛豆是英华真人唯一的男弟子，虽说一身绒毛，但自小学得的手段和法门却十分不错，算得上是英华真人门下比较有天赋的门人。而此时的他也已经有了自己的大名——他随英华真人的姓，单名一个“劫”字。

我多年行走在外，离开茅山之后，自然是由我负责旅途之事。没想到英华真人的第一站，去了句容天王镇的萧家。

这是我始料未及的，好在这道路我也熟悉。一行人来到村口，正好碰到萧克明的父亲，他扛着锄头从地里面回来。萧老爹瞧见我，与我打招呼，接着经我介绍过英华真人后，赶忙领着我们进了萧家。

此时已近年关，村子里一派热闹的景象，萧老爷子听闻英华真人一同来了，亲自跑到门前恭候。

萧家人将我们迎进了堂屋，我才发现老三萧应文和老小萧应武都不在，老三去了外地贩货，老小则跟着朋友一起去了长白山。

双方落座，一番寒暄后英华真人说起了一些小颜师妹和萧克明在山中修行的经历，接着提议说要和萧老爷子单独谈一谈。

对于英华真人的请求，萧老爷子觉得奇怪，但也没推辞，两人进了里屋。我和过来招待我们的萧家人并不陌生，于是便攀谈起来，倒也自在。正聊着天，突然头顶有风，我下意识地偏过头去，却见一泡温乎乎的鸟屎险些落在我身上。我抬起头来，却见萧家那只会说话的肥硕鹦鹉落在了房梁上，冲我嚷道：“嘿，你还没死呢？”

这肥鸟儿十分有趣，我倒也不怪它随地大小便，也不嫌晦气，而是开起玩笑：“肥鸟儿，你不死，我哪里敢死呢？”

只听得头顶上面那只五彩斑斓的大鹦鹉愤怒地骂道：“你才肥鸟儿，你全家都肥鸟儿！小子，脑子不长记性对不？叫我虎皮猫大人，懂吗？”

这家伙对着客人一通骂，萧老爹面子上有些过意不去，瞪了鹦鹉一眼，然后赔笑说道：“志程，你别介意啊，这扁毛畜生除了我家老头子，谁都管不住……”

我摆摆手，笑着说没事，转而想起了这鸟儿当初对我所说的话。细细一品，觉得它并非凡鸟。要晓得那日它说过我之后，紧跟着就是黄河口一役，我虽说没有死，但是特勤一组却因此直接解散。我最好的兄弟和战友要么死，要么散，如此说来，当真是一场灾难。于是我便来了兴趣，与它搭起了话来，结果这虎皮猫大人反倒是骄傲了起来，并不理我。它倒是对门外的小毛豆来了兴趣，飞过去逗他，叽叽喳喳，十分热闹。

我们在堂屋坐了二十分钟，这才瞧见英华真人和萧老爷子从侧房里出来，不过感觉两人似乎谈得并不算融洽。尽管双方都在尽力掩饰，但是总感觉气氛有些怪怪的。另外萧老爷子时不时用余光打量着我，不知道他有什么想法。

这种沉闷的气氛没有持续多久，英华真人便连萧家的留饭都婉拒了，带着众人准备离开天王镇。我们这边十分尴尬，但小毛豆似乎跟那个奇怪的金刚鹦鹉交上了朋友，双方好是一阵依依惜别。临了的时候，那虎皮猫大人还挽留起了小毛豆："别为那家伙做什么护法了，跟我一起玩吧。"

虽然不知道这神神叨叨的肥鸟儿到底在讲些什么，但是小毛豆终究没有接受它的"好意"，还是跟在了队伍的后面，一言不发地离开了。

等坐在开往金陵的班车上了，我才开口问英华真人："您跟萧家老爷子到底谈了什么，怎么感觉一副不愉快的样子？"

英华真人恶狠狠地骂道："也不知道是哪个乱嚼舌根的东西，那萧老头反倒把他当做了绝世高人！我一跟萧老头提你和小颜的事情，他立马就回绝了。我问为什么，他告诉我，他求一位高人看过你的相，说你是天煞孤星，会克亲近之人。小颜倘若是嫁给了你，只怕命不久矣。"

原来英华真人是在给我提亲，难怪后来感觉萧老爷子瞧我的眼神颇有些不对劲儿呢。我摇了摇头，苦笑着开解彼此："他说得没错，谁都不想自己寄予厚望的女儿中途夭折。若是我，也会这么选择。"

英华真人气呼呼地反驳："天下人都觉得难办的事情，我非得办成不可。到时候让那些家伙傻眼去！"

我不再与她争辩。一路到了金陵，我并没有直接购票前往沪都，而是通过多方打听，几经辗转找到了住在一处偏僻村落的南南。

作为金陵双器大师于墨晗的孙子，南南自小就继承了祖父在制器一道上的天分，而且还有青出于蓝胜于蓝的趋势。自从于墨晗大师被法螺道场的人杀害之后，南南便更是鲜少露面了。不过经他手制造的法器却屡屡流出，且都是上乘之器。我此番去找他，除了叙旧之外，还有一事想要拜托他——那就是让他用天山神池宫中顺来的黑铁沉香木制作一些趁手的法器。

再见到南南时，当年的少年此刻已经变成了一个沉静的年轻人，坐在轮椅上的他总是躲在暗室中。我听跟他一同生活的马爷——也就是于大师的师弟告诉我，南南在不断地封闭自我，十天半个月听不到他说一句话。

不过他见到我还好，毕竟我也是他儿时就认识的熟人，而且还为他爷爷报过大仇，这事儿他记得很牢。因此对于我的请求，他没有半点儿推脱。

在听过了我的想法之后，南南告诉我，这些料子可以打造七到九把木剑。南南问我对这批法剑有什么要求。我告诉他，如果只有七把，那么帮我在七把剑的剑身上面分别刻上天枢、天璇、天玑、天权、玉衡、开阳、摇光。

听到我的话，南南的眼睛里突然有了昔日的光彩，似乎灵感在源源不断地涌上心头。聊了没两句，他便不再理我，而是开始收拾起桌子上面的材料，专心致志地构思起来。

我不想打断他的思路，出来跟马爷说好让他等南南做好之后，帮我寄到沪都去。马爷满口答应。

办完了这件事，我这才与英华真人她们坐火车前往沪都。从沪都市区乘渡轮，终于来到了崇沙岛，当我们一番周折后，到了华东法术学院的门前时，眼前简陋的建筑群让我不由得一愣："这是在逗我吗？"

第六章 当头一记下马威

在我的想象中，华东法术学院既然是在沪都这样的国际化大都市，而且还挂靠在211重点大学名下，在师资力量上面可能有所欠缺，但是在学院硬件设施上面，绝对应该是高端大气的。要晓得这所谓的华东，囊括的六省一市一地区可是咱们国家最富饶的地区之一，一点也不差钱。

没想到真站在了这学院破烂的大门前，我像是上当受骗了。

望着那几栋六十年代留下来的苏联风格的建筑和野草丛生的校园环境，着实让人感觉到一阵郁闷。不光是我，英华真人也觉得憋屈，没想到自己雄心万丈，准备弄成特勤局黄埔军校的华东法术学院，居然是这么一个情况。说好听点是个本科制学院，说不好听的就是连个乡村小学都比不上，着实让人心里过不去。

不过开弓没有回头箭，既然来了，我们就不能再继续抱怨了。条件不好，那就克服克服。等稳住了，再跟上面打报告要钱就行了。

这般想着，我率众而出，朝着院门口走去。那破烂铁门虚掩着，中间用一根又粗又长的铁锁链给锁住，根本进不去。我推了两下，旁边的门卫室里传来一个粗犷的声音，骂骂咧咧地喊道："推个毛，没看到这上面的牌子吗，任何人出入都得经过门卫室。非学校工作人员一律登记，经过校方同意，才能进学校。俺们这里是保密单位，没事闪一边儿去！"

这人骂得恣意，我回过头来瞧，却是一个粗鄙的老头子，嘴里叼着一根烟，正倚在小门上斜眼看着我们。他的目光越过我，发现英华真人时，眼珠子明显亮了起来，咧开嘴开始套近乎："大妹子，你们是啥人来着？"

被人这么肆无忌惮地打量着，久居山中的英华真人颇有些不喜欢。不过以她的修为，自然不可能跟这么一个粗鄙之人计较。她瞥了我一眼，意思是让我过去应付。

这事儿我自然是责无旁贷的，走上前拱手说道："同志你好，我是学院新来的教务主任。我后面这一位，是学院新来的院长。你打电话通知一下马如龙同志，让他出来接我们一下，谢谢。"

马如龙是华东法术学院的副院长，原院长被上调到了华东局的政策研究办公室，这是在给杨师叔让道。尽管之前华东局组织处的同志说要送英华真人和我来赴任，但是被嫌麻烦的杨师叔拒绝了。可是总要有一个交接仪式才显得正式，所以我才会这样强调。

听到我的话，那门卫老头就像是听到了莫大的笑话一般，咧着没有几颗牙的嘴笑道："哈哈哈，你就扯吧，我看你嘴上的毛都没几根，还好意思说自己是教务主任？还有后面那大妹子，是我们的新院长？拉倒吧，你以为我们华东法术学院是托儿所啊！"

他这般地讥讽着，我不由得眉头一皱。其实也不至于跟一个门卫老头儿生气，只是觉得奇怪。按道理说我们的行程其实已经通报给华东局和法术学院了，院方的相关领导即便没有出来迎接，也肯定会通知门卫今天新官上任。然而现在却出现这样的状况，如果不是这老头太过于无知的话，那么唯一的可能，就是有人在给我们下马威。

通过一个小小的门卫老头，让我们，特别是杨师叔知晓——这华东法术学院并不只是她一人的法术学院，别人倘若有意针对她，她连一个普普通通的门卫都指挥不动。

我到底是在总局机关待过很多年，对方一使出招，我便咂摸过来味儿了。但是英华真人却并不了解，上前准备解释，我连忙拦住了她。

英华真人可是这所破烂学院未来的一把手，犯不上跟这种难缠的小鬼撕破脸皮。我拦住她后，指着门卫室的电话，对门房老头说道："既然你不愿意叨扰马副院长，那我给华东局挂一个电话，让他们通知一下校方，你看可好？"

门房老头板着脸，直接拒绝："这怎么可以，这电话可是公家的东西，哪里能够随便让来历不明的人使用……"

他伸手来拦我，然而他终究只是一个普通人，哪里防得住我。他见我拿起话筒开始拨号，立刻就嚷嚷起来。这时我头也不回，淡然吐出一个"劫"字，小毛豆便直接扑了上去，一把将这给人当枪使的可恶老头按到了桌面上。那老东西嚎啕大叫，耍起了无赖，我当着众人的面，给华东局组织处打了一个电话。对方了解大致情况后，马上表示立刻打电话通知校方领导过来。

挂了电话，两分钟不到，一道倩影从门卫室侧面冲了过来。这女子叫了一声“师父”，便直接扑到了英华真人的怀中。

女子正是提前过来的小颜师妹。只见她穿着一身裁剪得体的职业装，乌黑长发用一根橡皮筋扎成马尾。脸上架着的一副黑框眼镜将她惊艳的容貌掩去了几分，反倒是多出了几分干练。

小颜师妹闻讯而来，第一眼虽看到了旁边的我，不过她却并不理会我，而是与自己的师父以及几个师妹热情相拥，弄得我在旁边颇为尴尬。如此一阵热闹过后，倒是英华真人发现了端倪，拉着小颜师妹来到我面前，笑盈盈地说道：“应颜，你们的大师兄被我任命当教务主任了，以后你们共事的机会会很多。”

小颜师妹收敛笑容，对我微微施礼说道：“大师兄好。”

这话说得中规中矩，但多少也有些生疏感，这让我心中有些怅然若失，只好简单应下。正不知道说些什么的时候，那门卫室又被推开，涌进了好几个人来。领头的是一个肥头大耳、鼻子硕大的秃顶男人，大概有五十多岁，想来正是学院临时负责人马副院长。

他进来张望了一番，仿佛看不到被毛豆按住的门卫老头，笑盈盈地与英华真人握手道：“杨影同志吧，你看看，来了也不打声招呼。搞得我们都没有准备实在抱歉啊，实在抱歉……”

他拉着英华真人的手不放，仿佛舍不得分开一般。看看他泛着油光的脸，杨师叔就像生吞了一只苍蝇一般，勉强应付了一声。然后她抽出自己的手，平淡地说道：“没什么，我不想大张旗鼓，这样就挺好的。”

马副院长很有气势地挥手说道：“那怎么行？潘主任，立即发广播。让全院的同学和教师都出来，列队迎接新院长的到来！”

马副院长回头冲着一个戴着眼镜的男人吩咐了几句。眼看着那人转身离去，我瞥了瞥英华真人，立刻叫住了那男人，告诉他不用这么隆重了。马副院长和众人都看了过来，英华真人介绍道：“这位是总局来的陈志程，他被分配到我们学院里面任教务主任一职，调令应该明后两天就到了。”

我的名字到底有些名气，听到“陈志程”这三个字，那个戴眼镜的男人不由倒吸了一口凉气，脱口道：“黑手双城？”

我没想到他居然认得我，淡然一笑说：“小小匪号，不足挂齿。以后我们都是同事，叫我老陈就好。”

我伸出手，他慌忙过来跟我握手，一脸紧张地介绍道：“潘毅宁，现任学生处主任。我听阿伊紫洛提起过您，说您是当今修行界了不得的厉害人物。没想到您竟然能够到我们学校来任职，真的是、真的是蓬荜生辉啊……”

这潘主任显得很激动，说话都有些结巴了。不过旁边的马副院长就有些不满了，当着众人的面批评他：“小潘，你这话就说得不对了。组织上派志程同志过来，是为了提高我们学院的教学质量，是对我们的一种重视，也是对志程同志的一种期望和信任。是他感到荣幸才对……”

随即，他话锋一转：“志程同志，欢迎你到华东法术学院来，我代表院方欢迎你。”

两手交握，我客套了两句，心中却冷笑道：“老东西，学院的一把手就在我旁边，你有什么资格代表院方？想在我面前玩弄这些权术，你当真不知道老子这黑手双城的名号，是怎么来的吗？”

门卫室风波过去后，马副院长带着英华真人去办理交接手续，我因为调令还没到，所以便没有跟着一同前往。而小颜师妹得帮李诗楠、谭滢等人安排宿舍，我便舰着脸跟在了后面。等她将这几个“电灯泡”安排妥当，就与小颜师妹好好说些心里话。

第七章 情字一事最恼人

我虽然对华东法术学院的第一印象差劲至极，然而当我穿过那片树林，才发现里面的景色全然不同——偌大的操场、训练营地，以及那绿草茵茵的大足球场。再往四周瞧，却见那教学楼外面的楼体虽然陈旧，里面却另有乾坤。我叫住了领着我们去宿舍区的后勤处万主任，问问他到底是怎么一回事儿。

马副院长的级别相当于华东局的业务副局长，他能够跟我摆架子，但是万主任哪里敢惹我这个业内有名的煞星。听到我问起，当下也是讨好道："陈主任，您也晓得，沪都是个国际性的大都市，来往的人形形色色，难免会有一些有心人在。咱法术学院虽说在崇沙岛上，但是做一些伪装，也是必要的。"

有的地方是外表看着光鲜，实际上败絮其中，这儿却恰恰相反。相比之下，我更喜欢这里的低调与平淡，于是点了点头，不再多说什么。

万主任领着我们来到了教职工宿舍楼，与小颜师妹沟通了一番之后，将程莉、李诗楠、谭滢三人安排在了小颜师妹房间的隔壁。因为住房资源充足，所以倒也能够一人一间。万主任在征询了我的意见之后，将小毛豆和小床单安排在了同一间宿舍里——我本来想安排两人去住学生宿舍。但是仔细一想，毛豆到底还是跟普通人有一些区别的。如果硬让他融入进去，难免会有一些不便。

至于我和英华真人，则自有领导配房。杨师叔的事情自有别人操心。万主任将我安排到了教职工宿舍楼后面的一栋小别墅前，带我逛了一圈后小心翼翼地问我行不行。

这小楼里面的家具被褥一应俱全，实在是没有什么好挑剔的。不过我瞧这规格着实有些高，有些不解地问道："这个，合适吗？"

万主任笑盈盈地答："怎么不适合？陈主任您的名声，在系统里面那是鼎鼎有名的。您能够到我们这儿来，就已经是屈才了。就这规格，对您来说着实是有些委屈，不过咱们这儿的条件也就只有这样的，还请您不要挑我的理才是……”

到底是做后勤的人员的嘴，说的话甜得跟蜜一样，我先前憋着的一肚子火都给润匀了。既然他都这么说了，我倒也不怕被人诟病，安之若素地接受了。

从这场风波来看，我能够感受到的一点，那就是虽说有一部分人对英华真人以及我的到来抱着敌意，特别是那些被堵了上升渠道的人。然而这偌大的一个华东法术学院，并不是一言堂。它是咱们国家的，也是特勤局的后备人才培训基地，关系着秘密战线的力量和稳定，谁行谁上，优胜劣汰。倘若谁想要在这里摆谱的话，便只有一个下场，那就是被滚滚洪流淘汰。

我心中大概有数了，便不再与他多聊，免得泄露出自己的意图。待安置后，我去找小颜师妹，却见她被几个师妹缠着，脱不得身。我想了一下，只好硬着头皮走过去，干咳了两声，然后对程莉、李诗楠几个人说道：“我找你们师姐了解一下学校的情况，你们先去收拾一下自己的行李。”

这话说得冠冕堂皇，几个丫头都对我嗤之以鼻，冲我做鬼脸。不过好在程莉的年纪比较大，性子也成熟，终究还是拉住了另外两位小师妹，给我腾了地方。

三人回了房去，只见小颜师妹抱着胸口，一副戒备的样子。房间里气氛太过沉闷，于是提议：“我看到西面有一个小湖，我们去那儿走走？”

小颜师妹不置可否地点了点头，然后跟着我一起离开了教职工宿舍楼，穿过外面的一片小树林，来到了我刚才说的那小湖边。此时正值冬日，天气寒冷，湖边有冷风吹来，小颜师妹被吹得哆嗦了一下。我将身上的大衣脱下来，想要给她披上，不过她却摇头拒绝我道：“没事，我不冷。”

身为英华真人最得意的女弟子，小颜师妹的修为倒也不像她本人这般柔弱，自然是不怕冷的。不过听她拒绝我的这口气，难免让人有些神伤。我尴尬地收回了大衣，挽在了手上，然后笑着说道：“也对，不过还是要小心些。沪都这边的天气变化无常，比茅山要坏一些。”

小颜师妹微微点头，主动开口：“大师兄，我带你去看看这所学校的情况吧？”

我愣了一下：“啊？”

小颜师妹却认真地给我介绍了起来：“法术学院这边也是前几年才把几个省的后备培训学校合并了，所以规模并不算大。目前总共才有四届学生，设有佛学班、道学班、伊斯兰和基督神学班几个系，另外还有一个强化班，是学院重点培养的尖子班。一般从这个班里面出来的人，都是各地特勤局抢着要的人才，也都能培养成为秘密战线的骨干。至于其他的，大部分学生的出处都是基层上来的……”

她在这儿给我滔滔不绝地讲着，我听得一头雾水，左耳进右耳出的。感觉倘若一直这样下去，难免有些被绕晕了。思考了一会儿，舔了舔嘴唇，然后说道：“小颜，你是不是对我上一次回山没有找你——”

“萧老师！”我这边话还没有说完，从前面的拐角处走出来一个年轻男子，朝着小颜师妹挥手打招呼。

那人个子足有一米八，长相十分俊朗，有点儿高仓健的意思，一脸阳光的笑容。他瞧见小颜师妹就跟狗见到骨头一般，快步走上前来，然后对她说道：“萧老师，见到你正好。我这里有两张电影票，《真实的谎言》，大导演詹姆斯·卡麦隆的作品，阿诺德·施瓦辛格出演。他们说这电影可好看了，我们今天晚上一起去看吧？”

大高个儿一来就冲着小颜师妹邀约，一副根本我不存在的模样，我顿时就被气得牙痒痒。不过好在小颜师妹并没答应这个小白脸，而是平淡地拒绝了他：“马老师，对不起，我晚上没有时间，您找别人吧？”

这马老师被婉拒后，依旧一脸期冀地说道：“别啊，萧老师。鲁迅说过，时间就像是海绵，挤一挤就有了。这票很不容易找的，我费了很大的劲儿呢！”

小颜师妹见他这副死缠烂打的样子，依旧很坚决地答道：“马老师，真的很抱歉，我师父今天过来了，我得和她在一起……”

马老师高兴地接过话茬：“什么，咱师父今天过来了啊。那成，不看电影了。这样吧，萧老师，我去金茂凯悦订一桌上好的酒席，给她老人家接风吧——我现在就去。”

他这副热情的模样很难不让人怀疑他的居心，我哪里能够让他得逞，当下也是上前拦住他说道：“马老师，这事还是算了吧，院方今天应该会安排接风，就不劳烦你了。”

马老师挥手坚持道：“一样的，院里面安排接风，也是要我来操办。哦，对了，你是？”

他这般死皮赖脸，真的让人很无奈。小颜师妹是个面皮比较薄的人，终究还是主动介绍道：“这位是我大师兄陈志程，他将出任法术学院的教务主任一职。

大师兄，这位是马海角，是校务办的老师，也是马副院长的儿子……”

小颜师妹这么一介绍，我便已然明了了。原来是马如龙那家伙的混蛋儿子啊，难怪这么死皮赖脸，跟他爹倒是一个德性。

马海角在旁边死缠烂打，我和小颜师妹谁都没办法说话。勉强忍耐一会儿，小颜师妹先行告辞。转身离开，我跟上前去，回头看看后面依依不舍的马老师，心中莫名生出一股醋意，故意说道：“这个马老师，为人真的很热情啊，长得又这么帅……”

听到我酸溜溜地说着这话，小颜师妹停住了脚步，回头看了我一眼，说：“大师兄，你什么意思？”

我有些紧张，下意识地舔了舔嘴唇，故意打趣：“小颜，你到底怎么了？不会是因为那小子……”

这话还没有说完，突然小颜师妹的眼睛里面便涌出泪水，咬着嘴唇反问我：“怎么，我在你眼中就是这般水性杨花、薄情寡性的女人吗？”

这话说完，她扭头就跑，我大叫着“不是”，追了上去。结果她回过头来，咬牙切齿地冲我喝令：“不要追！”

我习惯地听从了她的话，定在了原地。看着小颜师妹朝着教职工宿舍跑去，直到她的背影消失了，我这才怅然若失地叹了一口气：“唉，女人心，海底针。我到底应该怎么办啊……”

第八章 风波诡谲暗流涌

院方晚上给我们办了接风宴，不过不是在大酒店，而是设在了学校教工食堂的包间里。所有在校的院方领导都出席了，觥筹交错，大家相谈尽欢，倒是没有了白天那种古怪的气氛。不过英华真人一来是女士，又是道姑，所以并不饮酒，也不食荤，这样一来气氛多少是有些不热烈。

席间那个马海角也来了，跑前跑后地张罗着，时不时地过来询问饭菜如何，是否合口味，又劝了两回酒，表现得十分活跃。院里面的几个领导对他印象颇好，纷纷与他攀谈。有人开玩笑，说要给他介绍对象，这小子一脸春色地说已经有意中人了。旁人追问他是谁的时候，他那眼神就朝着旁边桌子的小颜师妹瞟去，看得我真想将他的狗眼给挖下来！

小颜师妹是我的，不管是黄养神，还是什么马海角，这些家伙通通都给我滚开！

我心中咆哮着，不过脸上却依旧笑盈盈，坐在主桌上帮英华真人挡酒。不过好在小颜师妹从头到尾，对这个家伙都不假辞色，这让我的心情多少好了一些。

这顿欢迎宴吃得没滋没味，与会者除了董仲明那个没怎么吃过酒席的乡下孩子吃得颇为爽利之外，其他人估计与我差不多，于是很早就散场了。英华真人与众人挥手告别之后，叫住了我，让我跟她一同返回住处。

华东法术学院占地颇广，从教工食堂回到湖畔的小院，需要穿过一片树林子。小颜师妹带着几个师弟师妹在后面，而我则跟英华真人在前面谈话。她对我讲起了下午交接时的事情，以及明天要正式就任，需要召集全校教师一起过来开大会。会上她需要发言，以及提出一些工作的方向。这事儿她有点摸不准，想跟我商量一下。

我对英华真人说，会上的这些文案工作，一般都是由秘书这些笔杆子来写的。你只要差不多讲一个方向，其他的事情，不过就是照着稿子念而已，算不得什么难事。

说完这些，我问她的秘书是谁，找他过来了解一下，看看以前的章程是什么样的。

英华真人指着我后面的小颜师妹道："她便是我的院长助理。不过应颜也是刚来没几天，情况都没摸清楚呢，如何能够做这些事情？"

我的眉头一下就皱了起来，转移话题："啊，校务处那边也没有什么提议吗？"

英华真人摇头，我苦笑了一下，心中明了。想必这又是那马副院长的后招，想让完全没有准备的杨师叔在明日的教师大会上面出丑。如果她的表现一旦出现差错，那么一定就会有流言传出，说她这个院长一点儿水平都没有，有什么资格坐在这个位置上。

我将自己的分析说给英华真人听，她顿时就动怒了。我平静地说道："杨师叔，有人在的地方，就有江湖。不是你斗倒他，就是他弄掉你。这事儿因为立场的关系，绝对没有回旋的余地。所以你可能得忙上一阵子，方能对教学上面的事情大刀阔斧——对了，那个姓马的，你弄清楚他的底细了没？"

英华真人摇头，我思索一会儿，然后说道："没事儿，这事儿我来打听吧。不过我们现在首要之急，是将你明天在会上的发言稿弄好，这事儿最是紧要。"

对于这件事情，英华真人指着小颜师妹说道："这个啊，你找我的助理谈吧。今晚务必拟出一个提纲来，不然我明天就得卷起铺盖回茅山了。"

她这般说着，我自然是求之不得，晓得跟英华真人来到这学院，倒也不是没有好处。她这个做师父的，有事没事给我创造机会，我若是再拿不下小颜师妹，那我就真的不用混了。直接找一把剪刀，将小兄弟除去，也算是六根清净了。于是她这边一吩咐，我立刻顺驴下坡："小颜，你一会儿到我那儿去，我们得将这稿子给弄出来……"

这是绝佳的两人单独相处时间。不过没想到小颜师妹先是点了点头，然后招呼起了旁边的人："我看大师兄那儿挺宽敞的，你们今晚要不要一起过去玩儿啊？"

程莉、李诗楠、谭滢都纷纷点头，吃得有些撑的小床单也嚷着要去，就连一向沉默的毛豆也点了头。我掏出刚领到没多久的钥匙，递给了小颜师妹，故作无奈地说道："好吧，这钥匙交给你了。你们先去，我还有点事儿，一会儿办完了就回来。"

说完这话，我朝着旁边的一条小道走了过去。小颜师妹问我去哪儿，我挥了挥手，说我很快就会回来，让她们先过去。

小道一直走到了尽头，我才对着黑暗处说道："阿伊紫洛，你到底是有什么见不得人的事情，干嘛鬼鬼祟祟的？"

黑暗处走出一个梳着大辫子的年轻女子，个儿不高，还带着厚厚的眼镜——正是当日黄河口一案，给特勤一组当过特别顾问的阿伊紫洛。此刻的她伤势已好，不过脸色却依旧有些苍白。她见我疑惑地望着她，苦笑着说道："陈组长，你们可是学院这几日人人议论的大人物。大家都盯着呢，我可不想抢了你的风头，咱还是私底下来往比较好一些……"

我似笑非笑地反问："哦，都怎么议论我们的？"

"不劳而获、从天而降——这话说得最多了。老院长被架起来的时候，几个副院长都一直在暗中活动，想要再上去点。其中老法术学院出身的马如龙根深蒂固，群众基础也是最好的，所以希望最大。本来传得沸沸扬扬，他都已经准备走马上任了。当然，希望最大，失望也最大。当结果一宣布下来，你能够想象他到底有多抓狂吗？"

"煮熟的鸭子飞了，这事儿我能够理解。不过有的事情并不是我们想怎样就怎样的，没有金刚钻，别揽瓷器活，马如龙难道不清楚自己几斤几两？"

"身处高位久了，整日面对着阿谀奉承的那些嘴脸，哪里能够认得清自己到底长着什么模样。都以为自己生不逢时，真觉得自己能当联合国主席了。马如龙的父亲是华东局的前任大佬，虽说已经故去，但是在上面的关系仍在。而他们马家在赣西上饶也是大户，据说跟龙虎山天师道也有些瓜葛，算是有个后台。下面也有一帮像陈战南这样的老学棍挺着他，所以他自觉能够将你师叔挤走，他来坐这个位置……"

上饶马家，龙虎山天师道？我心中思量着马如龙的背景，突然听到陈战南这个名字，眼皮不由得一跳，整个人正经了起来："陈战南这家伙还活着？"

阿伊紫洛苦笑着说："他又没犯什么事，不过是学术错误而已。后来有人替他求了情，他领了一个书面警告的处分之后，就继续返回学校教书。不过因为上次的事情，他名声还是受到了一些亏损，心中正暗暗藏着恨呢。马如龙的背后少不了这家伙出谋划策，这一回在门口拦住你们的那个门卫老头，就是陈战南老婆家的亲戚……”

我冷哼了一声，没有当着阿伊紫洛的面多说什么。所谓狠话，图的不过是嘴上痛快。我黑手双城要么不做，要做的话，就一定会让人打心底里感到害怕。要是没效果，我这黑手双城的名号，岂不是白叫了？

与阿伊紫洛交流妥当后，我对这法术学院的暗中勾结也有了一定的了解，想着得找个办法将马如龙这家伙挤走。有这么一个家伙在旁边牵制着，什么事情都办不成。

阿伊紫洛不想让其他人看到我和她有关系，于是便匆匆离开。而我则返回了分配给我的小楼里，还没进门，便闻到了一股食物的香气。推门而入，李诗楠兴奋地对我说道：“大师兄，你这里好好哦，还有一个好大的厨房。今天晚上太乱了，我们几个都没吃饱，师姐亲自下厨，给我们做了鸡蛋面。你要吃吗？”

我往厨房里看，却见小颜师妹在里面忙着呢，小毛豆已经端着碗来到餐厅里准备开吃了。一眼望去，红的番茄、白的鸡蛋，汤浓味鲜，看着就让人胃口大开。我连忙说我也要。

吃过鸡蛋面，程莉领着这一帮孩子在客厅里面看电视，而我则将小颜师妹带到了书房里去。不过这一回我倒是吸取了上次的教训，没有再谈工作，而是从怀里掏出了给她的八宝囊，递到了她手里，认真地说道：“给你的。”

小师妹没见过这玩意，皱着眉头，拿过来瞧，问我是什么东西。我让她自己看。小颜师妹接过，从里面掏出三把梳子、一对钗、一对步摇、额饰、项链、耳环、手镯，以及一个鸽子蛋大小的翡翠戒指。

她丝毫没有注意到八宝囊的神奇之处，只是拿着这颗镶嵌着巨大翡翠的白金戒指，抿了抿嘴唇，然后问我：“这些是什么？”

第九章 真挚情感最动人

“给你的礼物，”我含笑着说道，“这个袋子叫做八宝囊，是从天山中弄来的。它最大的好处，就在于纳须弥于芥子，别看它才只有巴掌大，但是却能够放下许多东西。别的不说，就是这一整张桌子，都可以装进去呢。以后你倘若有什么随身物品，直接放在里面就好——哦，当然，这袋子不能放入现代的电子产品，因为电子频率有可能会干扰到里面的法阵。”

八宝囊是让我最为得意的礼物，自然是要详细介绍的。不过她显然对这堪称神器的东西没多少兴趣，敷衍地点了点头，然后指着那一堆首饰说：“这些东西，可得花不少钱。按照你的工资，恐怕买不起吧……”

我听到她是在担心这个，当即拍着胸脯表示道：“小颜你放心，这些东西都是正道来的，绝对不是犯法弄来的，你尽管戴着就是了。”

小颜师妹接着问：“也是从天山拿来的？”

我点头称是，只听她话锋一转：“这一次去那处险地，是那个叫尹悦的小姑娘陪着你一块儿去的吧。你跟我说说，事情的经过到底是怎么样的，我也想听听呢。”

天山神池宫中发生了许多故事，这些事情倘若要讲，可以说上一天一夜。不过我刚张口要说，便感觉喉咙里面像卡着一根鱼刺一般，根本发不出声，才晓得我师父压制住了天山祖灵的禁忌。但是离了他，我又吐不出个字来了。沉默良久，方才说道：“小颜，对不起，因为一些原因，我不能说出里面的见闻……”

小颜师妹略微失望地“哦”了一声，眼帘低垂。我瞧见她这副失望的模样，心中顿时就是一阵刺痛，很焦急地跟她解释：“对不起，我是受到了一些心理上的压制。除了我师父能够解开之外，在其他人面前根本没办法说出，并不是我不愿意跟你分享……”

我虽然没有谈及具体原因，但是这态度却让小颜师妹的脸色稍微缓和了一点，不过却也只是微微点头不语。她的疏离真的让我有些难受，我忍不住脱口而出道："小颜，我对不起你！"

小颜师妹明亮的眸子霍然瞪大，一脸诧异地看着我说："什么？"

我咬着嘴唇，鼓足勇气坦白："对不起，黄河口一战后，我失去了最好的兄弟努尔，失去了信任我的师弟张巍，还有一堆好兄弟。那本来是我自己的劫数，结果却牵连了其他人，这让我感觉到害怕，恐惧自己给身边的人带来噩运，所以才不敢与你见面。不过越是不见，我就越想念你，我总是能够在梦里面见到你，总是想你。我也想像一个正常人一样，对你好，陪你吃饭、看电影，两人手牵手一起逛街……"

相比徐淡定当初在罗家的那一番表白，我此刻却显得十分笨拙。话说得结结巴巴的，不过这话真诚。说到一半，小颜师妹那故作冷漠的脸上突然变得柔和起来，眸子就像月光下储满了水的井眼，让人觉得分外动人。

我继续说道："我败给了自己的恐惧，没考虑到你的感受。我可以为了尾巴妞奔走千里，却不能去见近在咫尺的你一面，我、我真的该死！"

"不要说了！"小颜师妹伸手捂住了我的嘴。她的手掌柔弱无骨，带着一种很好闻的香味，这让我有些陶醉。而后她紧紧抓着我的衣领，哭泣着说道："不是你的错，我不是在生你的气，只是心里面很难过。我不喜欢你因为这样、那样的原因疏离我，看我好像一个陌生人一样。你总是觉得在为我好，但是你可曾想过，总是躲在人群后面看着你的我，何曾恐惧过生死，何曾担心过变故？"

听到小颜师妹的心声，我不由得一阵动容，她继续说下去："我不要你小心翼翼的珍惜，也不要你这些乱七八糟的金银首饰。我只不过是一个渴望爱情的女子，就想陪在你身边，当你的妻子，安安静静地过完每一天就好。哪怕那日子短暂，哪怕明天就死去，我都情愿。"

这是我这辈子听过的最好的情话，它直指我心灵深处最柔软的地方。看着她不住流泪的眼睛，我忍不住俯下身来，在她额头上蜻蜓点水般地亲了一下。

没想到我的嘴唇刚沾到小颜师妹的额头，她就将头抬了起来，双手使劲儿地搂住我的脖子，重重地吻上了我的唇。

小颜师妹亲得很用力，就像溺水的人一般，害怕失去所有的一切，给我的感觉似乎有些疯狂。她甚至将我的嘴唇都给咬破了，一股血腥味弥漫在我和她的唇齿之间，这并不是平日里贤淑文静的她能够做出来的。我与她忘情地亲吻着，感受着彼此急促的呼吸和那宛如擂鼓的心跳，不知道为什么，我的心却出奇得疼。

这种疼，远远比被小颜师妹咬破的嘴唇要痛。我晓得这是心疼，一个双十年华的女子，苦苦等待自己恋人而遥遥无期的那种痛。

情到浓时甜如蜜，两人吻得彼此呼吸都竭尽之时，反倒是小颜师妹受不了了。我毕竟是龙家岭第一密子王，那肺活量可不是寻常人能够比的。她奋力地想要推开我，不过正处在情动之时的我却紧紧抓着她的胳膊不放开，弄得两人脸都通红。正在这时，书房的门被推开了，小师妹谭滢一脸不情愿地走进来，冲着我们传话："大师兄，师父打电话过来，问你文稿准备得怎么样了……"

她应该是正在看着电视，被人催着过来询问，故而有些不情愿，也有些心不在焉的。结果一进来，碰上这副场面，顿时就是一声尖叫："啊，要长针眼了！我什么都没有看见，什么都没看见……"

小妮子心慌意乱地转身出去，结果因为太过于匆忙，一下子就被绊倒了。她扑通一声摔倒在地，疼得泪花儿直流。

小颜师妹赶紧推开我，恶狠狠地瞪了我一眼，然后跑过去查看倒在地上的谭滢，问了两句。谭滢无辜地抢白道："师姐，你和大师兄做这种羞羞的事情，把门关好行嘛，我要是长针眼了怎么办？"

这般说着，客厅里顿时传来一阵哄笑，弄得小颜师妹颇为尴尬，都不知道如何是好。

我此刻并没有出去，而是拿出一张白纸来写写画画，平复一下刚才激动的心情，以及回味一下小颜师妹那疯狂的一吻。

没过一会儿，却见程莉领着一帮小师妹走进了书房。她们发现了桌子上摆着的一整套华丽首饰，顿时就纷纷惊叫起来。女孩子对于首饰的喜爱是男人所不能理解的，我并不觉得神池宫的这些首饰有什么特别，但是瞧见程莉她们眼里都放光了，便晓得这些东西对她们的诱惑力是着实强大。

程莉抚摸着步摇上镶嵌的碎钻，心驰神往地说道："大师兄，难怪应颜师姐对你情有独钟，你要是给我也来这么一套，我也亲你一回！"

李诗楠和谭滢这两个小妮子也高声应道："我也是，我也是！"

这些小讨债鬼，看来我今天不给她们一点好处，这事儿倒是没完了。我倒不介意她们的玩笑，就怕小颜师妹面子太薄，于是笑着招呼："亲就不必了，不过我给你们也带了礼物。”

这般说完，我便从八宝囊的首饰堆中挑出了三根别致的项链，分别递给了她们三个。有了这等贿赂，三个电灯泡果断消失，还乖巧地把门也给我带上了。娇羞不语的小颜师妹弄得我心猿意马，嘻嘻傻笑着说：“我们继续？”

小颜师妹啐了我一口：“都怪你，我以后不要在她们几个面前做人了！”

我开解她：“男欢女爱，这是正常之事，她们以后也会经历的。再说了，她们拿人手短，不会嘲笑你的。”

小颜师妹娇嗔道：“我不管，今天不准你再有非分之想，我们得完成师父布置的任务！”

小颜师妹很坚决，我也没办法强求，只好一本正经地拿出了刚才在白纸上写写画画的东西，缓缓开口：“所谓领导发言，一般要讲究三个地方。第一是衔接前任，第二是注意方式方法，第三是要有自己的语言风格。不过此番我们前来法术学院，是带着改革气魄来的，不破不立，有的东西就不能墨守成规了，所以……”

我故意卖了个关子，小颜师妹见我戛然而止，催促道：“所以？”

我接着说下去：“所以我觉得明天的发言一定要有特点，那就是语不惊人死不休。要将这帮混吃等死的家伙全部镇住，让他们明白杨师叔的气魄和心胸。要么协力共进，风雨同舟，要么就给我卷铺盖走人！”

第十章 一语当真惊四座

我滔滔不绝地讲着心中准备好的话题，然而听到我说到最终核心时，小颜师妹表示出了心中的疑惑，皱着眉头问："我们初来乍到，这样子真的好吗？"

我微笑着答道："革命不是请客吃饭，有的时候可以和衷共济。然而有的时候，必须显出自己的威严来，让那些心怀不轨的人瞧一瞧，也让那些中间派知道新来的院长并不是一个好惹的人。因为一旦你示弱了，对方就会立刻骑到你的头上，拉屎撒尿，毫无顾忌。而当你暴起反击的时候，他们又会利用你不善于团结群众这个弱点，发动众人弹劾你。所谓手段，时而柔、时而刚，唯有刚柔并济，方才能够弄好这一摊子事情。"

我说得一套一套的，小颜师妹不由狐疑地看着我说："看你好像很有经验的样子，实话告诉我，你是不是一直都这么老奸巨猾？"

被小颜师妹这般误会，我大呼冤枉，说自己这些年一直冲锋在前线，对这种事情从来都是敬而远之的。要不是为了给杨师叔坐镇，我哪会愿意掺和这些狗屁事情？

我的话里面还有另外一层意思，那就是我之所以愿意为杨师叔出头，不为别的，只是因为小颜师妹你。

她似乎听出了我的言外之意，微微一笑，说她有些把握不了，让我跟她师父确认一下。我点头，随即挂了一个电话，将我刚才的思路说给英华真人听。

电话那头沉默了一下，不过英华真人到底是女中豪杰，有着做大事必要的决断心。经过慎重的思考之后，她决定采纳我的意见，在明天的大会上表露出一个明确的态度。经过短暂的协商后，我们确定了行文思路。紧接着我与小颜师妹将讲话稿的内容一起合作拟定出来，并且经过全面的修改之后，由她给英华真人送了过去。

小颜师妹带着三个师妹离开，而毛豆和小床单却不肯回到那个陌生的宿舍。小床单因为是山里的孩子，对于陌生的环境有一种天然的恐惧感，而毛豆则是接受不了别人瞧见他时的异样目光。

我决定找毛豆好好地谈一谈，要不然他永远都不能真正地独立，不能长成一个真正的男子汉。在书房里，毛豆坐在我对面。我抿了抿嘴，却不知道如何跟他开口。

我思量了很久，这才慎重说道："劫，你已经十三岁了，是一个小男子汉了。有的事情，你应该发现了。相比于其他人来说，你身上的毛发显得更多一些，这种情况叫返祖现象，一般来说几千万人里面才会有一两例。所以说你是世界的珍宝。我希望你能够为自己的特殊而自豪，而不是永远都将自己藏在黑暗中，将自己内心的想法埋藏在深处，不让人知晓……"

听到我说的这一番话，毛豆沉默了一下，然后袒露了心声："大师兄，相比于光明，我更愿意待在黑暗中，这不是因为我的外表，而是我听从了内心的声音……"

听到毛豆的真实想法，我有些诧异，不知道该说些什么。他的言语不像是十三岁的孩子说的，话里已然具备了一种很成熟的思想，这让我刚才准备好的所有台词都落空了。就在我沉默的时候，他抬起头来，提出了个要求："大师兄，你能够找人给我做一个鬼脸面具吗？我希望自己一个人修行，藏身于暗处，在你们需要我的时候，我再出现，成为一个对大家都有用的人！"

毛豆的话已经让我刮目相看，我并不是一个有着强烈控制欲的人。既然他已这样成熟，此刻的我也只有点头，答应了他的要求。

毛豆，哦，应该是杨劫离开之后，我找到了董仲明，并将从神池宫中所取得的洗髓小还金丹交给他并嘱咐道："虽说修行一事最讲究根骨，但是这天下还有一句话，叫人定胜天。你去过茅山，应该听说过我师弟符钧，他的资质比大多数人都驽钝，然而他现在却是我们这一辈能够开馆授业的弟子中不可多得的一位，你明白我的意思吗？"

董仲明躬身一拜："仲明晓得。机会难得，唯有以勤补拙，才能够不辜负陈大哥的提携和厚爱。"

我笑着纠正他："我之所以带着你，并非是你死缠烂打，而是因为你的心志。一个孩子如果能够有这样的意志，其实做什么事情，都很容易成功。所以我决定给你一个机会，让你在这所学校里面学习，至于未来的成就有多高，就看你自己的努力了。不过在此之前，你需要答应我三件事情。若是不能应允，你便离开此处，天下之大，你自己去闯。”

董仲明瞧我说得严肃，恭敬地问：“是什么，陈大哥请讲。”

我当下也是将当年自己入门学艺时师叔祖李道子让我所念的道门三咒，即“向善、不可同门相残、不与邪恶为伍”说与他知晓，董仲明一一应下。我也没有让他发血誓，便将手中的洗髓小还金丹赠与他，交待道：“此乃洗髓小还金丹，它可以改变你的体质根骨，让你在修行的路上，起点更高一些。你且服下，我随后帮你引气。”

董仲明接过去，跪倒在书桌前，重重地磕头道谢：“多谢陈大哥赐药，陈大哥于我如再生父母，仲明没齿难忘。”

他要三叩九拜，被我拦住了。想起当年李道子收纳我的情形，不由得感慨良多，我对他说道：“这天地间，你只需给自己的父母以及授业恩师磕头。至于其他人，能免则免吧，毕竟男儿膝下有黄金。”

待董仲明服下金丹后，我帮他引气。在他感受到了气感之后，我教会了他最普通的道门引气术，便让他回去，自行打坐修行。

将众人都给打发走了，我洗漱睡下。躺在宽阔的大床上面，孤枕难眠，想着此刻倘若有小颜师妹在身边，不但可以秉烛夜谈，还有好多不足为外人道的事情可以做，那该多好啊！只可惜……唉，早上又要起来洗睡衣了。

英华真人上任的全校教职工大会于次日上午九时在院方大会堂举办。上面为了表示对华东法术学院的重视，向来深居简出的华东局大佬卢拥军居然亲自到了现场。而随行人员自然有不少华东局的重量级人物，将此次大会的规格都给提高了许多。卢拥军是个如李道子般面容冷峻、两鬓斑白的老头。他带着一副黑框眼镜，给人一种深藏不露的感觉。

这样的人物，虽然比不上天下十大高手，也无法与总局几位大佬，比如王红旗、许映愚和看门荀老一般，但也是相差不远的角色。如此看来，特勤局的实力真的是不可小瞧。

卢拥军没有通知院方，提前来了华东法术学院。起初是与英华真人在院长办公室里谈了一会儿，然后又找到了我，说想跟我见一面聊一聊。

我与卢拥军在黄河口一役见过面，彼此倒也并不算陌生，两人在小会议室见了面，寒暄几句。表示了欢迎后，他与我握手，很沉重地对黄河口特勤一组的损失再次表示了抱歉，并且对我们所做的贡献给予了充分的肯定。语毕，他问我有什么要求，只要能满足的，他都尽量帮我办到。

若说要求，我最想的自然是将马如龙调走。不过我晓得倘若自己蹬鼻子上脸的话，只怕未必能够成事，反而让人瞧不起。于是笑了两声，摇头说没有。

作为华东局的掌舵人，卢拥军的时间有限。所以我们稍微交谈两句，便起身去了大会堂，参加全校教职工大会。

会上的程序并不复杂，首先是由卢拥军代表总局和华东局宣布了英华真人和我的任职命令。稍微讲了几句之后，轮到主管领导上台讲话，接着便该是英华真人。我坐在主席台的右侧，听到英华真人面对着三百多名教职员工侃侃而谈。当她谈及到自己就任华东法术学院的目标时，所有与会人员都一片哗然。

因为英华真人提出的目标，是要在三到五年之内，将华东法术学院办成全国同类院校中最顶尖的学府。

这话把大家都给惊到了，要晓得这样的学校就如警校一般，虽说极为特殊，但是在全国却也有二十几家。而一向最强的院校都在西北、西南几个区域，华东片区在全国的地位属于中等偏后，这话讲得实在是有些夸大了。

不过最让人难以置信的，是她说的时间，三到五年。华东法术学院的院长一职，任期就是五年。也就是说这宏伟的目标新院长是打算在自己的任期内就完成，而不是推诿给下一个继任者。什么叫自信？这就叫自信！

有了这么一个目标不断鞭策大家，英华真人就可以按照自己的想法大刀阔斧地改革了。

第十一章 目标是集训第一

没有目标的团队是迷茫的，而领导的作用，就是将这个目标高高地树立起来。然后告诉团队的所有人，大家都要朝着这个目标进发。任何有违背这个目标实行的行为，都将会受到大部分人的反对。从而使得新领导反客为主，可以从容不迫地对这些阻碍者施展一些众人默认的手段。

这叫造势，光明正大的阳谋，将自己立在上风口，让对手永远都只能抬头仰望，而没有对策。

不过这样做，唯一的问题就在于，如何让大部分的人都相信这个目标能够实现，而并不仅仅只是个不知天高地厚的想法，这才是关键所在。

和预料的一样，当英华真人讲出这个目标的时候，全场一片哗然。而当她结束讲话之后，在场的众人纷纷交头接耳。我感觉到坐在台上的马副院长开始频频朝着下面使眼色，心中想着果然有事。在马副院长的催促下，一个秃顶老教授站了起来，扶了扶鼻梁上的眼睛，斯文地举手说道："杨院长，我这边有问题。"

英华真人侧过脸来，旁边的马副院长满脸堆笑地介绍："这位是基督班的张文伯神父，在院中德高望重，是十分有资历的老教授呢！"

马副院长说得这么隆重，然而我见周围人的表情，便晓得这个秃顶教授也不过就是个炮灰。但众目睽睽之下，英华真人倒也没有搞一言堂的意思，而是和颜悦色地请他讲出来："张教授，有什么问题，您请讲。"

秃顶教授张文伯站了出来，朗声说道："刚才杨院长提出要将华东法术学院建设为全国同类别中的顶尖学府，这个想法让所有人都感到振奋。不过我的疑惑是，不知道刚刚就职的杨院长清不清楚情况。虽说华东法术学院位于我国的经济、金融中心，但是在全国的地位，只能算是二流水平。前有西北、西南两所重量级学院压着，后有各大区、分省的职业学院并肩而立。这样的劣势，我们凭什么能够喊出这样好高骛远的口号来呢?”

他的话语倒真的是有些咄咄逼人，连“好高骛远”都讲出来了，显然是铁了心要给新领导添堵。我心中计较着，得将马如龙这家伙的班底给弄得清楚一点，要不然时不时蹦出这么个家伙来，着实是麻烦。

不过英华真人是炼气的真修，所以并不会因他话而羞恼，而是不紧不慢地说：“张教授提的这一点，很对。学院的基础确实差了些，不过这都是过去的事情了。具体的改革方案，我们很快就会制定出来。不过我只想说一点，任何时候，都不要嘲笑梦想。万一要是实现了，那些笑出声来的人，会很尴尬的!”

这话不硬不软，却让张文伯教授的脸色变了一下，不过他依旧不依不饶地说道：“文无第一，武无第二。在我们这个行当里，要想称之为顶尖，必须要在总局精英集训营中取得最好的成绩，方能得到认可。英华真人，你的言下之意，就是说我们华东法术学院在三年之内，能够培养出称霸集训营的学生来咯?”

总局精英集训营沿袭了南疆作战时的惯例，每年都会从各大分区、省局抽调一部分精干人员作为种子选手，去到一处集训地进行强化训练并且在结业的时候，对其进行切合实战的毕业考察，择其优者选入总局。集训营的学员被给予了充分的照顾，以及相当大的上升空间。

这是总局近年来开始推行的一种体制，旨在锻炼总局的后备力量。总局王老大甚至还提出一个标准，说我们这种有关部门毕竟是必须具有一定战斗力的秘密战线，为了避免营私舞弊，以后各分级领导的任用，将优先选择集训营出身、表现优异的学员。而这些人员的选拔，除了基层之外，还有各大相关学院的保送。

这个东西是实打实的，孰胜孰负，一眼便可瞧得出。张文伯提出这么一个检验标准，显然是逼着英华真人立军令状的意味。这事儿可开不得玩笑，英华真人自然明白这一点，于是瞥了我一眼。我晓得这个时候肯定是不能认怂的，于是很坚定地点了点头。英华真人当即表示：“张教授的提议很有意思，我觉得目标细化之后，这个就是我们学院当前的主要任务了!”

将我杨师叔逼到了风口浪尖，马副院长这个时候觉得差不多了，连忙出面充好人道：“杨院长，这可使不得啊，正所谓一言既出，驷马难追。咱们条件有限，千万不能一口吃成个胖子，慢慢来嘛。当着卢局长和各位领导的面，要是万一没有完成任务，到时候可真有些难办……”

他这话虽说是在劝，但是暗里却在煽风点火，着实有些讨人厌。英华真人便是脾气再好，也不可能一味地容忍下去，当下也是面上一凛，扬眉说道："如果完不成任务，我这个院长自然是不用干了！当然，在此之前，任何人要是故意拖后腿，那么我就鞭策他一下。若还是不见效果，那么这个人就得让出自己的位置。能者上，庸者下，我相信只要大家一条心，没有什么是可以难倒我们的！"

她这话说得铿锵有力，华东局卢拥军带头起身鼓掌。一时间所有人都忍不住站了起来，为英华真人的这番豪言壮语拍手叫好，一时间掌声如雷。

这一场会议圆满地结束了，效果很成功。英华真人的初次亮相，便让学院里所有教职工精神振奋，晓得这绝对是一位有抱负、有野心、有手段的领导者。而华东法术学院今后在系统里面发挥的作用，将会越来越大。送走了上面的一帮大佬之后，英华真人立刻把我叫到了校长办公室，问我这事儿可怎么办。大话都说出去了，回头若是没有办成，她可就真的没脸在这儿待了。

我不在意地说道："那就将那个第一给拿下呗。这么简单的事情，瞧您着急的……"

英华真人听恼了："你这小子是真不知道还是假不知道，你知道每年的集训营名额有多难抢吗？你知道能够成为集训营的第一名，有多困难吗？是，我知道，若是让你去，这事儿就是手到擒来了。不过集训营比的是什么？是学生！我们要在这三到五年里，培养出来这样的人，你觉得这事儿可能吗？"

我哈哈一笑，伸了个懒腰，漫不经心地答："杨师叔，你别着急啊。要想培养出尖子生，一是生源必须不错，二就是师资力量。只要把握好这两点，事儿还真的不难办。你若放心，这事就包在我身上，你留着心思对付马如龙那帮老家伙就行了。具体的事情，我来办吧。"

我这般大包大揽，给了英华真人一些信心，她问我有什么要求，我当即提了两个。第一，把那天得罪我们的门卫老头给开了，哪儿来的滚回哪儿去。这样的素质，也好意思来学院当门卫？回头找卢拥军要几个在职的武警哨兵。这事儿关乎到我们的门面，得早点办。第二，将马海角那混蛋随便塞到哪儿去。我刚才进来的时候，见他又围在小颜的屁股后面转，实在是太讨厌了。

英华真人被我这两个要求弄得哭笑不得，后面一个她倒也能够理解。吃醋嘛，这是正常的事。而且那个马海角狂蜂浪蝶的样儿，她看着也烦。不过前面那个要求，她有些疑惑，问我说是不是太操之过急了。这事儿若是让她出面来办，难免会给人一种太过于霸道的感觉，不利于开展后面的工作。

我笑了，说要是不开那老头，才不利于开展工作呢。倒是别人都以为您好欺负了，不过说的也是，这样的小人物还轮不到您来办，我找后勤处的老万来办吧。

谈完这事儿，我决定先去熟悉一下教务主任的工作范围，并且将学院尖子班的学生资料调阅一遍，看看这些未来要被我操练的小家伙们，到底有没有我所期待的人才。倘若情况不好的话，只怕我得趁着三月份开学之前补充一批生源，为学院未来的目标早作打算。

我在院长助理萧应颜的陪同下到了教务处，与自己未来的同事们见了面。那儿有三个副手、四个教务处的干事，还有几个年级主任。有过在总局任职的经历，应对这种场面我自然不在话下，稍微聊了几句，我便让人给我整理资料。趁着这当口，我去厕所放了泡尿，结果刚一走进去，却瞧见陈战南那老家伙也正好走了进来。

第十二章 心有仇怨需隐藏

洗手间一排小便池，我在这边，陈战南在那边。他或许是憋坏了，进来就慌忙掏出家伙放水，都没有注意到旁边还有一个煞星。我快到尾声了，却仍然憋足了一股劲儿。一转身，丹田，哦不，应该是前列腺一激灵，尿了他一裤子。

虽说我身体健康、功力精纯，尿液透亮清明，并不腥臭。但是被一男人热烘烘的尿液洒了一裤子，这事儿实在是让火大，陈战南可不是一个好脾气的人。他转头就骂，然而才说了两句有辱斯文的话，就发现罪魁祸首是我，而且还一脸恶意地看着他。陈战南忍不住往后退了两步，然后哆嗦着说："你要干嘛？"

别人对我的名号也许只是道听途说，但是亲身经历过黄河口一役的陈战南却是有着最真切的感受。他也曾亲自去战场调查过，见过那密密麻麻的虫尸和无数的邪教徒尸体，对当时的情形也大概有一些猜测，想着我这样凶的人倘若真恼了性子，只怕不是一件好事。

这般想着，他一哆嗦，下面一软，自个儿也尿了一裤子。

两泡尿一出来，陈战南这温文尔雅的教授顿时就变成了一个扒粪工，着实有些难堪。面对着这个一脸惊恐的老头，我倒是能够将自己心中的怨恨深深地隐藏，笑着说道："陈教授多日不见，偶然碰上难免有些激动。一哆嗦就冒犯了您，还请多多包涵啊！"

我说得风轻云淡，而这老家伙则吹胡子瞪眼地说道："你明显就是故意的！"

我诧异地问道："这怎么可能，我堂堂一教务主任，怎么会做这种幼稚的事情。陈教授，你想多了，你看看自己的裤子，都湿成墩布了。要不然您先回家去换一条？要不然这样穿着到处招摇，多少也有损你的形象不是？"

陈战南低头一看，果然是惨不忍睹，这才气呼呼地开口："陈志程，黄河口一事，只不过是技术上的小错误，我也已经受到书面警告了。你若是有什么不满，自可以去组织上要一个说法。有本事就告我，别私底下偷偷摸摸地搞小动作。你要知道，这学院可不是你们茅山一家的，有的是讲理的地方！”

他一脸愤懑，而我则淡然处之：“陈教授说的哪里话，大白天莫不是喝多了酒？你快去换裤子吧，不然该着凉了。”

陈战南骂骂咧咧地离开，而我则在水池那儿慢条斯理地洗着手，然后看到镜子里的自己露出了阴冷的笑。

我入门之时，李道子曾经教导过我，说要心善，毋为恶。不过对于某些恶人，忘却和纵容才是最大的恶事。陈战南口中所说的平淡无奇的小事，却害得我特勤一组张世界、张良馗、张良旭三人战死疆场，努尔、张大明白生死未卜，余者皆受重伤，总局最为强大的特勤一组陷于崩溃之地。这样的事情，对于他来说，仅仅领了一个书面警告就觉得委屈？难道我不委屈？

我恨不得将这老东西千刀万剐，不过既然在这样一个体制内生存，我就必须遵守一定的规则，快意恩仇自然是不行的。要晓得学院与机关不一样，它并不是一个等级森严的组织，学院里面的教授、助教地位往往都很高，有些老教授的资历和背景，甚至比大部分行政人员还要深。我所知晓的那些整人手法，此刻却也有些拿不出手。

不过我自然不能让陈战南这般痛快。回到办公室，立刻挂了电话，让后勤处的万主任过来一趟，我有事情要跟他商量。

尽管大家的职位一样，但是万主任并不认为自己能与我平起平坐。新院长走马上任，他要想继续在这个位置上待下去，就必须有所表现。面对我，他表现出十二分的恭敬。电话挂了没多久，他便赶了过来。我请万主任就座，先是感谢他昨日的安排，然后绕了两句话，最后询问起了学院的保卫工作。

华东法术学院因为机构特殊的缘故，所以没有保卫处，保卫科隶属于后勤处，是个并不受重视的单位。我告诉万主任，为了学院的保密工作，我决定向华东局提出申请，借调一定数量的武警同志过来执勤。至于现有的保卫人员，有资历和能力的年轻人员，可以保留协助工作，而另外一部分混吃等死的家伙，就直接清理出学院。

听到了我的意见，万主任抬起了头来。他一脸错愕，沉默了好一会儿，这才问我到底是谁的意见。

我笑着说：“自然是我的意见，这事儿基本上定了，不过暂时没有提出来。

至于学院内部谁先来提，暂时没有定论，万主任你有什么好的想法吗？”

我紧紧地盯着万主任，他沉默了一下，嘴唇蠕动，最后还是不肯松口：“兹事体大，我觉得还是需要经过院里面出文通知，再办才好……”

他这么一说，我的脸渐渐沉了下来，看来这家伙并没有太多破釜沉舟的勇气，就想做个两面派。不过这世间，哪有这么便宜的事情呢？我心中琢磨着，决定敲打敲打他：“一个秘密学院的门卫工作，居然由一个六十岁老头担任，出现这样的错误，后勤部脱不了干系。万主任既然想随大流，也无妨，我们回头再议吧！”

我说完话，挥挥手，让有些失魂落魄的万主任离开，然后开始翻阅起了刚刚拿过来的尖子班人员档案。

法术学院和茅山、龙虎山这样的旧式宗门不一样。它的架构大概仿照了现代大学的框架，摒弃了古老的师徒制，然而又继承了修行宗门的一些精华之处。所用的教材是总局前辈博采众家之长编撰出来的，能够很快就上手，不过却很难让学生有所精进——这时师资力量的重要性就凸现了出来，名师指导对于学生的未来成就至关重要。

打一个简单的比方，老式宗门就好比大酒店，耗时长，佐料精，做出来的菜肴也格外有品质，而学院就像是路边的快餐店，面向大众，物美价廉，方便快捷，只不过口味就有些不那么尽如人意。

我简单地翻看了一下尖子班的资料。也许是我在茅山求道的缘故，发现这三十多个人里真正能让人眼前一亮的，实在是太少。不过资料上面看不出太多的东西来，于是出来一问，我才晓得尖子班与别的班级不一样。即便快近年关，他们依旧还在校学习。我叫来教务处的一个干事带我去教学楼里的禅室，与这些学生接触一下。

与寻常大学所修的科目不一样，法术学院的学生更多的是在修行、气感以及格斗之上下工夫。所以那种阶梯教室之类的大教室很少，反倒是五花八门的专属教室多一些。比如我此刻所在的禅室，就是一个铺满了竹席的房间，尖子班的学生盘腿坐在蒲团之上，由一个道士打扮的导师在教授大家运行周天。

我站在窗外打量了一下，发现除了几个有不错的根骨体质外，其余的人都不过是刚刚入门而已。

这时我才晓得会上提出那么一个目标，为何会有那么多人感到震惊。原来法术学院的生源基础着实是太差劲了，真的难以入得法眼。

不过想来也是，如果修行者这样的人物都能够批量生产，那么世间就不会有那么多的普通人了。

我大致地看了一遍，心中琢磨着接下来的重点工作，可能就是要先招生了。我得自己去寻找一些好苗子，悉心培养起来，而不是用这一帮老办法培养出来的学生。要不然我在英华真人面前夸下的海口，可就真的要落空了。若是如此，只怕我和小颜师妹之间又得出现问题。

此时已近年末，大家都无心工作，交接过工作之后，没几天就准备放假。回家过年了，我也没有什么特别动作，主要就是熟悉一下学院的情况。万主任那边虽说没有跳出来当急先锋，不过最终还是将那个给我们下马威的老头辞退了。据说陈战南还找万主任闹了一场，不过终究没有什么作用，老头最后还是卷铺盖回了老家。

英华真人此番前来赴任，要事繁多，自然不会回茅山，其余人自然也留在此处。不过小颜师妹难得出一次山，与家里联系之后，才晓得远在西北的大哥也会回家，于是决定回句容过年。

少了小颜师妹，这年过得没滋没味，我给家里面打过电话之后，留在学院里准备教学计划。闲暇时间里，指点几个小师妹和董仲明、杨劫的修行，接着就等过了元宵节，再张罗招生工作，前往各地的下一级学校进行招生。

我们的第一站是故地鲁东泉城，也是 55151 部队下属培训学校的所在地。

第十三章 路灯下的小胖子

元宵节过后，还没来得及迎接小颜师妹的到来，我先迎来了第一位投奔者——是来自特勤一组的张励耘。这一位北疆王的外侄在得知其死讯后，第一时间从塞外草原赶了过来，与我见面。看过一圈后，他便不准备离开了，决定与我一同留在华东法术学院。

张励耘告诉我，说北疆王对他一直以来的期望，就是待在我身边，能够有个不错的前程。现在既然特勤一组没有了，那么就随我留在此处了。

这对于我来说实在是一件意外之喜，要晓得张励耘此人曾经在民顾委下属的某秘密部队服过役，并且有着足够厉害的家学渊源。无论是个人修行，还是在团队建设中，都能够起到一个很不错的作用。有了他在，我在学院里的工作就能变得轻松很多。

我很快就将张励耘的组织关系从总局借调到了华东法术学院，他成为了教务处一名普通的教师。而他接下来的任务，将辅助我接手华东法术学院的尖子班，把这些学生的专业素质培养上去，争取能够取得特勤局集训营的名额，成为第一名。这是一件十分困难的事情，不过在我看来，反而是一种挑战。人生总得给自己找点有挑战的事情干，要不然岂不是闲得慌?

张励耘到任的第三天，我就带着他一起去华东地区的下属学校选拔新的学生。第一站就是前往鲁东泉城，来到了一个当时就十分有名的高级职业技工学校。

这个学校知名不具，作为55151部队下属的军办学校，它除了设有汽修、美容美发、厨师、电焊、挖掘机等八个专业、六十余个工种，培养初、中、高级技工和预备技师外，还负责为部队培养多方面的复合型人才。另外鉴于该学校的实力，两年前特勤局也与该校签署了委托培训协议，由该校承担起鲁东地区基层选拔培训基地的任务。

此校的武学院隐藏在偌大校园中不为人知的一处，它汇聚了很多来自齐鲁大地有修行资质的少年，同时也是华东法术学院比较优秀的学生来源地。法术学院跟普通全日制大学不同的是它并不需要经过高考这种残酷的选拔方式，而是通过选调、推荐以及保送等方式，从下属的各基层学校选送学生，所以并不需要等到每年的九月份才能招生。

这一次陪着我一同来泉城的，除了张励耘，还有学院招生办的郑毅老师。作为招生办的老手，他与下面各基层学校的关系都不错。来到武学院后，学院的负责人对我们的到来表示了热烈的欢迎，并且表示一定会选出学校最好的学生，让我们满意而归。

因为有提前通知校方，所以学校这边也做了准备，当即便将毕业班的学生资料交给了我们审查。并且告诉我们，学生那里已经通知过了，大家得知华东法术学院过来选拔尖子生，都十分积极，随时等待着备选，问是不是需要进行笔试或者面试。

面对学校老师的热情，我首先表示了感谢，然后表达了我们此行时间比较紧迫。如果有所准备，那当然是最好的，我们先看一看，然后通知被挑选的人员进行面试。

我和张励耘以及招生办的郑老师在两百多份资料里进行了仔细地筛选，从中挑出了五十多位成绩比较突出的学生。然后借用了学校的教室，开始进行逐一的面试。面试的过程并不复杂，主要就是随便聊聊天，考察学生的基础以及临场反应能力，还有对于基本功的了解和气感的把握。另外还有一点，就是看孩子的眼睛是否有灵性。

在基层学校里，所学的东西并不算多，他们限于师资力量的缘故，只能算是刚刚步入这个行当的门槛。偶尔有一两人能够感受到气感，已经算是十分优异了，所以我们的要求并不算高。不过即便如此，面试一天下来，也着实让人有些失望。

一直到最后一位学生离开，天色已经黑了，张励耘瞧见我脸上掩藏不住的失望，笑着安慰道："老大，世间能够入得门道者，何其之少，这些学生的先天条件也都还算不错了。如果仔细调教一番，还是有几个能够撑得起场面来的，你不要太忧心了。"

我苦笑着答道："我知道，今天这里确实是有几个好苗子，不过想要培养起来，周期太长。而我答应过英华真人要在三年内培养出能够在特勤局一年一度的集训营中拔得头筹者，这些孩子又实在是不堪重担。"

张励耘转着手上的铅笔帮我分析："老大，这事情其实很简单。要想拿到第一，咱培养就是，我看小床单就不错，根骨佳、灵性足，也够勤奋。认真培养一下，说不定就能够在近几年内能堪大用。"

我打趣说："用了我一粒珍贵无比的洗髓小还金丹，他要是再没点出息，看我不打断他的狗腿!"

张励耘又提出个新思路来："其实我们可以转变一下思路，老大你认不认识比较有潜质的年轻人？尾巴妞、小破烂和布鱼他们几个年纪虽轻，但毕竟在特勤局备过案了，如果启用他们未免太过于明显。但是别的人，办起来其实也就简单了。比如你的小师弟萧克明，或者其他人，直接将他转到院里面来，换上学生的身份，到时候还不是人才一大把吗？"

张励耘的话给了我启示，倘若真的到了山穷水尽的时候，我通过人脉找一些好苗子来，总是能够拿下那第一名的。

面试结束之后，学校请我们吃了一顿饭。会上校方十分热情，不断劝酒，不过我却以自己修道不沾烟酒为由拒绝了，让郑老师去应付。宴席结束之后，我们回到了校方的招待所。三人在我的房间里拟定名单，对今天表现得比较突出的几名学生进行甄选。一番讨论过后，决定对八名学生进行下一轮的面试，最终确定三到五位能够获得入学资格的学生。

一番讨论下来，着实有些头疼。我伸了个懒腰，让张励耘和郑老师都先去睡，接着自己独自一个人出去走了走。

这校园占地面积十分大，我绕着学校走了一圈，看到无数朝气蓬勃的年轻面孔，心中不由得生出许多活力来。除了部队和特勤局委托培训的业务外，这个学校其实是一个很强大的职业技术培训学校。它给很多未能考上大学的孩子提供了另外一条出路，能够学得一门傍身之技，从而能够在这个社会上更好地立足。

这些年轻人才是我们这个强大社会的构成基础，他们，以及他们千千万万的同龄人，方才是我们祖国的未来。而作为这个和谐社会的守护者之一，我的心中不由得生出了许多满足之感。

转了一圈，我准备返回招待所休息。明日确定过后，我还要赶往江阴省进行生源甄选，不过走到一处路灯下时，我下意识地停下了脚步。

路灯下，一个浑身赘肉的小胖子正蹲在地上，聚精会神地盯着地面。我从远处走过来，见他一动也不动，只是不断地吸着受冻的鼻子，睁大眼睛瞧着。我不由得有些好奇，走过去一看，在他前面的是一窝蚂蚁。巢穴就位于路灯下面，也不知道这些蚂蚁从哪儿弄来了一条大青虫，正奋力地将其往蚁窝里挪呢。就这么简简单单的画面，却让一个十四五岁的少年看得这么入神，着实有些古怪。

这小胖子，难道脑袋有些问题吗？多大了，还看蚂蚁搬家？不过看他脸上的表情，虽然长得憨厚，但并不像脑袋有问题啊？

我也站在旁边瞧了一会儿，终于忍不住问道："这蚂蚁有什么好看的？"

那小胖子头也不抬地回我："你不觉得很美吗？"

我诧异地反问："哪里美？"

小胖子稳稳地蹲着，缓声说道："力量的美啊。你看看，这蚂蚁个头这么小，而这条青虫却足有它们的几十倍、上百倍大。但是它们却通过集体协作以及自己不屈的意志，将这不可能的任务完成了。我正在观察它们到底是如何用力的，竟然能够做出这样的行为来……"

人法地，地法天，天法道，道法自然。

听到这小胖子的话语，我心中一动，脑海中立刻想起了这么一句话来。突然感觉到震撼莫名，如有所悟。呆了很久，这才深深地吸了一口夜里寒冷的空气，然后说道："这事儿真有趣，你介意让个位置，让我在旁边也学一下吗？"

小胖子冲我一乐，挪开了屁股，说："行，不过你别挡着光啊。"

就这样，两人蹲在地上足足看了十分钟，瞧见那群蚂蚁终于将大青虫拖进了蚁穴中。这时我才转过身来询问这小胖子的名字，他咧嘴一笑，告诉我，他叫做林齐鸣。

第十四章 新生的招收工作

“林齐鸣？诸子争锋，百家齐鸣，这名字真的不错啊！小老弟，你是这个学校的学生吗？”我笑着与他交谈道。

小胖子点了点头，说：“嗯，我是武学院的。只可惜他们嫌我太小了，不让我到工程机械学院学挖掘机……”

武学院的？我的眼睛一亮，接着套话：“那不错啊，习武之人，强身健体。如果能够培育出气感来，更是飞檐走壁，不在话下。不过你为什么想要去工程机械学院呢？”

小胖子一脸郁闷地回答：“学武有什么好的，我的那些师兄们学出来，不是去给人当保安，就是帮别人看大门。只有顶尖的几个人才能够到更高的学府去进修，学习真正的本事。还有一部分运气好的，则去给大老板当保镖，可是却受尽歧视——开挖掘机就不同啦，现在城里乡下到处都在建房子，哪儿都有工地，只要有工地，就需要开挖掘机的，每个月的工资拿到手软。要是让我选，我肯定是去工程机械学院啦！”

他说得好有道理，我竟然无言以对，停顿了好一会儿，诱导他：“那如果你被挑选到更高一级的学府去深造，你还愿意转院吗？”

小胖子摇头说道：“别说了，这怎么可能，我们学院四百多号人里面，我的成绩算是垫底的。别人过来挑学生，自然是把成绩好的都选走了，留下我们这帮学渣。要都没人要，怎么可能被挑走呢？”

他一身赘肉，蹲下来的时候，肚腩鼓鼓。这副尊容在武术学院里面实在罕见，但凡勤勉一点都不会这样子，不由得好奇地问：“我刚才听你说话，悟性不差啊，怎么成绩就那么差呢？”

小胖子想要站起来说话，结果蹲久了，腿有些麻，一屁股坐在了地上。在我的帮助下才勉强爬了起来，向我说明："我小的时候碰到一个蒙古大夫，误服了药，导致激素性肥胖。后来爹娘觉得我这样不好，就将我送到了这武学院来，期望能让我身体健康一点。结果到了这里才晓得，老师教的东西都是些花拳绣腿，越是华而不实成绩就越会好。我因为身体不便，性格又有些怪异，所以就只能垫底了。"

"怪异？"

"嗯，我从小就特别喜欢观察这个世界。喜欢看那雄鹰在天空翱翔，喜欢看鱼儿在池中游动，喜欢看蛇栖息，看豹子扑食。喜欢看动物世界，从这些动物的身上，模仿出它们兽性中的一面，让自己在与人争斗的时候，更贴合自然。不过这样的东西，在老师看来有些离经叛道，所以从来都不喜欢我，也觉得我实在是不可理喻……"

听到小胖子林齐鸣的话，我突然有一种久违的惊喜。说实话，从个人资质上来说，他远不如我今天见过的那五十人中的任何一人厉害。但是他有一颗敏感细致的心以及善于观察这个世界的双眼——有了这两样东西，我觉得他也许就是我要找的那个能够代表华东法术学院在特勤局集训营中夺魁的人。

一个人的悟性是最重要的，至于其他的身体条件和素质，在我看来，都是微不足道的小事。

我若有所思地点头，而那小胖子却像大人一般叹了一口气，沮丧地说道："我跟你说这些干嘛，没有人会明白我的想法的……"

我点拨他："那也未必啊，林齐鸣，你现在能够锻炼出气感了吗？"

听到这话，正准备离开的小胖子回转过身来，一脸惊诧地望着我说道："你是谁？怎么没有任何身体碰触，你就能够确定我已经感受到炁场呢？"

我避重就轻："我是谁不重要，但我差不多听明白了，你练武有两个目的。第一个是想要减肥，第二个呢，则是想要更加有出息一些。这两个目的，我都能够帮你达成，不过在完成这些事儿之前，你必须要忍受常人所难以忍耐的艰辛和痛苦，得有失去安逸生活的勇气，这些你确定自己可以做到吗？"

小胖子的两眼都在冒光："什么，你真的能够帮我减肥吗？我这个是激素性肥胖症，是不能通过锻炼消减的啊？"

我摸了摸他的脑袋，抛出橄榄枝："你既然已经修习出了气感，就应该明白这个世界上的神奇之处实在太多了。不过是减掉些身体的赘肉，这根本就不算事儿。目标很简单，但是通往这个终点的路途十分艰难。你若是准备好了，明天早上九点钟的时候，到武术学院教学楼的三〇一教室来，我给你一个机会！”这般说完，我没有再多说什么，转身离去。

事实上我已经确定这个小胖子是个值得培养的人才。不过世间任何事情，无论是爱情，还是成功，倘若得到的过程太容易了，没有中途的许多周折，心里面必然都是没有准备好的。我想要的人必须都是意志坚定、主观能动性突出的，他若是能够控制住自己对胜利的渴望，而选择不去相信一个路边陌生人的话，那么我又有什么理由相信他能够最终坚持下来呢？机会从来都是留给有准备的人。如果他放弃了，那么就算是老天，也帮不了他。

我回到了招待所，心情不错，吹着欢快的口哨。张励耘还没睡，瞧见我这般模样，好奇地问我出去一趟，怎么心情变得这般愉快。我告诉他我碰到一个挺有趣的人。张励耘问我是谁，我说是个小胖子，至于什么模样，为什么，这个惊喜留到明天再作解答吧。

次日清晨，我们对挑出来的十人进行了复试。复试到一半，当地学校负责沟通的杨老师走进来，疑惑地问郑老师：“我们学校有一个叫林齐鸣的学生，他非说有人让他到三〇一教室来面试。我已经告诉他复试名单里面没有他。他根本就没有入选的资格，况且平日里在学校的表现并不算好——但是他很坚持，所以我就过来问一下……”

对方显得十分无奈，显然也是被磨得没有了脾气。郑老师摇头，说他不知道这件事情，杨老师这下子发了火：“就知道那小胖子在骗人，我非出去教训他一顿不可！”

他嚷嚷着准备离开，我叫住了他，问是不是一个机灵的小胖墩儿。

杨老师点头称是，我笑着对张励耘揭开谜底：“行了，昨天给你说的惊喜，你看一下吧。”这边说罢，我又向杨老师解释：“林齐鸣说得没错，我昨天晚上闲逛的时候，发现他挺有趣的。所以就让他今天过来这里，让大家看一看。”

杨老师一脸诧异地看着我，不过当着众人的面，他也不好说什么，转身出了教室去。没一会儿门又开了，一张憨厚的面孔出现。只见他小眼睛骨碌一转，瞅见了我，立刻笑眯眯地走到我们跟前来，躬身问好。我点了点头，然后让张励耘和招生办的郑老师对他进行面试。至于我，则在旁边默默地观察着。

经过一番问答，面试结束了。在林齐鸣离开之后，我问张励耘觉得如何。他告诉我，说这小胖子蛮机灵的，很有悟性，如果好好带一下，说不定是块好料。

我愈发得意："不但是块好料，而且这小子心有丘壑。说真的，我很期待他后面的表现，说不定真的会让我们大吃一惊呢。"

我们在鲁东泉城待了三天，敲定了五位新生名额，这里面就包括了林齐鸣这小子。听说消息传出去之后，他们学校认识他的人都大为惊讶，因为好几个进入复试、并且自信满满的人都被刷下来了，可见此番面试的标准还是挺严格的。然而这个名不见经传、成绩一直都在下游垫底的小胖子，却宛如一匹黑马杀出，实在是让太多的人始料未及。

当然，这些事儿已经不是我们关注的重点了。被选中的五位学子兴高采烈地拿着录取通知书，收拾好行李，回家报过喜讯后，就准备前往华东法术学院入学。而我则马不停蹄地前往江阴省的金陵市，继续开展选拔生源的工作。

在金陵忙碌了好几天，我终于又敲定了四个名额。完成了这些事情之后，我抽空与金陵的一众老朋友们聚了下，申重、老孔、向荣、欧阳寒雪和萧大炮的夫人戴巧姐，这些老同事、老朋友的感情都得联络一番。办完了这些事情之后，我又前往郊区的村子里，探望正在制作北斗七星剑的南南。

时间有限，此刻我自然不是过来取剑的，而是求南南帮我做一副面具。

一副杨劫的面具。

第十五章 一个梦想的启航

相隔不久，再次与南南相见，他依旧躲在暗室之中。在烛光下，他认真听完了我对于杨劫的描述，然后点了点头，评价道："他的选择并没有错，既然这个世界都觉得他是异类，与其迎合别人的期望出现在阳光之下，倒不如一个人独享寂寞的滋味来得自在。"

经历相近的人似乎更容易惺惺相惜一些，也比较会懂得对方的想法，南南固然如此。而杨劫，在英华真人和小颜师妹她们的描述中，我也晓得是一位修炼中的天才。

西方有一句俗语，叫上帝为你关上了门，必会给你打开一扇窗户——这事儿也应在了杨劫身上。

我听说杨劫对于茅山并不盛行的五行遁术最是擅长，对于金、木、水、火、土这五色元气的运用甚至比许多入门多年的师兄师姐还要精深，近身搏杀术和小擒拿手也是一绝。如此说来，英华真人倒是收了一个好徒弟。

南南并没有给我做面具，而是叫来了马爷，吩咐了两句。接着马爷从地下室封存的铁箱中拿出了一个满是灰尘的盒子来，南南递给了我，告诉我这是他爷爷于墨晗留下来的遗物——影子面具。

这面具曾经是一位南方著名高手央求于墨晗大师定制的。只可惜后来被于大师知晓这件物品其实是那高手受了日本人的委托，专门给一位忍术大师量身打造的。

日本人曾经于半个世纪前，在金陵这个六朝古都犯下过滔天大罪。于墨晗大师是经历过那一场灾难的，故而心中对于我们这个一衣带水的"友邦"，充满了无比的仇恨。当其得知了这个消息后，便愤然中止了交易。他当时本来想将这面具给直接砸了的，然而这件作品终究是他此生最得意的几件代表作之一。下了几次手，都狠不下这个心来，于是就一直留存到了今日。

正所谓“宝剑赠英雄”，于墨晗大师的这件作品虽说价值无可估量，但是南南却是个十分任性由心之人，他既然觉得杨劫不错，便也不会有半点舍不得。

宝器配英雄，这是一件十分让人畅快的事情。只有落在能够让它发扬光大的人手上，才不算是辱没了匠人的手艺。

我打开了这尘封已久的盒子，瞧见里面却是一片雾纱。轻轻捏了捏，感觉软中有硬，硬中有软，材质十分古怪，却听到南南介绍道：“这影子面具采用了煤石之精、十年罂粟花、二十年桑蚕树、曼陀罗花、迷幻鼠尾草等多种特殊材质与金丝调和而成。绘以符箓，制成之后，带在脸上，便能够随意模拟他人的脸孔，也可以将自己整个头颅隐于黑暗之中。你且记住一句咒文，交给杨劫时说与他听。”

南南将这影子面具的使用口诀告知于我，随后挥手送客，也不谈任何报酬之类的。这事儿让我有些过意不去，出来的时候找到马爷，问起了酬金。

对于我的意思，马爷直接就否定了：“南南既然说送给你，我若是背着他收你的酬金让他晓得了，我如何使得？”

我看着周围的环境，觉得多少也得尽一份心意，便从八宝囊中掏出了一根从神池宫中取来的金簪，递到他手上，说这便算是酬劳了。马爷接过来，一开始还推辞，结果仔细一打量，双眼立刻瞪得滚圆，问我这东西的来路。我也不能多言，指着西北方向。

马爷也是一位手艺人，自然晓得其中的妙处。尽管这簪子不过是一件装饰品，并无法器之姿，但是却也能够从中瞧出许多妙处来，细细看来，更加爱不释手。我俩稍微一聊，当马爷得知我手上有大量暗中取来的首饰准备变现时，他提出了一个建议，告诉我倘若普普通通就当了，所得不过是本身的材料钱。如果能够拿到专业的铺子去处理，不但能够兑出大量的现金，而且更是价格翻番。

我本身对于金钱的欲望并不是很重，也没有太多安逸生活可以贪图。不过当初之所以花费大量的贝币采购这些财物，也就是希望手上能够掌握一笔来路清白的资金，去帮助一些需要帮助的人，比如说努尔一直挂念的西熊苗寨，再比如说我那些故去战友的家属和曾经想帮却无能为力的人们……

听到马爷的提议，我自然很感兴趣。往深了一聊，才晓得他说的那个地方便是我所熟悉的慈元阁。

说起慈元阁，我之所以下决心去天山祖峰，还有那阁主方鸿谨的一份功劳。不管这事儿他是有意的，还是无心的，我都欠他一份人情，故而并不排斥这件双方互惠互利的事情。另外慈元阁与天山神池宫的接头人黑鸦被我斩杀了，他们想要重新开辟商路，必然也不会给我报价太低。所以我点头应下这件事情，拿出三件比较精美的首饰，让马爷帮我联系一下慈元阁的人。他们倘若是有意，自可以到华东法术学院找我谈。

这边的事儿办妥之后，我便也不在金陵久留，而是带着南南赠送的影子面具，与招生办的同志一起出发，前往下一个基层学校进行生源选拔。

从元宵节过后一直到三月份开学初，我一直都在外地奔走，短短的时间里跑了七个省市十来个基层学校，终于从庞大的生源中挑选出了四十多名学生。这些学生将进入华东法术学院新一代的重点班，承担起华东法术学院迈向国内一流专业学府的重任。而他们中的一部分人，将会在两到三年后的集训营中崭露头角，甚至有可能作为集训营中的佼佼者直接进入中央，开始自己崭新的人生。

然而所有的一切，都不过是美好的愿望。在此之前，他们都怀揣着中大奖的兴奋心情，享受着学校提供的旅费，扛着大包小包而来。真正面对这个崭新的环境时，他们便一下子忐忑起来。

二月末，我带着一身风尘返回了华东法术学院，再次见到了魂牵梦萦的小颜师妹。望着她美丽脸庞上展露出来的笑颜，便感觉自己所有的努力都没有白费。

俗话说小别胜新婚，虽说我与小颜师妹之间的关系纯洁无瑕，但是分别了这么久，难免有些心急，总想与她独处，好好地说些贴心的话。不过读懂了笑意中的平淡温婉，激动的我立刻感到心下澄净，想着就是这种相视一笑带来的淡淡的幸福原来是我一直所追求的东西。

我爱着她，她爱着我，这世界上还有比这更幸福的事儿吗？

回到学院，还没跟小颜师妹说上两句话，我便被英华真人叫到了办公室汇报这一个多月的诸多事宜。我将准备好的学生资料一一摆在她面前，然后有条不紊地讲起了我对这些孩子的看法和期望。英华真人对我大部分的工作都还是比较满意的，唯一对我大力夸赞的是那个叫林齐鸣的小胖子这件事，杨师叔表示了十二分的不理解。

她瞧着学生档案上面那张人畜无害的憨厚脸孔，怎么看都觉得这个一身赘肉的家伙没有我说得那么玄乎。我也不急于解释，而是让她过两天再下结论。

然而过了两天，当英华真人见到林齐鸣真人之后，依旧表现出一肚子的不理解。我依旧不解释，而是对张励耘讲了一句话，说这人怀才就如同怀孕一般，时间久了才能够看得出来。乍一眼看去，这小胖子平淡无奇，怎么都像是走后门进来的，不过我倒是很期待他的表现让所有人跌破眼镜的时候。

三月初开学，这一届临时被选拔出来的重点班的第一课，由我亲自教授。

课堂上，我没有讲如何练气，也没有说如何修行，而是讲了一个故事——一个老师在某个基层院校招生时偶然碰到了一个小胖子，与他一同蹲在电线杆下看蚂蚁搬家的故事。

我讲得很认真，把当时的对话隐去双方的姓名再和盘托出，然后动情地向堂下的所有学生说道："那个孩子告诉我，他不想学武、不想修行，因为学出来了，还是生活艰辛、低人一等，还不如开挖掘机赚钱。那么我想告诉大家，在这个班级里，今后将会出现无数的大人物。你们之中的一些人，可能会让无数后辈为之敬仰艳羡。昨日的黄埔军校，如今的华东法术学院，都将会是永远的传说。我可以向在座的所有人保证，当你毕业了，你也将是传奇人物！"

我慷慨激昂地说完后，轻轻地问了一句话："少年们，告诉我，你们想与我同行，去追逐这个共同的梦想继而改变自己的命运吗？"

"想！"堂下一张张年轻的面孔精神焕发，异口同声地答道。接着教室里便是一片掌声雷动。

第十六章 黄埔军校孕育中

我手把手亲自挑选出来的学生，他们的脾气秉性我自然都能够摸得通透，就这三两句话，便能够挠到了他们的痒处。如雷的掌声中，我瞧见故事的主人公不好意思地摸了摸脑袋，低头微笑。望着这一张张朴实无华、充满童真的脸孔，我晓得在今后的日子里，自己可能就要跟这一帮还未成年的小屁孩儿待在一起，为了一个共同的目标而奋斗了。

身为茅山的大师兄，这事儿对于我来说倒也并不陌生。不过唯一的区别在于，由于门户的传统，还是有很多东西不能随意传授给别人的，我只能从特勤局搜集到的修炼法门中挑出若干的书籍，然后再对这些孩子们因材施教。

不过好在经历了建国和二十多年前的那一场运动，使得特勤局档案库中的修炼法门并不比一般的宗门少，汇聚了一众精英的特勤局的势头反而要比许多底蕴深厚的宗门还要系统和丰富。这是旧式宗门所不能够比拟的，也正是许多修行中人想要加入特勤局这种国字头机构的原因。毕竟有关部门中便于修行，无论是资源，还是开放的态度，都要比旧式宗门强大许多，也更容易在修行一途上走得更远。

当然，真正的顶尖人物，也都还需要如同旧式宗门一般一对一地单带，比如王红旗门下的几个栋梁以及黄天望手下的十三太保。

我虽说被借调到华东法术学院来当这个教务主任，但是最主要的责任，则是带好这个新成立的重点班。至于其他的教务工作，则由原先的两位副手来承担。一开始这两人对我这个年纪并不算大、还横插一脚的家伙有些不爽，但是当我通过张励耘将自己的功绩还有级别透露给两人之后，这两人也算是识时务者为俊杰。他们知道我过来坐这个位置，反倒是屈就我了，便也收起了愤愤不平的心思，好好地巴结起了我这尊大神来。

当然，也不是所有的人都会那般服服帖帖的，马副院长总爱给人许诺，所以也有人心思不定。不过对付这些人，我有的是手段，教务处这一亩三分地我若都整不明白，倒也枉费了我这黑手双城的手段了。不过些许龌龊之事，便也不再多提。

在给众人树立了目标之后，我让张励耘负责这个新成立的重点班，并且召集教务处的一帮子专家学者，制定了一整套关于素质教育的方案，尽量避免应试教育中“假、大、空”的诸般缺点，充分发挥因材施教、学以致用的优点，一切都以实战出发，以融入现实社会为基准，加强训练强度，优胜劣汰。总之一句话，那就是不让学生们过得太安逸。

除了出台了几套量身定制的方案之外，我还引入了强烈的竞争机制，学生与学生之间的，学生与老师之间的，老师与老师之间的，处处都充满了竞争，处处都充斥着挑战。老师可以选择学生，而学生也可以投票选取自己所喜欢的老师，任何想要在这里面混吃等死的人，都将会被无情地淘汰。

这样的一揽子方案出台，整个学院一片哗然，以马副院长为首的元老派当即反对，认为提出这样的规定实在是太苛刻了。虽然充分学习了西方的丛林法则，但没有体现出社会主义的优越性，而且冷冰冰的，毫无人情味，是对人性的泯灭。我们要培养的不是只懂得执行计划的机器，而是能处理无数复杂事情的人才。如果真的按照他们那种方案来做，华东法术学院恐怕是毁灭在即了。

对于这种危言耸听的言论以及诸多对我的攻击行为，英华真人在校务会上进行了严厉的批评。她告诫所有人，任何时候都要提高警惕，居安思危，要记住兴于忧患，亡于安逸，如果凡事都讲究中庸，平平淡淡，那么学校的目标又该如何实现呢?

会后英华真人做了总结，任何违反改革的个体，只要露出苗头，誓必就会受到打击，不要想着在以前的功劳簿上躺着过日子，如果自己不行，那就退下，让能者上。

这句话讲得粗俗点，那就是你行你上，不行就别占着茅坑不拉屎。

华东法术学院的五年计划已经获得了华东局大佬卢拥军的亲自认可，也是民心所向，任何在这个时候跳出来提出反对意见的人，都被划分到别有用心的破坏者行列。马副院长无可奈何，他在几次校务会上都被英华真人毫不留情地点名批评，这让他在学院里面的威信陆续流失。到了后来，明眼人都知道马副院长已经渐渐地失势了，他身边的人也变得越来越少。

这是院里面的事情，马副院长有英华真人对付，我自然不会太过于操心。不过却也听到几个小师妹闲聊的时候讲起，说马副院长越来越沉默了，以前脸上还有一些笑容，现在整天板着个脸，就好像患上了面瘫症一般，怪吓人的。

有小道消息，说马副院长最近没事总是喜欢找几个“心存反志”的死党一起喝酒，喝高了就发酒疯，将以英华真人和我为首的改革派骂得狗血淋头。

也有人说马副院长曾经去过几次华东局，找上面的组织谋求调职的事情，总之他在这儿待着实在是太难过了。

不过烦恼都是马副院长的，对于我来说，奔波忙碌多年，我终于在此处落地生根了，过上了安稳的日子。每日工作时间，总是跟那些孩子们待在一起，与他们一同修行，而闲暇之余，还有时间一起与小颜师妹花前月下，顺便指导一下英华真人门下的几个徒弟。这样平淡而幸福的日子过得实在是太舒坦了，让我有一种在学院里面教书育人一辈子的想法。

唯一的遗憾，就是小颜师妹虽说与我意乱情迷，但是总能把守住女孩子最后一关，让吃素多年的我着实有些难受。不知不觉，我冷水澡都已经洗成了习惯，唉……

时间慢慢流逝，新官上任的英华真人也终于在学院站稳了脚跟，开始实施自己心中的打算。由于出世的缘故，无论是小颜师妹，还是程莉、李诗楠、谭滢几人，修为都比在山上时更加精进了一层。不过变化最明显的是杨劫，自从收到了我从南南那儿给他带来的影子面具后，他就经常消失在我的视野之中，而当我再一次见到他的时候，便总能感觉到他比上一次更加危险。

对，不是别的，是危险，小小年纪的杨劫已经能够给与我一种危险的感觉，这种感觉与当初我在天山神池宫的修炼密林里遇到德古拉伯爵时一样。

如此看来，杨劫还真有当刺客的潜质。

除了英华真人，没有人知道杨劫这些日子，到底去了哪里。不过见杨劫进步神速，我又是欣喜，又是疑虑，有些担心这孩子若是误入了歧途，到时候想要拿下他，是一件难事呢。

如此想想，我又有些发笑，只怕当初师父和李道子师叔，也是这般看我的吧？

因为消息传递的原因，慈元阁一直到三月末才找到了我，这一次过来的是慈元阁的阁主方鸿谨。

这中年胖子亲自过来与我洽谈合作事宜，我与他当面盘点了从天山神池宫带出来的诸多首饰，除了给小白狐、小颜师妹和其余人的，一共还有九十七件。因为种种原因，方鸿谨倒是没有露出商人的贪婪来，而是认真地告诉我，说这些货他吃不下，也无法消化。不过他希望能够和我签署一个合作协议，那就是由慈元阁来负责这些饰品的代理工作，他们负责宣传、造势和拍卖，我与他们采取公开透明的分成方式，从而获得双赢。

对于方鸿谨的提议，我表示了认可，他这人虽说有着商人的精明和逐利的本性，但是却极重诚信，倒是值得信任的。

当然，他若是敢蒙我，我也不是没有手段治他，这一点他明白，故而更加小心翼翼。

时间慢慢流失，不知不觉就到了七月份，华东法术学院新成立的重点班也差不多快要过了一个学期。这些懵懂的少年们逐渐地展露出了自己的潜质，特别是林齐鸣和董仲明这两人，他们的成长出乎了我的期望，已经在这个班级之中崭露头角，惊艳众人了。而这个时候，我却迎来了一位来自西川青城山的特殊客人。

事实上，当第一眼瞧见这个女孩子的时候，我实在是没有想起来她到底是谁，但是当她自报姓名的时候，我整个人都僵立在了原地。

天啊，白合他这一世不应该是男孩子吗？这个窈窕可爱的美少女到底是怎么回事？

第十七章 风波暗流诡异起

当我面前的这个小姑娘报上自己的名字之后，我看着她，她看着我，我们俩大眼瞪小眼，相互瞧了很久，没想到这白合抬起手来，给了我一巴掌。

耳光清脆有力，我不躲不闪。这一巴掌扇完之后，白合哭着鼻子扑入我的怀中，紧紧抓着我胸口的衣襟，咬牙切齿地骂道："你这个混蛋，我知道你在想什么，不过这个想法从今以后，都给我丢开。以后请你记住，我就是我，是不一样的焰火，知道吗？"

我不清楚白合这话到底想要表达什么，但心中终究还是有着许多内疚。毕竟当初这小姑娘转世的时候，我曾经拍着胸脯向人家保证无事的，结果竟然闹出了魔将转世的戏码。诸般辛劳过后，一闭眼一睁开，居然是个男儿身，而后我又将她扔在丽江多年不管。等我再找她，她又被花门魅魔拐走了，真正找回她的时候，却已经不知男女了。

我欠白合太多，至于她此刻是男是女，我觉得已经不再重要。恢复了生前钢铁厂女工记忆的她，我便依旧把她当作曾经陪伴我多年的幽魂吧。

不过不管如何，能够再世为人，终究还是一件让人欣喜的事情。

两人久别重逢，好是一阵闲谈，我把白合带到了教务处的办公室里，询问她为何会找到我这里来。

白合告诉我，说酒陵和尚自收她为徒后，多年来一直十分悉心仔细，只可惜天意弄人，她终究不是什么大德高僧转世，也不是什么真修大拿重生。虽说死后曾经也修得一些手段，但是她自始至终都只是一个普普通通的工厂女工，所以进步虽然神速，但是并没有显现出酒陵和尚预想之中的那种惊世骇俗之才。

不过当酒陵和尚真正意识到自己费尽千辛万苦从花门魅魔手中抢回来的这小孩儿，并非是自己所期待的转世重修之人时，他并没有表现出太多的失望来。师徒一事，讲究的从来都是缘分，两人既然能够相遇，便是一种缘分，故而也是悉心教导，一直至今。不过酒陵和尚这些年一直都受到当年留下的伤痛困扰，恰逢青城山上的梦回子、重瞳子准备兵解，他便也加入其中，闭关修行。

白合曾经在转世之前发过宏誓，说若是能转生，必将随我左右。此时师尊闭关于山中，她则无事可做，学有所成的她便想起了当初的誓言，决定下山追随于我。

得知白合的来意，我颇有一种买彩票中大奖的感觉。仔细打量白合此人，这小孩儿与杨劫一般年纪，卓然而立。虽说自己师父是个大和尚，但是她本人却是道士打扮，青衣道袍，头挽道髻，唇红齿白，眼中精光乍现，好一位学而有成的道门后进，举止之间又有禅意浮动，显然是个道佛双修之能士。最关键的一点在于，这孩子年纪真的不算大，甚至放进我华东法术学院的重点班里面，也只能算是低龄。

这不是瞌睡来了有枕头吗，有了白合这个保险，别说三年之后，就是明年的集训营，我也有信心拿到魁首啊！

要晓得，这酒陵大师绝对能够排得上天下十大高手之后，有名有数的强者高人，而他悉心教导这么多年的弟子，又能差到哪儿去？

当然，集训营汇聚了特勤局诸多基层精英和无数宗门、学院的年轻强者，要想在这里崭露头角，光白合一人也不够，我心中默然。但终究还是忍不住这种诱惑，在学期末尾的时候，将白合给安排到了重点班，做了一个插班生。对于我的安排，白合自然是没有异议，她此番前来，一是为了实现当初的诺言，消除心中妄念，二来则是入世，与这个鲜活的世界接触，融入其中，而不是在山中烧香拜佛，虚度年华。

唯一有些不适应的，那就是白合到底是酒陵大师教出来的高徒，而且有着前世转生的经验，对于这个世界法则的领悟，甚至比教他的老师还要厉害许多。即便是折服众多强手的张励耘，也对这个新来的插班生刮目相看，这让我感到有些诧异，不得不找到白合，让她平日里做人低调一点，不要展露出太多的实力，免得被人抓住马脚，说我作弊。

对于白合的加入，英华真人表现出了十二分的欢迎，不但给予了她春天般的温暖，而且还时不时地把她叫过去开小灶，生活方面更是照顾得周全，恨不得将这尊小神直接供起来。

诸事繁多，英华真人小心翼翼地经营着自己的事业，而我则小心翼翼地经营着自己的爱情。经过了一学期的努力，小颜师妹终于没有再羞涩，而是大大方方地在众人面前承认她就是我的女朋友。对于这样郎才女貌的登对组合，众人都给予了十二万分的祝福，虽说我私底下对英华真人表示过一些担忧，却被她的保证给安抚下来，于是放心地与小颜师妹出双入对。除了最后一步没突破，恋人之间能做的事情，我们都尝试过了。

此间甜蜜，不足为外人道也。若是想要知晓，自己找一位异性对象尝试一番即可，不作赘言。

一个学期结束了，学院的学生准备放假回家了，而重点班的这四十五名学生只有一个星期的假期，接着就要加入学院在太行山组织的实战夏令营，参加模拟集训。当所有学生纷纷离校的时候，我迎来了一位来自慈元阁的客人，一位名为田掌柜的工作人员给我送来了交接清单，我经慈元阁之手卖出去的第一批货物，共计七件首饰，在经过分成扣税之后，一共获得了两百二十五万的巨额利润。

我此刻的级别在这里，对于这么一大笔收入，需要先到学院纪律检查小组进行申报。不过这些东西都是来路清晰的，有单据有发票，还有纳税记录，再加上我在学院的地位如日中天，倒也没有多麻烦。交割清楚之后，我先是到邮局给张世界、张良馗、张良旭以及一些故旧的家人寄了一部分钱，然后趁着假期回到了麻栗山。

我并非是一个大公无私的人，为了不让父母和姐姐的生活过得太过于辛苦，这些年来一直都源源不断地给家中寄钱，还曾经想让父母搬到麻栗场镇，这样生活会比较方便一点。只可惜他们在龙家岭住了一辈子，早已习惯了那里的山水与乡邻，并不肯搬。此番回来，我拿出一部分钱来给家里重修房子，算是给他们一个舒适的环境。

到家后，我又带着钱转去了西熊苗寨，这才发现蛇婆婆依旧不在这个日益变得开放的寨子，就连她新收的关门弟子康妮也不知所踪。唯有将苗寨的一帮族老招来，拿出一百余万，交由苗寨族老管理。并且告知寨子里的所有人，这份钱财是努尔给众人留下的，至于怎么花，则需要全寨的人商量着用。

授人予鱼，不如授人予渔，这简单的道理我自然懂得。所以此番前来，我还特地动用了手上的关系，将县里农业局、林业局和畜牧站的技术人员都带了过来，并且还与县招商局的人进行了深入的沟通交谈，希望能够通过注资加招商帮助西熊苗寨彻底摆脱穷困潦倒的生活。

我有一个想法，那就是有朝一日等到努尔再次回到西熊苗寨时，他会对寨子的变化感到大吃一惊。这就是我所想要做的事情。

闻道有先后，术业有专攻，我只不过是一个牵线搭桥的人，倒也不能完全地再做什么。在办完自己手上的事情之后，我在龙家岭待了两天，然后返回了华东法术学院，开始着手准备前往太行山夏令营的相关事宜。然而当我返回学院的时候，才知晓了一件事情，那就是重点班一位本地的女学生在返家的途中离奇失踪了。就在我赶回学院的前一天，她的尸首被人在黄浦江的下游找到了。

办案的警察对学生的尸体进行了检查，发现身体多处淤肿，下体有被人侵犯的痕迹，初步断定是被人进行了暴力强迫。

听到这个消息，学生家长到学院来闹，一定要为自家的女儿讨要一个说法。而学院里面也是谣言四起，纷纷扰扰。虽说马副院长一帮人并没有上蹿下跳，但是内中的暗流涌动，却将整个气氛弄得十分诡异。当我回来得知了这个消息的时候，我将自己关在办公室里闷了一下午，罕有抽烟的我足足抽了两包。

当小颜师妹推门而入的时候，我抬起了头，咬牙切齿地说道："查，这件事情一定要查，我要让犯事的人后悔自己来到这个世界上！"

第十八章 失联学生魂被拘

华东法术学院这一届被寄予厚望的重点班，包括后来入学的白合，经过筛选，留下的总共有四十二人，其中男生三十五人，女生七人。出事的这一位女生是校花级别的人物，她的遇害不但让诸位老师扼腕长叹，也使得知道消息的学生难免有些神伤。毕竟经过小半年的相处，不知道有多少孩子对她暗生情愫，然而此刻却都被无情的现实打击得无法接受了。

小颜师妹瞧见我脸色阴沉，晓得与这些孩子日夜相处的我着实有些受打击。于是走上前来安慰我，说这事已经交由当地的公安机关负责了，一定会查到凶手的。

听到小颜师妹的话，我不由得冷哼说道："小颜，你可晓得雨爱的身手如何？"

小颜师妹这半年来具体负责的大多是校务办的事务，对重点班的情况并不了解。见她摇了摇头，我便沉声说道："陈雨爱她是沪都青少年武术学校的尖子生，十岁便已然感悟到了炁场。入学一个学期以来，能够在班级里面排到前二十名，这个名次对于一个女孩子来说已经是十分优秀了。漫说是一般的大汉，她一个人对付四五个不在话下——就是这样的孩子，她此刻竟然被人污辱致死，抛尸江中。这样的事情，你觉得是当地公安机关能够办得了的吗？"

小颜师妹听出了我话里的意思，不无担忧地问："你这么说，这件事情恐怕涉及到修行者了？"

我点头称是，小颜师妹问我怎么办，我冷冷地答道："那些人居然敢在太岁头上动土，也不打听一下雨爱的老师是谁，惊扰国务院的案子我都能够破得下来，怎么可能栽倒在这个小河沟里？"

我说完便带着小颜师妹去了校长办公室，找到了英华真人，告知她我将接手这件事情，夏令营的事情可以叫教务处先准备着，不过得等到此事了结了。不然人心浮动，根本达不到我们预想之中的效果。

对于我的主动请缨，被此事弄得头疼的英华真人自然是求之不得，告诉我上面对此事也非常重视，华东局专门派了一名专员过来督办此案，让我协同他调查。

到了晚上，我见到了那位华东局过来的督办专员，是一个叫张峰的精瘦男子，三十出头，目光如炬，是个精干的角色。在与我见面之后，他第一时间将我认了出来，不断地与我握手，称呼我为前辈，表现得格外热情。张峰来自华东局的应急侦破科室，他这种职位做到顶尖，就是总局的特勤小组。而在曾经是总局特勤小组的领头人，并且闯出偌大名头的我面前，他倒也表现不出太多的傲气来，一副唯我马首是瞻的态度。

我找来帮忙的人并不多，张励耘算一个，另外董仲明和林齐鸣也都留校，非要加入其中。我本着锻炼的目的，让他们也加入了进来。

对于我的首肯，他俩十分激动，特别是林齐鸣。据我所知，这小胖子似乎对长相清丽、举止大方的陈雨爱颇有好感，如今鲜花凋零，他心中怎么可能没有愤慨?

有了华东特勤局张峰这边出面，我们便与当地的公安机关完成了行政上的对接，也拿到了案子的卷宗。

整个事情的经过并不算复杂，学校放假之后，陈雨爱曾经打过电话给家里面，说几时回家，家里也做好了一顿丰盛的菜肴等待着她的到来，结果苦等一晚，都不见人。他们感到有些奇怪，于是打电话给学校，得知学生已经放假了，考虑到可能是孩子贪玩，又给她以前的朋友和伙伴挨个打了电话，可他们却不曾知晓。到第二天就报了警，一直到昨日，黄浦江下游发现了一具女尸，经过辨认，才晓得正是失踪了的陈雨爱。

在没有找到尸体之前，警方以及校方都对雨爱的行踪进行过调查，得知她已经乘船离开了崇沙岛。据与她同行的学生反映，雨爱下船之后，并没有返回杨浦的家中，而是前往了松江，至于为什么，她没有告诉任何人，不过有人反映说当时她的神态似乎有些不太对劲。

经过警方的走访和调查，陈雨爱当天确实坐过前往松江的公交，但是下车之后，便再无踪迹。偌大的沪都有成百上千万人，一个小小的陈雨爱实在是大海中的一朵浪花。警方根本就查不出什么来，一时之间也毫无头绪。

我提出想看一眼陈雨爱的尸体，张峰眼睛一亮，问我说是不是准备走阴问魂？

我点了点头，这事儿徐淡定最擅长，不过身为茅山大师兄，我虽然有许多手段并不精通，但并不表示我不晓得，更何况我还有一个杀手锏——白合。

曾经做过好几年女鬼的白合恢复了生前的记忆，自然对于鬼道有着很深的感悟。有她在，我们或许能够在尸体上做一些文章出来。

当地的公安机关对于我们的要求十分配合，在提出申请之后，很快就得到了回复，于是我和张峰便带着白合一同前往了警察局的停尸房。

陈雨爱的父母对于自己女儿的遭遇感到十分痛苦，对于找到凶手的意愿也十分强烈，故而同意警方对自己女儿的尸体进行解剖。我们赶到的时候，雨爱已经被解剖过了，原本鲜活的生命此刻只剩下一具冰冷的尸体躺在冷冻间里。白合、董仲明和林齐鸣等人看到雨爱被浸泡得发肿的身子以及被缝合上的肚子，不禁泪水流出，牙齿也咬得“咯咯”直响，满是对凶手的恨意。

在与白合沟通之后，我决定走阴招魂一事让她来主持。一身本事的她倒也没有半点儿羞涩，将众人都赶到了房间角落，从怀中掏出三根红蜡烛，点燃之后，口中念念有词，开始招魂。

然而如此忙碌一阵，白合的脸色变得铁青，越来越黑。没多久，她愤慨地转过头来，冲着我说道：“陈老师，雨爱的魂魄，被人拘走了！”

听到这个最坏的结果，我下意识地扶住了墙，感到一阵心凉。

如果陈雨爱是自然或者意外死亡，她的三魂七魄都会随风飘逝，有的归于幽府，有的还会残留一丝意识在人间。通过术法，我们或许还能够得知真相，然而实在没有想到，杀害陈雨爱的那个凶手居然如此歹毒，不但将人杀了，而且还将她的魂魄拘走了。这样的行为，要么就是把她弄得魂飞魄散，不得转生，要么就是将其魂魄拘束，养成厉鬼以作歹途。

无论是哪一种，都要比死更加难受，这让我们如何能够接受？

我狠狠地捶了一下墙壁，整个墙壁被打得一震。房间里面的诸位都是此道中人，自然晓得白合口中的话是什么意思，都不免目眦尽裂，同仇敌忾。

然而愤怒终究对案情的破解没有任何帮助。在发过火后，我便尽量克制自己的情绪，恢复了冷静，与张峰讨论起了沪都本地的一些江湖人士，问他是否发生过类似的案件，或者谁有这种嫌疑。

对于我的问题，张峰也是一筹莫展。不过他到底是此处的地头蛇，对我说这个需要回去找江湖上面的朋友放一下风，看看反馈再说。

江湖上的三教九流大部分都不会如此歹毒，残害少女不说，还拘人魂魄，这事儿一旦传出去，必然是老鼠过街，人人喊打。所以张峰希望能够有一些情况反馈回来，他好回去整理一下，让我这边也多方打听一下，并且问一问陈雨爱的同学，她生前是否有什么异常的地方，或者曾经对别人说过些什么，如果有任何线索，都尽快通知他。

离开了警局，我带着张励耘和手下三个学生在繁华的沪都大街上走着。路上的行人匆匆，每个人都是那般的鲜活，一切都是那般的美好，然而谁会想到一个花季少女，却遭受了不幸呢?

我心中暗恨，不过凶手做得如此决绝，却也让我们毫无头绪。我毕竟不是此处的地头蛇，许多事情还是需要张峰他们来处理，于是只好回到学院，展开盘查。

许是见过了陈雨爱死后的惨状，所以白合、董仲明和林齐鸣对于案件显得格外用心，尽管大部分学生都放假回家，但是他们还是不厌其烦地打电话仔细询问，获得了诸多细节。我将无数线索汇总，争取能够理出一些头绪来，不过随着时间一天一天地流逝，学生都快要返校了，还是没有调查出什么结果。眼看着就要耽误夏令营的行程了，我心急如焚，在这个时候，阿伊紫洛找上了我，告诉我一个消息。

陈战南这几天，十分反常。

第十九章 前尘往事再浮现

陈战南？

听到阿伊紫洛提起这个名字，我的眉头猛然一跳，气不打一处来。

若说恨，我对此人自然是恨之入骨，不过越是如此，我便越需要忍耐，免得被人说我公报私仇，眼中不能容人。虽然一直瞧这家伙不顺眼，但是我也足足大半年都没有动过他，平日于他也少有接触。我这个人信奉不动则已，一动必杀，时机未到，自然能够让对方多活几天，却没想到阿伊紫洛突然提出这么一个名字，而且恰好是这个时间节点。难道陈战南跟陈雨爱的失踪被杀案，有什么关系不成？

对于我的疑问，阿伊紫洛告诉了我一件事情，因为同一个姓，是本家，所以身为学院大教授的陈战南与陈雨爱有些联系。雨爱平日里叫陈战南爷爷，两人私底下也有过来往。不过事发之后，陈战南并没有表现出太多的伤心，而是出人意外的冷漠，甚至还有些惊恐。

就在前天，本来定居在沪都的他却突然提出返回老家探亲。如此联系起来，我便觉得他有些可疑了。

阿伊紫洛与陈战南因为早年的学术之争，彼此有些龃龉，故而一直都在盯着那老东西。此番她的推测虽说有些不靠谱，但我感觉仿佛抓到了什么线索，心突然猛地一跳。

既然案件此刻是一筹莫展，不如死马当活马医，拿陈战南这边当突破口，也许会有所发现？

毕竟陈雨爱是个能力不错的女孩子，她绝对不可能这般悄然无声、毫无反抗地被掳去，除非是熟人下手，而且还用了药物。这两样一加起来，仔细思量，我越发觉得那老家伙的嫌疑颇有些大。不过光凭怀疑，是不可能定论一个人有罪的，一来陈战南无作案动机，二来也没有目击证人，除非……能够在他的住处，搜到一些可靠的证据！

想到这里，我便找到了在黑暗房间里修行的杨劫，让他帮我去陈战南的住处搜寻一下，看看能不能找到什么有力的证据。

陈战南的家在沪都市区，不过他在学院的教职工宿舍也有一套两居室的房间，供他平日里起居。尽管没有得到任何授权，但我还是决定让杨劫去走一趟。

杨劫是夜里去的，回来的时候递给了我一撮沾着干涸鲜血的头发，说是在神龛后面的夹层中找到的。

有了这东西，我第一时间找到了张峰，让他帮我找相关技术部门鉴定一下，看看这撮头发是否属于陈雨爱。张峰接过了证物，次日找到了我，告诉我经过比对，这头发并不是陈雨爱的。不过通过他连夜的排查，发现三年前崇沙岛也出现过一起少女失踪案，经过调档发现，这撮头发属于那名失踪的少女，接着张峰问我这头发是从哪儿来的。

我告知了张峰这头发的来历，并且将陈战南的可疑之处向他谈及。对于这个情况，张峰表现出了极大的兴趣，问我是否需要发函请陈战南回来协查。我摇了摇头，告诉他我决定亲自去找陈战南，将这事儿弄清楚，免得夜长梦多，又生出许多事端来。

张峰肯定了我的想法，不过还是忍不住提醒我，说在没有任何证据之前，千万不要对陈战南妄自下手，不然后面会很麻烦的。

对于张峰的提醒，我摆手表示知晓，然后从学校档案室中查到了陈战南老家的地址。地址位于大凉山的彝族村落，地方十分偏僻，找寻不便，不过我也管不了那么多，当下还是找到英华真人作汇报。经过一番讨论之后，决定由张励耘带队与教务处的老师带着重点班的孩子们前往大别山深处进行野外生存锻炼，而我则带着熟悉西川环境的白合直飞当地，前去找寻陈战南。

当然，这事儿只有少数几人知道，对外声称我是前往首都出差，尽量不给人通风报信的机会。

时间紧迫，在确定了陈战南有可能是凶手之后，我和白合直飞西川，然后连夜赶到了位于大凉山的某处彝族村寨。那个地方并不通车，我和白合到了附近的村镇，然后翻山越岭，一直到了月上中梢，方才来到一座村寨之前。还未通电的村子，偶尔有一两盏烛光影影绰绰地映在窗上。白合深吸一口气，然后回头对隐藏在黑暗中的我说道："陈大哥，你觉得陈战南那老头是凶手的可能性，到底有多大?"

我摸着下巴长出来的胡茬，眯着眼睛说："不知道，他即便不是杀害雨爱的凶手，三年前的那一场失踪案，他也逃脱不了干系——白合，身为修行者，一定要有比寻常人更强大的自律性，不然一旦动了杀心，取人首级是一件很简单的事情。如果没有法律的约束，这个社会就全乱套了，所以即便他是法术学院的教授，也逃不过法律的制裁。"

白合立即反驳："什么法律啊，像他们这些人，一旦抓到了，还不都是送到专门关押的基地里去，也没听说有几人会死啊！"

我摇头苦笑道："那是你没有经历过，若是你亲眼瞧见，就会知道死，其实是所有惩罚中最体贴的一种了。"

两人一边谈着，一边走进了夜色之中的村寨。刚刚走进去，我心中一动，下意识地朝着阴影处躲去，然后开启了遁世环。接着就在下一秒，一个莹白的幽浮从我们跟前飘过。

那苍白的脸孔和脚不沾地的飘逸，告知我这幽浮应该就是人为炼制的一种鬼物。看它身上散发出来的戾气，可知显然生前受过许多折磨，要不然也不会如此。

不过这幽浮鬼物是一个彝人打扮的鬼老头，倒不是我在档案上看到的那个少女，要不然我便可以将背上的饮血寒光剑拔出来，直接杀将进去了。

我原本并不知道陈战南到底住在何处，不过有这么一个东西在村中巡视，倒是免去了我许多探察的工夫。当下我也是屏息静气，与白合在阴影中行走，跟随着那莹白幽浮在村寨中巡视了一圈，然后朝着寨子后面的一处大院子走去。

当瞧见那幽浮鬼物穿过院门，进入其中的时候，我绕过了旁边的草垛，悄声地爬上了围墙。只见院子里的槐树下有两人在喝着小酒乘凉，刚才巡视村寨的那幽浮则一拧身化作了个轻飘飘的纸人，巴掌大，落在了石桌之上的一盘蚕豆旁边。

我眯着眼睛打量过去，却见这石桌两旁，一边是我此番所要找寻的陈战南，而另外的却是个蓬头垢发的驼背老头。

这两人一边喝着小酒，一边聊着天。驼背老头将桌上的纸人收起来之后，捻了一颗蚕豆放在嘴里，嘎嘣嘎嘣地嚼起来。咽下后，轻松地打趣道："我就说你大惊小怪不是，你看看我的纸傀儡出去溜了一圈，啥都没有瞧见不是？”

那陈战南端起小酒杯，将里面的酒液一饮而尽，然后这才说道：“也许吧，虞师兄，我都被那个小畜生弄得有点神经衰弱了。”

被陈战南称为“虞师兄”的驼背老头有些好奇地问：“到底是什么人，竟然能够将你逼得这般狼狈？你现在不是官面上的大教授吗，又有身份、又有地位，只怕你们学院的院长，对你也是礼让三分吧，难道还会怕一个后辈？”

陈战南似乎心中颇为忐忑，又喝了一杯酒，这才抹去额头上面的冷汗，向驼背老头解释开来：“虞师兄，这你可就不知道了，那黑手双城是茅山陶晋鸿的大弟子，自出现起，所过之处，莫不是一片腥风血雨，可是个了不得的混世大魔王。他从来不按常理出牌，什么事儿都能做得出来，据说死在他剑下的人，没有一千也有八百，是个真正的屠夫。你在西川，知道朱作良吧？”

“鬼面袍哥会的老大嘛，我怎么会不晓得咧。当年我路过酆都，有幸见过他一面，当真是睥睨天下的人物，不过听说被会中的后起之辈张大勇干掉了，实在可惜！”

驼背老头心有余悸地说着，然而陈战南却告诉他：“张大勇是从朱作良眼皮子底下爬起来的，平白无故，哪里能够弄得倒前任人档头？我跟你讲，我听小道消息说，朱作良就是被那黑手双城破去了法身，后来才让张大勇捡了便宜——你想想，朱作良这般的恐怖人物都栽在他手上，我又有什么理由不怕他呢？”

驼背老头耸了耸肩，摇头说：“既然如此，你就别惹他便好了呗？”

陈战南叹了口气，不无遗憾地道来：“我若是早就晓得他的厉害，当初也不会收人钱财，胡乱说话了，搞得后来他与我成为死敌，实在是划不来……”

听到这话，我一双眼睛瞪得滚圆——什么，黄河口一役，并不是他见识有限，而是收了别人的钱？

第二十章 只因房价太过贵

陈战南的话让我听得怒火焚心，没想到黄河口一役我特勤小组遭受的惨败，居然真的是人祸所致。

我原先仅仅只是怀疑，并没有觉察出这老家伙的动机，却没想到他居然只是为了钱。

这样的结果听得我浑身气血翻涌，然而此刻的我却也能够自如地控制自己的情绪，故而没有立刻跳出来，只是悄无声息地趴在墙头等待，听到那驼背老头不以为意地说道："战南，你这又是何必呢？算了，你做事情，自有道理。师父不在了，我也懒得管，只不过你虽然已经得罪过他，但这一年多来过得还算是不错，显然那黑手双城也没有察觉，为何此次又仓皇逃了回来呢？"

陈战南叹了一口气，一脸郁闷地剖白道："这事儿怪我，哎，终究还是太贪心了！"

驼背老头眉头一竖，问："哦，这话怎么讲？"

陈战南又喝了一口酒，面红耳热，喷着酒气道："还不是那谁，算命先生说他年纪轻轻能够坐上处长之位，结果眼看着希望就在前方，但今年又生出了许多变故，所以想要用处女来冲一冲晦气。我平日里跟那女孩儿还算熟，听他这么一说，觉得既能赚钱，还能让那仇人吃个哑巴亏，于是就出手将她骗了出来。没想到那些家伙玩得忒大，居然将人都杀了，魂魄也拘走了。事情闹大了，虽说暂时没有人怀疑到我头上来，但是出于谨慎，出来暂避风头，还是应该的……"

驼背老头诧异地说："啊，想当处长，需要找一个处女来破？"

陈战南笑答："就是那儿的风气而已，外面有的官员很迷信的。有的一直在处级干部的位置上待着，想着如果能够破处，便能高升；有的想要当上处级干部，也要去找个小女孩儿来玩玩……于是就有了这事儿。不过他们看上的那个女孩儿实在是有些刚烈，办事儿的时候，就算是被捆住下药了，都能恢复清醒，将人家的命根子弄伤了，这才招来了横祸——可惜啊，那女孩儿唇红齿白，身材高挑，我其实也想分一杯羹的……”

驼背老头咧嘴打趣：“战南啊，你这个老色鬼，果然还是没有变，你都这个岁数了，还行不行啊？”

陈战南喝得有些高，也咧开嘴嘻嘻笑道：“人老心不老，弄点药，老子也是龙精虎猛的年轻人嘛，对不对？虞师兄，白天我去村子里溜了一圈，看见好几个年轻的小妹崽，要不然你帮我张罗一下，让我也尝尝鲜吧？”

这两个老家伙说起此事来，淫笑连连，让人觉得分外恶心。在确定了陈战南话语里的女孩子极有可能就是陈雨爱之后，我终于听不下去了，示意白合绕后，封住两人的退路。我从墙头上一跃而下，跳到了那棵大槐树前，朗声打断了一对老流氓的谈话：“陈战南，外面满城风雨，你倒是好自在。怎么，你真的觉得自己所做的龌龊事，没有人知晓吗？”

我身穿灰色中山装，一双土布鞋，卓然立于树下。那陈战南喝得有些老眼昏花，眯着眼睛闻声看来，瞧仔细之后，吓得一屁股跌坐在了地上，酒也醒了大半，厉声叫道：“你，你怎么会出现在这里？”

我负手而立，一双眼睛宛如剐人的尖刀，冷然说道：“你觉得呢？”

两人一来一回将场中气氛弄得格外冰冷，旁边的驼背老头晓得来者不善，当下也是起身拱手自报家门：“大凉山虞一成，见过阁下！不知道阁下不请自来，到底所为何事？”

我不理会旁边这个驼背老头，而是冲着陈战南一字一句地说道：“若想人不知，除非己莫为。陈战南，你这老狗终于落在我手上了，你觉得我会发善心，放过你吗？”

我说这话的时候，脸上还有笑容，然而在陈战南看来，却是魔鬼的微笑。不过在自己的地盘，他终究还是鼓足了勇气，扶着石桌站了起来，色厉内荏地抢白道：“陈志程，我不知道你到底在讲些什么，你别血口喷人。若是没有事情的话，那你就请回吧，我这里不欢迎你！”

我瞅着这老东西冲着我嘶吼，浑然不顾，一步一步地靠上前去。那驼背老头拦在我的面前，厉声威胁：“我已好言相劝了，阁下是不给面子对吧？”

我依旧不理会那驼背老头，而是冲着陈战南温柔地说：“不承认没关系，这些年我经手过无数的硬汉，到了最后，没有一个能够坚持下来。我有无数的手段等着你，也无比地期待着你能够成为唯一一个能够熬到最后的人。陈战南，说句实话，我真的舍不得你死呢……”

“虞师兄！”

陈战南被我说得有些绝望，厉声朝着驼背老头喊了一声，那老头也发怒了，将右手朝着虚空一抓。我感觉自己的脚下突然一阵软绵，当下也是微微一点地，朝着后面飘退了两步。手往上方一抓，将一只试图偷袭我的白色幽浮抓在了手掌上，低头一看，正是先前将我们引到此处的鬼灵。距我面前两米处，结实的地面上突然多了无数蠕动的虫子，这些虫子有点类似于蜈蚣，黑色的甲壳泛着古怪的光芒。

我的手紧紧掐着那头的白色幽浮，感受着阴灵之气在手掌上的变化。这鬼东西还想转过身子来咬我，我大概检查过一遍之后，不再犹豫，手中的雷劲一震，立刻将这头炼制多年的幽浮直接扼杀了去。

眼瞅着自己的心血之作就这样被我弄得烟消云灭，驼背老头差点咬碎一口银牙，从石桌下面抽出了一面招魂幡，朝着我挥来：“敢杀我炼制的鬼灵，老头子跟你拼了！”

别看他驼背，身手倒是矫健，脚尖一点，便跃到了我的跟前。那面黑色的招魂幡使劲一摇，大槐树上面不断地有虫子往我身上掉，颇为恐怖。

不过他这般凶猛，反而是那陈战南知晓我的底细，连一战的勇气都没有。在瞧见自家师兄要与我搏命之后，居然头也不回地朝着后门跑了过去。

驼背老头不知道陈战南的险恶用心，还妄图以二人之力将我拿下，却没想到我当下也是掐了一个法诀，然后往前轻轻一印。

深渊三法，魔威。

此法一出，无数爬虫便纷纷朝着旁边退开了去，而虞一成也是心中一凛，脚下一个踉跄，还没有与我正面交锋，便直接跌倒在了地上。我也不与这家伙多加纠缠，而是俯下身来，伸手朝他的手脚一拧，将其筋骨错开，不让其动弹，接着一个箭步，朝着准备逃离的陈战南飞跃而去。

陈战南想从后门逃开，不过他显然是想多了，一推开后门，却见小白合俏生生地站立在门后，冲着他微笑。

面对着我，陈战南没有一战的勇气，见堵在门口的只不过是一位年幼的学生，顿时信心大增。手从怀中掏出来，朝着白合脸上一挥，便是无数黑色雾气弥漫。

这骤然一下，倘若是没有什么经验的年轻人，说不定就着了道。然而白合是谁，作为青城三老酒陵大师的高徒，她哪里会被这样的小伎俩给难倒，当下也是一个滑步后退，避开了这一股宛如有着生命气息的黑雾，接着直接飞起一脚，踹在了陈战南的胸口处。

她这一脚踹得结实，陈战南到底还是学术上的专家，对于近战交手方面力有不逮，直接腾空，随即落下。

我将驼背老头制服之后，及时赶到跟前来，见到陈战南还想伸手到胸口去，便二话不说，伸脚狠狠一跺，将陈战南那只右手踩成了肉泥。

这一下是我所有积怨的爆发，力量恐怖无比，那肉掌在一瞬间筋骨断开，化作肉糜。

十指连心的痛苦让陈战南“啊”的惨叫一声，直接痛得昏死了过去。我瞧见昏倒在地的陈战南，揪着他胸口的领子来到了墙角处，蹲下身来，毫不留情地扇了他二十几个大耳刮子。这耳光声在静静的夜里显得格外清脆，伴随着这样的耳光声，陈战南又悠悠地醒了过来，手上的疼痛让他不断吸着冷气，一脸怒火地朝着我骂道：“你这畜生，居然敢设私刑？”

我见他一副痛苦欲死的表情，心中稍微得到些慰藉，冷然笑道：“你现在的痛苦，不及被你害过的那些人万分之一，告诉我，你为什么要这么做？”

陈战南被我盯得难受，沉默良久，突然一梗脖子，疯狂地大声喊道：“为什么？你知道沪都的房价有多贵吗，知道我生的那三个讨债鬼有多闹腾吗？在沪都这个地方，一大家人都靠我养着，我要让自己生活得好一些，给三个兔崽子都置办车房，我不努力点，吃什么喝什么？”

第二十一章 省局大楼遭围攻

陈战南并不是什么厉害角色，实战中甚至连白合都打不过，对上我自然只能引颈受戮。此刻他疯狂地大声喊着，瞪着通红的眼睛，冲着我说："你他妈的有本事就杀了我吧，老子这辈子能够阴到你们这些高高在上的家伙，还拉了那么多人陪葬，也算是够本了，死而无憾。"

这老东西装出慷慨赴死的表情，然而眼角闪烁的泪花却将他的内心出卖了，被碾烂的右手手掌上传来的剧痛让他疼得直打摆子。

我居高临下地望着他，冷然说道："不错，你表现得很坚强啊。不过据我所知，一般生活过得太过于优渥的家伙，对于死亡总是充满恐惧的。而你也知道，相较于死亡，这个世界上还有一些事情更加可怕。你晓得我来自茅山，诸多茅山养鬼术闻名于世，如果不想生不如死的话，把指使你的那个家伙，给我交代出来吧。"

陈战南咬着牙齿装硬汉："说出来是死，不说也是死。我老陈这辈子虽说坏事干了无数，但是出卖朋友的事情却从来没有做过，你死心吧！"

我若有所思地问道："这么说，如果饶你一条狗命，你就会说出那个家伙的消息咯？"

这话说得陈战南双目一亮，继而又转为晦暗，他摇头坚持："别人不知道你黑手双城的性子，我焉能不知？这大半年来我费尽心思地收集过所有能够找到的信息，晓得就你的性格，是绝对不会放过我的。与其如此，我还不如引刀成一快呢！"

我伸出了脚，慢慢地碾在了陈战南的断臂伤口上，这剧烈的疼痛弄得他双眼翻白，几欲晕厥过去。不过我却小心翼翼地控制着这个度量，使得他一直保持着清醒。如此煎熬许久，我方才悠悠地说道："陈战南，若是为了报黄河口一役的仇，我自然可以毫无声息地将你弄死，不过这并不符合我的风格。我承诺你，你若是说了，我可以把你交给组织，到时候上面怎么处理你，那是上面的事情，与我无关，你看可好？”

我这般苦口婆心，及时想要将那个罪魁祸首发落明白，真正为陈雨爱同学报仇。然而陈战南却一口咬定，说这事儿可以商量，不过他必须要等回到沪都才开口。

这家伙倔强得很，咬住这个不放。我心中明了，晓得这老家伙许是在沪都有所凭恃，他甚至还寄希望于那个罪魁祸首能够救他。不过他这般说，我倒也不会打破他的希望，而是点头同意了他的要求，然后将他与他师兄虞一成带出了院子，准备离开。然而我一出门，这才发现刚才的喧闹以及陈战南的鬼哭狼嚎已然惹来了村寨里面的村民，外面围着一排火把，手上握着许多农器的人们虎视眈眈地望着这边。

陈战南的师兄虞一成在这彝族村寨中开坛收徒，颇有些名望。故而村人对他十分维护，不断地大声疾呼，让我和白合放了这两人，不然就要一拥而上，将我们拿下。

三五十个普通村民，对于我来说并不算难事，然而瞧见这儿上有八十老妪，下有垂髫孩童，倘若是冲突起来，只怕会误伤无辜。于是我也没有强行突围，而是掏出了证件，告诉当地的村民，说我是公家的警察，虞一成和陈战南因为犯了人命官司，所以才会被抓起来。

这些半辈子没有出过大山的村民哪里晓得这证件的真假，有几个虞一成徒弟模样的年轻人在人群中一阵起哄，场面一时有些失控。我脸色变得有些黑了，从怀里掏出小宝剑，比在虞一成的胸口，沉声说道：“老虞，你让村民让开一条路来，不然老子今天就将你法办了，知道吗？”

虞一成脸色阴晴不定，望着群情鼎沸的人群许久，方才开口说道：“大家请让开，别拦着了，伤到你们可不好！”

这家伙在村子里颇有威信，一开口，院子前方便让出了一条路来。我押着虞一成，而白合则拖着陈战南，一前一后地出了村子。不过这路虽说是让出来了，但是人群却还没有散去，反而越来越多。人们不断地从寨子的各个角落手持火把冒了出来，尾随而后，化作了一条长长的火龙。这是我始料未及的，早知道如此，我就不给陈战南开口的机会了。

这一条长龙一直行到村口，一个满脸严肃的老头拦住了我们，声称他已经报警了，乡场派出所的民警很快就会赶来，让我们将人放下，不然都没好果子吃。

这老头是这儿的村长，听到他这话，我才想起这事儿可能得有西川省局出面，才能够将死结解开。于是告诉他我们也是公家的人，提出如果他们这儿有电话，借我用一下，我跟上面的人打声招呼，免得地方上误会。村长将信将疑，不过最终还是告诉我们，村子的电话打不了长途，只能到乡里面去。

经过短暂协议，我同意村长找人把陈战南的伤口包住，而村子里派出十五个年轻汉子“护送”我们去乡场。

事实上倘若我只押解陈战南一人，受到的阻力应该不会很大，毕竟他离开这村子已经大半辈子了，许多人对他都不熟悉。不过虞一成这家伙应该也不是什么好鸟，从他御使的幽浮鬼灵就能够看得出来，另外我也怕这家伙会给真凶通风报信，故而将他一同给拘了。

庞大的队伍趁着夜色出山，走到半路的时候就碰到了乡场派出所赶来的民警，总共六人，两名正职，都带了枪。另外四个巡防队员也是摩拳擦掌，准备跟我们干一架，不过当看到我证件上面的国徽，便有些将信将疑了，毕竟我拿出来的这一份，并不是特勤局系统的，而是公安部系统的，他们都是认得的，立刻给我敬了一个礼，然后将两人押回了派出所中。

此事忙碌一夜，到了清晨，方才有省局的同志陪着当地公安机关的领导一起赶来，将这事儿解释清楚了，然后派出所的同志也配合着将僵持一夜的村民劝走了。

事儿闹得有些大，西川省局的同志派专车将我和白合以及被擒住的陈战南、虞一成二人送往了省城。我一夜忙碌，有些瞌睡，在车上睡着了过去。等醒过来的时候，车已停在了西川省局的大院前，但是押运嫌疑犯的车却不见了踪影。我拦住省局的同志询问原因，被告知上面的领导有事找我，至于嫌疑犯，自然是送到了监室里面关押着。

对方的回答让我有些不放心，还特意关照了一下，告诉他们可得将人给看好了，要是出了什么闪失，可就再难找到人了。

听到我的话语，对方的脸色有些不好看，生硬地回答我：“同志您放心，人到了我们西川局这儿，就算是龙也得盘着，是虎也得趴着，飞不了的。”

这话一语双关，有反驳之意，我笑了笑，也不与他争辩，下了车，随他一同前去与他口中的领导会面。

在省局办公大楼三楼的会议室里，我见到了他们的领导——一位自称孔一默的处长。不过让我没想到的是，对方十分不客气，一开口便质问我，身为沪都的学院教师，为何会千里迢迢地跑到西川来抓人，一来没有批文，二来没有知会地方，一点规矩都不讲，到底是怎么个意思？

我晓得地方上一些占山为王的风气，也知道"阎王好见、小鬼难缠"的道理，所以心中虽恼，但是表现得也算是不卑不亢，将此事的紧急与他说明，并且大方地向他承认了错误。相关的手续，我回头就给他们办过来，当务之急是请西川局帮忙将嫌疑犯押送到沪都去，将案子破了。

然而我这边好话说尽，那孔处长却黑着脸表示，人的手掌都伤成了那样，谈什么押运，已经送往医院进行治疗了。别人好歹也是学院教授，这没凭没据的，怎么能随意伤人？至于你，先留在这里等待沪都的上级过来领人，在此之前，不得脱离监事人员的视线范围。

听到这话，我突然明白，敢情他这是将我当作嫌疑犯了。

对于这待遇，我倒也无所谓，但是他言语中对于陈战南的看管并不重视，倘若让那老东西走脱了，老子这千里奔波，岂不是白费了心思？

想到这里，我猛地起身，朝着门外冲去，想要找到陈战南。而孔处长却则早有准备，扑过来拿我，被我一把甩开，刚刚冲出了会议室的大门，居然又冒出四五人过来拦我，我有些恼了，把他们全部都推倒在一边。正在此时，一个熟悉的声音冲着我吼道："什么人，如此猖狂，居然敢在我们这儿动手？"

话音未落，一道凶猛的掌风朝着我兜头拍来，无比恐怖。

第二十二章 老子未必会怕你

尽管被这般不公平对待，但是我并无伤人之心，只不过是想要出去，将陈战南控制住，免得这老小子趁机跑了。真要跑了的话就算是将这大楼拆了，都未必能够把他找回来，也无从得知害死陈雨爱的真凶到底是谁。一时情急，故而没有与这孔处长再说废话，匆匆而出。前来拦住我的那几个人，也被我用深渊三法之中的风眼弄得七倒八歪，不成威胁。

然而我实在没有想到，就在我即将突出重围的时候，却有一股危力庞大的掌风扑面而来，直接拍在了我的头上。

这样恐怖的劲气，倘若是没有抵抗，给拍实了，人脑袋都得拍成狗脑袋，屎尿齐流。我当时就被吓了一跳，也来不及闪避，而是腾然抖出一掌，朝着对方硬生生地迎了上去。

刚对刚！

深渊三法，土盾！

轰！

一声炸响，劲气从双掌之间喷薄而出，直接朝着四周扩散而去，巨大的音爆之声在长廊中响起，震耳欲聋。我脚下的地砖陡然间出现了数条巨大的裂痕，朝着四周蔓延而去，整个楼道陡然往下一震，有一种摇摇欲坠之感。

对方这巨大的力量被我用土盾直接转移到了脚下，所以我纹丝不动，而那个偷袭我的家伙却承受不住两人较力的爆发，朝着后面连退了三步，方才稳住了身形。

我化掌为拳，紧紧地捏了捏，拳骨咔嚓作响，而抬起头来的时候，才发现这个发出恐怖掌风的家伙，却是西南局的贾团结。

这位与我曾经有过一面之缘的西南大佬此刻一脸难以置信的面容，瞪着一双眼睛朝我望来，我吐出一口浊气，淡然说道："堂堂西南贾团结，居然不问青红皂白，就这样偷袭我，这事儿实在是有些过了！贾局长，您还在忌恨半年前雪山脚下我没有拱手将八宝囊送给您对吧？至于吗，这东西您若是看得眼红，何必就盯着我这一亩三分地，那山里面啥东西没有，各凭本事呗，您说是不？"

我不留情面地将贾团结的心思揭破，他阴沉着脸说："陈志程，我不知道你在说些什么，不过别以为你在总局有些名气，就能够在我们西南局撒野。你已经不是执法人员了，跨区伤人，居然连一声招呼都不打。实话告诉你，你这种严重违反规章制度的行为，我们已经上报了，结论很快就会批下来。到时候，我们监室里见吧！"

我冷笑着戳穿他："是吗，宪兵队的人呢，在哪里？"

我陈志程自小多灾多难，可不是吓大的。此刻一刺探，见贾团结愣了一下，就知道他这是在诈我。

估计刚才那孔处长的行为举止，恐怕都是他在后面指使的，想必还在为当初的事情耿耿于怀。

这家伙的心思我懂，不过此刻的我倒不想与他多加纠缠，而是指着贾团结说道："怎么着，你觉得自己挺能是吧，想要将我拿住？论公，老子是副巡视员的职位，与你平级；论私，你若是想以江湖上谁拳头大谁能耐的规矩来办，老子现在就干倒你，行不行？"

我升副巡视员是离开总局之后的事，并未公开，不过证件却不是假冒的。贾团结知道拿下我这样的干部已经是越权了，但是听到我后面的话，不由得冷笑一声："果然是个没有规矩的小痞子，真当我怕你吗？"

他是个火爆脾气，当下将身上藏青色的中山装一脱，直接摔到地上，接着手掌一翻，便射出了两道疾风，朝着我的面门而来。

在特勤局这个秘密战线里面安身立命，权力和职位只是一部分的基础，更多的东西，还在于一个人的手段和修为以及威信。被我这般当面挑衅，贾团结顿时火冒三丈，他原本只是想让我吃点苦头，却没想到设想中一把将我撂倒在地的场景并没有出现，反而是自己被一掌推开三四步，觉得丢了脸皮，面上无光。所以一时气恼，出手便下狠招，来势惊人。

我瞧这两道疾风如流星奔来，心中震撼，晓得此人难怪修为惊人，却自始至终都只能够做到副局一职。那手段倒是其次，主要就是胸中度量实在太小了，竟然敢在这样的公开场合下毒手，当真是个没啥政治头脑的人，也就只能恶心恶心我罢了。

虽然贾团结做事一点都不用脑子，但是手段却厉害无比。眼看着两道劲风就要砸中我的脑袋，我的手往怀中一摸，拔出了一把锋寒的大宝剑，朝着两道劲风果断一劈。

真武八卦剑，剑势缠绕，将这两道劲风黏住了。停止一看，却见是两粒加持过真言的佛珠，滴溜溜地在剑尖上转动着。

我出手破了贾团结的这一记杀招，而对手却口中喝念真言，加持了九会坛城的诸般奥义，将其与自己的身体、精神融合，整个人竟然发出了微微的光芒。接着便宛如一头疯牛，朝着我跨步冲来。这一回的贾团结可是骤然间就用上了全力，我虽然可以用那土盾抵挡，但是倘若真的硬碰硬，我即便无事，但脚下的地板或许直接塌下去。我是来求人帮忙的，不是拆楼的，也不敢与他硬拼，而是将长剑一抖，朝着贾团结的周身刺去。

作为西南局的元老，贾团结的修为十分恐怖，手段也了得。一招一式，宛如山岳沉重，汹涌而来，想必是对我气急，想要通过拼斗来挽回颜面。

贾团结招招凶猛，我不慌不忙地应付着，两者一交手，我便晓得虽说我的修为并没有此人高深。但是一来我修炼魔功，锤炼身体，一身筋骨皮肉比寻常人厉害许多；二来我手中有剑，诸般剑招拈手即来，已然超脱了寻常的剑式，简单却又玄奥。这是我在天山神池宫中所领悟到的道理，此刻一经施展开来，那家伙压根就近不了我的身。

我许久没有遇到这般强劲的对手，一开始还有些手生，后面越交战越纯熟。反观这贾团结，他本以为能够轻而易举地将我拿下，没想到越战越心惊，晓得我黑手双城果然名不虚传，十分难缠，一时之间两人竟然呈现出势均力敌的境况。

这样的结果让心高气傲的贾团结实在是难以接受，朝四周一瞥，瞧见众人眼中那种质疑的眼光，晓得此刻倘若不能将我拿下，只怕会颜面扫地，故而更是心急。

这两方的状态一经叠加，使得贾团结反而处处被我掣肘，施展不开拳脚。

这让贾团结一阵气闷，终于忍耐不住，脚踏斗罡，口中念念有词，准备与我来个搏命一击了。而我瞧见这家伙这般不断发力，显然是有马上爆发、将我擒住的打算，我也晓得在这样的情况下，是很难留手的。只怕这一场突如其来的打斗，会变成一次真正意义上的生死相搏，不由得一阵狠厉，大声吼道："贾团结，你有本事就在这里把我杀了，或者我把你杀了。不过即便是你死了，到时候这黑锅，也得由你孤单的老婆来背了！"

我这话响彻全场，没想到那贾团结听到自家老婆，身子一阵凝滞，终于将攀升至火山爆发的气势收敛起来。他怒气冲冲地瞪了我好一会儿，猛然一挥手，头也不回地就离开了。

贾团结终究没有使出最后一招，我也不由得松了一口气。收了剑，晓得到底还是西南局的大佬，这家伙倘若真的是暴走起来，我能否拦得住，还是两码事呢。

我这边轻松了，然而贾团结愤然而走，却让留在这儿的所有人愣住了神，不清楚到底发生了什么事情。这架，貌似是打不起来了。

贾团结气匆匆地离开了，我头也不回地朝着外面走去。孔处长出声想要拦我，被我回头一瞪，所有的话都卡在了喉咙里，最后又都咽了回去。

他的靠山都被我活生生地逼走了，哪里还敢再多嘴？

我出了三楼，在楼道转角抓住了一个看热闹的在职人员，问这边的医务室在哪里。那人一脸畏惧地给我指了一个方向，我箭步冲了过去，惹得一阵喧闹。而就在我即将冲到医务室的时候，却看到一个熟悉的身影穿着一身白大褂，低头从我身边经过。

想跑？我一声狞笑，伸手将这家伙一把按倒在地，将他的口罩摘下来，愤然吼道："陈战南，那人到底是谁，你不说，我他妈的现在就杀了你！"

此刻的我真的是杀气腾腾，看着我那一双发红的眼睛，准备潜逃的陈战南下意识地回答道："是，是马海角！"

第二十三章 火速办案三千里

陈战南先前一直打着小算盘，就是怕如果自己将关系供出来，我就会毫不犹豫地杀人灭口。而如果回到了沪都，说不定能够利用对方的把柄获得自由。然而就在此刻，我杀气腾腾地从楼道那头蹿了过来，而且还带着魔威的余势，着实将他吓得不行。再加上自己秘密潜出被当众揭发，心中发虚，故而一下子就将他背后的人指了出来。

听到这个并不算陌生的名字，我当时有些惊讶。马海角是马如龙副院长的公子，先前在校办工作，后来被英华真人调到后勤处之后，便在自己父亲的协调下去了地方，整日跟一帮公子哥儿混在一起，反倒没有时间过来纠缠小颜师妹了。所以我对他的关注倒不是很多，没想到他居然也牵扯到案子里面来了。

不过我并不是听风就是雨的人，听到这个名字，并没有惊喜，而是抓着陈战南胸口的衣领，恶狠狠地说："你知道自己在说些什么吗？马如龙平日里待你不薄，你没有必要扯他下水！"

见我并不确信，躺在地上的陈战南大声叫道："就是那个小畜生，是他临时起意，他和几个公子哥儿，还有一个姓温的副处长一起将陈雨爱办了。我得到消息的时候，已经晚了，过去帮他们料理后事，发现马海角已经将那女孩子的魂魄收了，炼制成了鬼偶。我就是因为他们玩得太出位了，觉得事情有些瞒不住，才躲回来的！"

陈战南说得有根有据，我听着并不像是作假，我甚至能够从他的语气中听出一丝对马海角的埋怨，想着也只有副院长的公子哥儿，方才能够劳驾这位堂堂大教授出手，帮他做坏事儿。这般想着，我恨不得立刻飞回沪都去，亲手将那几个畜生不如的家伙宰了。

陈战南交代了，而我还没有仔细问，便瞧见孔处长一行人走了过来。我站起了身，指着地上穿着白大褂准备混出去的陈战南，冷笑道：“这就是你们西南局看守的水平？若不是我强行冲出来，老子千里追踪的嫌疑人，就这样被你们助纣为虐放走了！请给我解释一下，这个是你们能力不行，还是这大楼里面有他的同党？”

铁一样的事实摆在眼前，孔处长无从争辩，只是铁青着脸站在我跟前，重复着一句话：“做任何事情，都要讲究规矩的……”

“规矩？”

我冷冷地哼了一声，眯着眼睛盯着孔处长，就像天空之上的雄鹰盯着猎物一般，看得他不寒而栗。就在这时，我话头一转：“哪里能够打长途电话？”

孔处长一扫先前倨傲的态度，像个手下似的给我就近找了一部固定电话。我立刻给远在沪都的张峰打了电话，将陈战南落网的情况通知了他，并且告诉他，据陈战南交代，这事儿还跟华东法术学院副院长马如龙的儿子马海角有关系，我会尽快回来，也请他对相关人员进行监控，不得让他们得到任何消息走脱，必要的时候也可以采取行动。

张峰是个很灵活的人，也晓得自己的身份地位，听得我的吩咐，表示立刻汇报给上面，然后采取行动，保证不会让那些嫌疑犯逃走。

打过电话之后，我也无心跟西南局这边的人再有牵连，问能否给我安排一班飞机，让我带着嫌疑人返回沪都。

孔处长还想说些什么，这时手下过来，递给他一纸传真，告诉他总局已经有过批示，尽量给陈志程同志提供便利，一定要确保嫌疑犯不要走脱，落款是我的老上级宋副司长。得到了这个批准，西南局终于不再为难我了，不过孔处长也表示，说现在虽然有航班，但是这儿的情况毕竟特殊，如果要乘坐飞机回去的话，算上跟航空公司沟通的时间，估计要等到三天之后。

听到这话，我便晓得从西南局这边是得不到帮助了。想起以前一位曾经一起在南疆战场浴血奋战的军方战友也在这锦官军区，上次还联系过，当下从八宝囊中翻出通讯录，查号打电话。

当年的小营长此刻已经成为了军区首长，而且还在后勤部任职，到底是在战场上面过命的情谊。在得知了我的情况后，他没有二话，当即表示下午有一班军用飞机是从锦官城直飞金陵军区的，可以帮我安排一下。至于到了金陵军区，无论是走高速回沪都，还是再安排一次短途专机，都是没有问题的。

通过诸般周折，我终于在当天夜里赶回了沪都。至于陈战南的师兄虞一成，则被我留在了西南局。此人有很多事情可以挖，不过至于西南局到底会不会做，我就不得而知了。只要他们将人扣住，让其没机会通报消息，我便别无他求了。

我和白合赶到沪都的时候，小颜师妹和张励耘等人已经带着这一届的重点班先行前往太行山深处。我将人交给了张峰，并且当即找到了英华真人，将大致的情况给她做了汇报。在得知此事有可能涉及到学院的主要领导时，英华真人也没有半分犹豫，立刻上报给了华东局的卢拥军，请求指示。

其实这件事情在我与张峰沟通的时候，对此事十分关切的卢拥军已然知晓了情况。再等到英华真人汇报时，上面已经就如何处理马如龙进行过讨论了。当下之急是先将所有的嫌疑人控制起来，将这案子办铁了。于是张峰在我的陪同下，对陈战南进行了连夜的审讯。

也许是想通了，那老家伙对于自己所做的事情供认不讳，并且还承认了数年前发生的几桩命案，甚至还交代了几个重要的信息，包括沪都某处邪灵教的人员分布。

陈战南想用积极的态度来挽救自己的性命，虽然这事儿在我看来并没有太大的用处。不过对于案情来说，却有着一个比较好的方向，通过审讯，我们大致对整个事件有了一个比较清晰的认识。

事实上，这是一场因为人的贪婪和欲望引发的惨剧。马海角此刻所混的公子圈内，一位前秘书、现为副处长的人员出钱，另外几位公子哥儿出力策划的此事。陈雨爱之所以身死魂消，是因为她性子太过于刚烈，宁死不从，最后还咬伤了那位副处长的命根子，结果被含恨的一众人暴打身亡。

陈战南是事后才知晓的，对于当时的情况了解得并不算多，但是他的只言片语让我听得目眦欲裂，拳头捏得一阵爆响。

审讯结束，张峰根据陈战南交代的参案人员，火速办理了批捕手续，然后带着人手前往各处嫌疑人的居所进行抓捕工作。张峰去抓那个副处长，而我则领了批文，带着人直奔此案主要嫌疑人马海角的家中。在路上的时间里，我听办案人员说起了马海角的情况，此人在市区有一处单独的居所。不过这几天他倒是一直都住在学院分配给马副院长的家里，所以说我们此刻要抓人，就得返回华东法术学院。

此刻已经是夜里十一点，我赶到华东法术学院的时候，负责监视的办案人员告诉我，说马海角就在房子里，不过法术学院的马副院长和他夫人也在里面。

我当即布置了一番，安排白合和杨劫陪着负责监视的人员将这房子包围，紧接着带了几位有关部门的同志，来到跟前，按响了门铃。

三声门铃过后，门开，是一个打扮土气的小保姆，问我们是谁，我告诉他我找马副院长，小保姆说马院长歇息了，有事儿明天再说吧。这话说完，就准备关门了，我后面的办案人员伸手将门抵着，我微笑着说有急事，接着就挤进门里去。

学院给马副院长配备的这房子面积比我那儿还要大，不过我们在门口这边一番争吵，马副院长倒是听到了。他穿着银色的丝绸睡衣从书房走了出来，瞧见我带着好几个人在他家里，不由得眉头一挑，颇为恼怒地问道："陈志程，大半夜的，你带着人闯进我家，到底是什么意思？"

我从旁边的办案人员手中拿过了批捕令，平淡地递到他面前，说："贵公子参与了前几日学院女生的人命案，证据确凿，我是过来拿人的！"

马副院长接过批捕令，一目十行地看完，不由得脸色一变，冲着我大声嚷嚷："不可能，你们这是诬告！"

这时卧室里面冲出一个穿着昂贵睡衣的中年妇女，哭闹着："这不可能，你们一定是弄错了，我家角儿平日里最乖了，怎么可能做这种事情？姓陈的，是不是因为老马在学院里面跟你们不和，你就故意诬陷我儿子？"

这两人情绪激动，拦在了我们面前。而在这一片嘈杂声中，我却听到楼上传来了很轻的开窗声。

不好，马海角那小子要跑了！

第二十四章 二般结果是什么

尽管听到了这声音，但是我却并没有表现出太过于紧张的情绪，而是朝着楼上指了一下，淡然问道："既然这事儿跟他没有关系，那他跑什么呢？"

听到自己儿子逃走了，马副院长老奸巨猾、城府颇深，倒是能够不动声色，而马夫人的修养倒是欠了一些，脸上忍不住流露出一丝欢喜之色。我淡然而笑，拍拍手，然后对马如龙夫妇说道："马副院长，我们与其在这里争辩，不如出去，听一听令郎是如何说的吧？"

我没有再往前，而是后退一步，走出了大门。进到院子里来，但见那穿着睡袍的马海角被杨劫死死地按在了院子的草地上，脸贴着地，一条大长腿露在外面，颇为狼狈。白合一脸轻松地耸了耸肩，对我说道："你这师弟当真是个怪物，还轮不到我出手，这马公子就被治得服服帖帖了。"

我赞赏地看着杨劫，这小家伙对于擒拿格斗之术，的确是有着无比的天分。要晓得马如龙出身于上饶马家，家学渊源又跟龙虎山有故，继而练得一身好本事，要不然也不可能成为华东法术学院重组后的学校领导。所谓将门虎子，这马海角从小也是勤修苦练过的，未必会比一般的茅山真传弟子差。结果这一照面就被杨劫拿住了，实在是让人觉得惊诧。

我这边赞赏无比，而在马副院长的眼中，却显得是那般讽刺。他刚才在大厅里拦住我，拖延时间，就是觉得即便事情无可挽回，如果儿子逃了，也算是逃过一劫。至于后面的事情，到时候再说，没想到自己辛辛苦苦培养二三十年的成果，一转眼就被人拿下了，着实有些丢了脸面。

倘若马副院长还只是感到屈辱，那马夫人则是一阵心疼。她看到自家的宝贝儿子因为反抗，被杨劫揍成猪头，当下也是气恼急了，朝着杨劫冲过去，张牙舞爪地骂道："你这小杂种，快点放开我儿子，要不然我饶不了你……你这小杂种！”

她的嘴里不干不净，非要耍泼打横，结果这般的污言秽语听在了杨劫的耳中，却将那个从小就被遗弃的孩子心中的禁忌挑了起来。杨劫猛然一抬头，古怪的面具之下，一双眼睛冒出无比的凶光与煞气，将这个骂骂咧咧的妇人惊得浑身发寒，血液停滞，愣在了当场。我瞧见杨劫大有压抑不住自己内心怒火的势头，挤到了两人之间，对杨劫低喝道："静心，诸事无果，凝！”

杨劫抑制住即将爆发的怒火，低下头，重重地压住了马海角，弄得这家伙惨叫连连，大声求救："爹，救我啊，救我！”

这声声哀嚎，听得马夫人一阵揪心，她刚才受到惊吓，不敢再向前，而是回过头来叫自己丈夫。马副院长一脸铁青地走到我跟前来，冷然说道："陈主任，在事情还没有盖棺定论之前，你能不能不要那么暴力？再有，即使是犯人，也总是有人权的嘛，对不对？”

此刻的他再无刚才的嚣张，叫我的时候也加上了职务，不过对于他这样的转变，我并没有一点儿得意，而是一字一句地说："马副院长，几天前，你还在校务会上对杀害陈雨爱的凶手大肆鞭挞，并且还有意要追究校方和相关责任教师的责任。但是不承想话说得冠冕堂皇的你，居然就是凶手的父亲，而且还有可能对他进行了包庇。我对你真的很失望，请你和你的夫人最近不要随意离开本市，任何时间，都要配合警方的传唤……”

我对他的问题避而不谈，反而是提出限制人身自由，甚至直指他与本案可能也有联系，那马副院长的脸完全黑了，愤然反驳："一派胡言，你这是血口喷人！”

他正要辩解，这时在马家搜查的办案人员走到了我的跟前，递给我一个小小的陶罐子，向我报告："陈主任，在马如龙的房间里面找到了这个。”

我拿了过来，却见那陶罐上面描绘着古怪的花纹，最醒目的就是瓶颈之上的一对炫目的眼睛，让人心中震撼。我将这罐子的瓶塞打开，瞧见里面有一小撮头发，闻了一下，有尸油的气味传了出来。见了这个，我的怒火终究压抑不住了，一个箭步冲到了马海角的跟前，一把揪住了这家伙的衣领，恶狠狠地说道："小子，挺能玩的对吧？你既然晓得如何玩封魂罐，那么老子也把你炼了，让你在里面待上一回，喜欢吗？”

证据确凿，马海角晓得大劫难逃，表现得无比脆弱，冲着他父亲喊道："爹，你说句话啊，救救我！”

在这铁一样的证据面前，马副院长所有的辩白都显得那么无力，一想起自己的前途极有可能就要被这熊孩子毁了，顿时就怒火攻心。他愤怒地冲到了我面前，从我手上把马海角揪过去，噼里啪啦就是一通大耳刮子，打得那家伙眼冒金星。马副院长根本就不把自己儿子当人，下手比我们更加凶狠。

马副院长一边打，一边大声地咒骂着，马夫人上前来阻拦，一时间哭哭啼啼，场面颇为热闹。此刻的我虽然也想上去将马海角这畜生狂揍一番，不过却也不想马如龙直接将这家伙弄死，上前拦住了他，沉声提醒道：“马副院长，他现在是嫌疑人，得跟我们走了。至于教训儿子，那是你私下的事情，不要耽误我们的时间——当然，今后你恐怕不会再有机会教训他了。”

这话说完，我丢下这一对看起来失魂落魄的老夫妇，带人押运着杀人案的真凶返回了警局。

大部队都走了，不过依旧还有人留在此处，他们负责监视马副院长夫妇。如果他们夫妇有任何异常的举动，我们不介意也对他们两人进行传唤。

经过一整晚的抓捕行动，参与此案的五人有四人被抓获，这里面包括主犯马海角与温姓副处长，唯独跑了一个叫路健的公子哥儿。据了解，他在事发后第三天就匆匆出国了，去了英国的曼彻斯特，据说是准备留学。这边已经向英国那边的大使馆提出了申请，看看能不能将此人引渡回来。

人抓到，接着就是紧急的审讯工作，这些家伙的背景都还算是比较深，一开始也都表现得格外嚣张，死不承认，就等着别人来捞自己。不过在铁一样的证据和陈战南的证词面前，马海角与另外一个公子哥儿相继都松了口子，至于另外两人不肯开口，也不是那么紧要了。

在马海角的供述中，我大概理清了事情的全部经过，前面的情节跟陈战南所说的基本没差。而当他们将陈雨爱弄到手之后，在其中一人家里的别墅中对她实施了轮流侵犯。首先是那位温姓副处长，接着是马海角，轮到路健的时候，他非要玩些花样，结果那玩意被饱受屈辱的陈雨爱一口咬了下来，疼痛过度的路健对陈雨爱进行了殴打。接着众人一拥而上，将雨爱殴打致死了。

事后除了路健之外的四人参与了对陈雨爱毁尸灭迹的全过程，而马海角更是因为雨爱曾经修行过，就将她的灵魂引到了封魂罐中存放。

整理完了案情的经过，张峰第一时间上报给了华东总局，而我则回到了学院，将此事与英华真人进行了汇报。

在得知了整个事情的经过之后，英华真人做了三点指示，第一是及时将这件案子的情况通报给死者家属，给他们一个合理的交代；第二则是让校务办出面给予死者家属一部分经济补偿，尽量挽回这件事情的影响；第三就是一定监视好马副院长，不要让他铤而走险，一定要在他担任副院长剩下的这段时间里，平稳过渡。

此事罢休，我终于舒舒服服地睡了一觉，一直到次日傍晚才醒来，负责此案的张峰这时找上门来。

张峰此番前来，是代表华东局的卢拥军，询问我对于如何处理陈战南的意见。

我问一般会怎么办，张峰告诉我，说陈战南属于修行者，而且还是在巫蛊之道上颇有研究的学者，上面一般都会将他押送到专门关押修行者的白城子监狱囚禁终生。

陈战南因为钱财，害得我特勤一组的诸位兄弟在黄河口一役或死或伤，我哪里能够让他还存活于世，当下也是眉头一挑，又问道："一般是这样，那二般呢？"

张峰眯着眼睛深究："你觉得如何？"

我淡然地答："杀人者死！"

张峰点了点头，对我说卢局长会尊重我的意见的，既然我开了这个口，那事儿就这样定下来吧。

张峰征询完了我的意见后就离开了，临走之前，将装着陈雨爱魂魄的那个封魂罐留了下来，说她到底是我的学生，要我来送她一程。

第二十五章 这种责任可愿负

张峰离开了，而我手上捧着这个做工粗糙的封魂罐，眼中不断浮现出陈雨爱这个学生的音容笑貌，心情久久不能平静。

按道理说，这封魂罐作为案件最主要的证据，应该会被检控方留下来办案子的，但是张峰却在上面的指示下，将它交给了我。这并不是一件符合程序的事情，不过我却晓得无论是还回封魂罐，还是咨询我如何处置陈战南，这些都是上面对我的一种补偿。毕竟身为黑手双城的我，那恶名算是名声在外了，倘若我的心中有个什么不爽利，别人总担心我做出一些出人意料的事情来。

尽管我一直以来表现得无比正常，然而人们却总是只能够看到我魔性的一面。无数的传说将我本人的形象渲染得格外诡异，譬如与法螺道场一役，半百人员被我当场斩杀，不留一个活口；比如黄河口一役现场如人间炼狱，杀得兴起的我甚至都不分敌我，连口出狂言的孔府家主都被我直接撂翻在场，又比如……

有着这样的恶名，使得上面处理事情的时候，会换位思考，照顾我的心情，免得招惹麻烦。

对于这样的待遇，我并没有感到不适应，不管是恶名还是什么，它都代表着一种尊敬，也是一种示好。我除了接受，还能矫情什么呢？

只不过，想起这大半年来的相处时光，想起了平日里刻苦认真的学生，我心中依旧难受得不行。我总是害怕失去，也晓得这些人一旦毕业，走上了各自的岗位，在风险极大的秘密战线中，总会有人相继牺牲。但是此时此刻，他们都还没有毕业，怎么就出现了这样的事情？

难道，陈雨爱身上所遭受的苦难，依旧还是被我这个劫难深重的家伙所连累的吗？若是如此，小颜师妹会不会也要被我牵连到？

是夜，我心绪不宁，难以入睡。

经过多方奔走，特别是从陈战南这边找到了突破口，法术学院学生陈雨爱失踪被杀一案得到了快速结案。特事特办，对于这样的事情上面自然是使出了雷霆手段。经过调查，此事是马海角、温姓副处长以及几个背景深厚的公子哥儿们所做的，他们的家长并不知情。不过尽管如此，经过华东局卢拥军的沟通，他们所能够凭恃的后台相继都被动了，特别是那个逃到英国的路健，他下体受了伤，却被送到英国，家中肯定有人包庇。

这种远走别处的做法，显然并不是一个仓皇的公子哥能够想得出来的。

官场上新一轮的清洗即将开始，而马副院长也不再合适待在现在的位置。我本以为他会被调到特勤局系统内部的某一处清水衙门去，结果没想到就在我离开沪都，带着白合、杨劫等人前往太行山夏令营的时候，他竟然自己提出了提前退休的申请。

提前退休，开除公职，这事儿对于一个在秘密战线的系统中工作了大半辈子的老人来说，实在是重大的打击，也足以让很多人生出同情心，不会对他赶尽杀绝。

马副院长这一招“以退为进”让他能够全身而退，但是对于那些曾经巴结在他周围的一帮人来说，陈战南的入狱和马如龙的离职，这两个消息简直就是晴天霹雳，一出来便闹得人心惶惶。想着当初吃着火锅唱着歌，就是想着如何将新院长扳倒，自己能够取而代之，此刻为首的人一走，他们又该如何是好呢？

一九九七年的夏季炎热，趁着这样的东风，英华真人开始对华东法术学院进行了大刀阔斧的改革。她来到此处已经有大半年的光景了，对于各种情况也极为熟悉，哪些人能用，哪些人不学无术，这些都积在心里，此刻毫无牵制地实施起来，当真是畅意得很。

就在英华真人动手梳理华东法术学院的组织关系时，我却随同第二批校方人员，赶往了位于太行山深处的夏令营。

毕竟对于我来说，当下最紧要的任务就是将这一批学生带好，让他们能够在一年一度的特勤局集训大会上面夺得较好的名次，甚至是第一名，这才是我的目标。

太行山又名五行山、王母山和女娲山，是我国东部地区的重要山脉和地理分界线。它位于冀北与晋西两省交界，跨首都、冀北、晋西和豫南四省市，山脉北起首都西山，向南延伸至豫南与晋西交界地区的王屋山，西接晋西高原，东临华北平原，呈东北、西南走向，绵延四百余公里，是中国地形第二阶梯的东缘，也是黄土高原的东部界线。山脉多东西向横谷，自古就是交通要道，商旅通衢。

此地多险峻，当年日寇侵华，攻势一泻千里，我军便是在这四百里茫茫山脉之中打游击，转战无数，方才得以发展壮大。

狼牙山、娘子关、紫荆关、壶关……一个又一个脍炙人口的地名，就是位于这茫茫山脉之中。

而在这其中，更有无数名山古刹、隐修名士的故往遗迹，许多道门、佛门以及巫门的前辈高人都曾经在这茫茫四百里太行山中修行得道，是一处十分不错的修炼之地。读万卷书、行千里路，我们既然想要培养出最优秀的学生，必然就不能闭门造车，让他们缩在方寸之间修行，而是要将这些孩子带到广阔天地中去，看一看这世间万物真正的面貌。

人法地，地法天，天法道，道法自然——这正是当初林齐鸣给我的提示，也是我在教务处的教学大纲中执意通过的原因。

我和白合、杨劫以及教务处后续的五位教师一起从沪都出发，过首都，然后坐火车到了冀北，从太行山的东部进山。这山脉总体呈现出东陡西缓的走势，一进山中，便能够感觉这山势的落差极大，气候极好，冬无严寒，夏无酷暑。而且诸多水流贯入其中，流曲深澈，峡谷毗连，多瀑布湍流，河谷两崖之中多溶洞，一路走来，倒也风景秀丽。

张励耘和小颜师妹等人带队，先我们一步进山。我带着第二批人进来，循着踪迹一直走，赶了两天的路，才在第二天傍晚的时候，于一处瀑流附近找到了安营扎寨的学生们。

见我带人赶了过来，夏令营的同学们一阵欢呼。这些孩子们入山几天，个个都像是只野猴子一般灵活。不过寒暄过后，林齐鸣、董仲明等人便都围到了我身边，纷纷问起了有没有找到杀害陈雨爱的凶手。

我与站在人群外面的小颜师妹对视一眼，能够看得出她眼中的关心。再环视周围，看着孩子们眼中的纯真和期望，心中起伏，便让大家围在河畔的篝火前，盘腿坐在草地上面。我当着众人的面，将封魂罐掏了出来，毫无保留地将我这些天的奔波以及案情的进展，向在场所有的学生和老师一一讲了出来。

说句实话，这实在是一件无比丑恶的事情，学院副院长的儿子协同一帮背景深厚的公子哥儿，在学院德高望重的教授的操作下，进行了这般残忍的杀人惨案。这样的事情就是成年人听了都有些触目惊心，更何况是这一帮平均年龄只有十七岁的孩子们。

然而我却没有半点隐瞒，将事情的整个经过都血淋淋地展现在了众人的面前。

听着我的讲述，孩子们一开始是愤恨，继而惊恐，接着又陷入了一阵长长的沉默之中。那篝火在溪畔跳跃，映照着每个人的脸孔，显得是那般的严肃。

我环视着这一张张痛苦的脸，深深吸了一口气，然后对众人说道："很多年以前，我碰到这样的事情，也曾彷徨过，也曾迷茫过，也曾对自己所处的这个社会和时代产生了怀疑，正如你们此刻一般——不过在经历过无数的痛苦和折磨之后，我终于想明白了，这世间如此扯淡，无数行恶者不能得到惩处，这怎么能行呢，我以及我的家人、朋友他们如何能够在这样的世间自由呼吸？"

我握紧拳头，目光看向了林齐鸣，看向了董仲明，看向了小颜师妹，以及无数的孩子们，发起动员："我知道，在座的很多人，你们的想法是将来学有所成，好出人头地。然而我只想告诉你们，你们的肩上是有责任的——你们有让这个世界变得更美好的责任，有让那些为非作歹者恐惧的责任，有保卫那些无辜者免受祸害的责任——那么此时此刻，在陈雨爱同学面前，请你们告诉我，这责任，你们愿意负吗？"

"愿意！"

无数激动的吼声响起，我看着学生们一张张坚毅而果决的脸孔，朝着那封魂罐轻轻一拍，轻声叹道："那好，让我们大家来送陈雨爱同学一程吧！"

第二十六章 陈雨爱一路走好

封魂罐的启用之法有很多，各种流派都有，一般来讲，弄不清楚法门，便也无用。不过这些对于我来说倒也不受限制，因为道就是道，殊途同归，只要掌握到基本的原则，便能够透过现象看本质。于是我轻轻一拍，被封在罐子中的陈雨爱的魂魄便幽幽地浮现了出来。

此刻的陈雨爱俨然还是一身学生打扮，倘若不仔细看，与往日根本就没有什么区别。只不过当瞧见她的脸时，便会发现那脸上青狞一片，眼眶之中根本没有眼珠子，而是一团游离不定的红色，左脸尽是血，一直流到了下巴处，十分恐怖。因为炼制她的马海角不在此处，双脚离地的她一出现，左右一晃，眼眶之中的红色显得格外凶戾，张牙舞爪想要朝着我这儿扑来。

瞧见平日里朝夕相处的陈雨爱变成了这副模样，盘腿围坐在篝火旁的一众学生立刻骚动起来，更有人直接站了起来。

这可能是他们这辈子见过的第一头恶灵，然而想起她生前的身份，再望着这张无比熟悉的脸孔，大家的心情不由得一阵苦涩。我伸出手来，用那炼妖壶观术牢牢地控制着这头亡魂不让其伤人，然后吩咐大家一起念诵安魂曲，超度陈雨爱同学的亡魂。

这安魂曲乃道家的一种新编经文，平日里功课都有学，众人一边忍泪，一边喝念起来。

这是他们人生中念得最认真的一次，泪水模糊了眼眶，有的女孩子甚至忍不住抽泣起来。这时白合走到我跟前，问道："陈老师，雨爱现在变成了这样，难道就没有挽回的余地吗？你能不能像当初救我一般，让她获得新生呢？"

白合当初不过是钢厂一名普通女工，被那杨大侉子炼制成了鬼灵，后来经过辗转转世重修成了如今的模样，也算是一场造化。不过她想要我重复这般的奇迹，我却不能，摇头低声说道："白合，她与你的情况不同。当日的你是杨大侉子所炼，他用法阵给你加强了能力，而炼制雨爱的马海角属于一个半调子，根本什么都不懂。此刻的雨爱浑浑噩噩，不如将她超度了，早得解脱……"

听到我的解释，白合伸出手，与半空中漂浮着的陈雨爱遥遥虚握。那鬼灵已然忘记了生前记忆，见她伸手过来，立刻张开雪白森寒的牙齿，朝着这边咬来。

我并不想让学生们看太久这样的惨状，毕竟这般模样看得久了，对于心灵的冲击还是有些大的。便双手结印，朝着那鬼灵遥遥一印，口中也开始念诵起来。

我的法诀与学生们念诵安魂曲的声音交叠在一起，形成了一个巨大的炁场。无数的善念和真诚从天而降，不断地洗刷浑身乌黑发紫的陈雨爱的魂魄，将她身体里的那股狠戾净化了，无数黑气落地，渐渐地，她原本恐怖的脸开始变得安详起来。两遍安魂曲后，陈雨爱的魂魄变得越来越淡，但是却恢复了生前的模样。

林齐鸣最早发现，霍然站了起来，冲着我大声喊道："雨爱回来了，雨爱回来了……"

近五十多人一同站了起来，回归本我的陈雨爱悬于半空之上，环顾四周，都是自己在华东法术学院重点班的同学，脸上不由浮现出了笑容。她不能说话，只有朝着周围微微一躬，表达谢意。我看着这个可怜的孩子，眼中有泪花闪烁，哽咽着说道："雨爱，伤害你的那些畜生，老师都帮你找出来了，他们一定都会得到应有的惩罚，而你的父母我也会帮你照顾的，你不要牵挂了，一路走好！"

空中的那道倩影又朝着我深深一鞠躬，然后抬头看向了满是星星的天空，渐渐地往上浮去，周围的学生一起呼喊道："陈雨爱，一路走好！"

然而夹杂在这其中的一个声音，却是林齐鸣这个小胖子在表明心迹："陈雨爱，我喜欢你，呜呜，我喜欢你呢……"

这个因为有些肥胖而略微有些自卑的少年心中，想必是挺喜欢陈雨爱这姑娘的，只可惜他一直藏在了心里。想着自己有朝一日成功了，再将所有的心意讲述给自己心爱的女人听。谁能想到这世间竟是如此罪恶，一个纯洁无瑕的女孩子，就这般遗憾地故去了，实在是让人心头发堵。

众人听着林齐鸣这临别的表白，模样好似十分荒唐可笑，但是却没有一个人取笑他，反而有好多人忍不住哭出了声来。而林齐鸣一直等到陈雨爱的魂魄消失在了半空中，也还是跪倒在地，口中呢喃着："我喜欢你呢……"

送别了陈雨爱，众人就在此处露营，教务处的老师们开始张罗着在溪边做饭。这气氛虽说还是有些悲伤，不过我能够感觉出这些学生与刚才似乎是两种状态，或许是我刚才的发言，给了他们信仰和力量。虽然此刻迷迷糊糊的，但是却也开始思索起了人生的意义来。

我任由众人忙碌，也不避嫌，将小颜师妹带到了上游，二话不说，直接给了她一个大大的拥抱。

紧紧拥着小颜师妹充满活力的娇躯，闻着她身上那熟悉的香味，我长长地叹了一口气，感到无比放松。小颜师妹任我搂着她，听到了我的叹息，拍了拍我的肩膀，体贴地问："累了吧？"

我点头，说是啊，为了侦破陈雨爱被杀一案，我连续几天都没有好好休息了，的确是有些累，不过更累的是跟那一帮畜生打交道。

两人相拥良久，这才分开。在这样严肃的气氛中，我倒也不敢对小颜师妹上下其手，只是简简单单地聊着这几天发生的事情。待我说完，小颜师妹跟我分享了这几天进山的经过，讲起了班上每个人的表现，如数家珍。两人说着话，时间不知不觉就过去了，一直到开饭，白合过来叫我们，才依依不舍地离开了。

野外用餐，自然没有什么好食材，除了大家背着的干粮，还有学生们在老师的带领下采集的食材，如此一锅炖出来，倒也别有风味。

饭后，我叫了几个表现比较突出的学生谈心，最后又找到了情绪不高的林齐鸣，两人沿着小溪往下游走去。我心中有些闷，掏出一根烟来点上，林齐鸣找我要了一根，我问他会吗，他摇了摇头，说不会，不过心烦，也想学着抽一口。我并不是一个太讲究规矩的老师，于是递给他，让他点上吸了一口，瞅他被烟呛得直流泪，我笑着安慰他："小胖，怎么，心里面还在难过吗？"

林齐鸣又接着抽了两口，将烟雾徐徐吐出，这才回答我："嗯，难受，我恨不得亲手将那些狗日的一个一个弄死……"

我望着远处营地的灯火，听着林齐鸣的倾诉，过了好久，这才悠悠讲道："小胖，在我们当下的社会，大体还是公平的。不过在我们这个行当，一直以来，只有强者才能够有尊严，才有保护自己心爱之人的能力，这才是所有道理后面的真相。我知道你最近半年以来一直很努力，但是我却也看到，你将太多的心思花在如何去讨好一个女孩上，而不是花在修行上，所以我并没有看到你跟入学前比有什么变化。讲句实话，我对你有点失望。"

林齐鸣有些不知所措："老师……"

我摆了摆手，继续说道：“我也曾经年轻过，理解你的想法。当初我之所以入茅山，就是看上了你们萧老师，想要一直陪在她身边，才下的决定。很多时候，爱情能够激发出我们所难以想象得到的潜能来。不过你要记住，你只有拥有保护别人的能力时，才可以毫无顾忌地将自己的想法表达出来！”

许是听进了我的话，林齐鸣陷入了沉思，而后对我深深一躬，表示谢意。

这一次教务处组织的夏令营，除了提高学生们的野外生存能力外，还有一点，那就是让他们接触大自然。在这个过程中，让他们能够更好地理解自己修行的东西。于是接下来的几天里，我们一路进发，从东往西，教务处每天都会给学生们颁布一些接近极限的任务，让他们来完成。而我们的职责则是在让学生充分地发挥潜能之时，保障他们的安全。

如此风餐露宿，所有人都极为辛苦，不过苦中作乐，倒也没有几个人打退堂鼓。我们一路向西，终于来到了太行山一处著名的峡谷处，是夜扎营，我带人去找捡柴生火。结果在林中没一会儿，一个学生跑过来找到我，说在前面发现了一个浑身血淋淋的人，躺在地上，死活不知。

我听到消息，匆匆赶了过去，瞧见的确有这么一个人。走上前去一看，却大吃了一惊。

这人竟然是小颜师妹的小哥，萧应武。

第二十七章 梦想能与你同行

瞧见未来的小舅哥，我大吃一惊，连忙冲上前去，手指放在了他的鼻翼之下，还能够感觉到呼吸，当下也是长舒了一口气。快速检查了一下应颜小哥的全身，发现他前胸、后背有好几处伤痕，最严重的是后背的一刀，裂开来活似婴儿的嘴唇，十分恐怖。

我掐住了应颜小哥的人中，几秒钟之后，他睁开了眼睛，见是我，一脸诧异地喊道："志程大哥，怎么是你？"

我与小颜师妹的几位兄长关系都不错，萧大炮是战场泽袍自不必言，其余三人也都是相当熟悉的，所以陡然间发现是我，他不由得惊讶。此刻应颜小哥伤势危急，我无暇解释太多，忙问他到底怎么回事。萧应武张了张嘴，将原本道来："我和朋友在这山里行走，碰到……"

这话还没有说完，我不远处的一个学生突然高声喊道："谁在那里？"

话音刚落，前面的树林中冲出了三个带刀的黑衣人，二话不说，扬起手中的刀就朝着这边扑了过来。我被这般凶厉的家伙吓了一跳，连忙提醒那学生："曾国云，让开，退后！"

那学生也被这三人惊到了，闪身退后。而我将萧应武放倒在地，抽身上前，朝着冲在最前头的那个家伙一把抓了过去。

对手使的是快刀，来势宛若闪电，瞧我空手来抓，不由得一声冷笑，恶声挑衅："找死？"

对方如雷霆般袭来，不过我却是能够从中找到许多破绽。用手指一下抓住他的刀刃，紧紧一捏，想要夺过来，结果一较力才发现对方并非弱手，竟然还能挡我一下。

不过他终究也只是能够挡我一下。我一招不成，脚下便是一招海底捞月，足尖直奔对方的裆下踢去。

按理说这一招实在缺德，一般的拼斗我是不会用出来的。不过思及我未来小舅哥那浑身是血的惨状，我心中怒火不由得升腾而起，于是脚尖也是用了力道，速度也是正好，一脚踢中了那人最脆弱的地方。那人当下也是忍受不住这种剧痛，整个人腾空飞了起来，一阵嚎叫，而我也终于将对方手中的长刀夺了过来。

空手接白刃，这一招虽然快，但是却也让人赏心悦目。一刀在手的我变得轻松很多，一边应付着另外两人的凶猛进攻，一边为周围的几位学生现场教学：“大家看好了，这两人的刀法应该是晋西的五虎断门刀，其动作以撩、砍、抹、踩、劈、崩、勾、挂为主，其次是扎、切、绞、架、横扫刀等，结合腕花、背花、缠头、裹脑，动作敏捷轻灵、刚劲有力、勇猛矫健、神形兼备……”

我在实战中轻松自如地给学生们讲解着攻守之势，那两人显然被我这样的行为羞辱了，嗷嗷大叫，不断地狂冲猛攻，一时间林中刀光剑影，凶险无比。

这一番打斗之声引来了正在附近宿营的学生，大家纷纷围了过去。小颜师妹也瞧见了小哥，慌忙走上前去。我给周遭的学生指点完后，手中长刀一搅，朝着左边一人闪电一击。那人倒是个高手，也只挡住了这一击，然而却没料到我这一招只不过是虚把式，只用了三分力。接着长刀一带，正中那人胸口，那人如遭雷轰，当我用刀背直接敲在了他脖颈上时，他双眼一黑，晕了过去。

此人一倒，另外的同伙便是一阵心凉，转身就逃。不过他终究只能逃出两步，还没等我出手呢，一直蹲在树上的杨劫从天而降，一肘打在了他的后背，接着杨劫整个人化作了一连串的黑影。等他停下来的时候，这人已经被五花大绑，捆得扎扎实实了。

交手过后，我吩咐旁边的学生，用反十字星的绳技将这三人捆了起来，绑在树上以便审问。

吩咐完这些，我回头找萧应武，结果他却被小颜师妹带到了不远处的营地包扎伤口。我赶到的时候，才了解到他之所以出现在这里，并且被人追杀，原因在于牵扯到了一桩很棘手的事情。

原来应颜小哥自小就喜欢四处游历，一开始只是在句容周边，而后开始满世界地乱跑。他去过东北老林子，还渡过鸭绿江去神秘的朝鲜玩过几日，又曾经独自行走过青藏高原，爬过珠穆朗玛，也去过南海诸岛。这祖国的山山水水，哪儿偏僻他就往哪儿钻，端的是见识不凡。不但如此，他还结识了一帮背包客，每年总是有大半的时光在路上。

最近应颜小哥和他的朋友正好游历太行山，路过这附近，发现这里有一处规模很大而又隐秘的煤矿，看管十分严密。本来应颜小哥对这个没啥兴趣，结果同行的人里有一个女记者，有着惊人的直觉，非要带着大家去瞧一下。大家伙儿偷偷摸过去，发现这煤窑居然养了大量的智障在这儿做苦力。

所谓智障，也就是我们平日所说的傻子，这些人一般来说都是大脑受到损害，或者发育不完全，导致其行为能力低下，没有完整的独立意识。近年来屡次有报道说在偏僻地方的黑煤窑，经常雇佣这样的人，主要原因就是成本低下。有的甚至只提供一日三餐，连工资都不给。而在安全措施并不到位的黑煤窑里面，如果死了，甚至连抚恤金都不用出，最是省心。

发现此事之后，那女记者十分激动，非要拍一些证据，拿回报社去曝光。

能够在当地开这样的黑煤窑，自然都是上下打点过的，说不定还有“官股”在里面。应颜小哥一行五人商议了一番，决定潜入其中，深入了解一下，结果被人发现了，一时间冲出了二十多号打手。对方人多势众，不过应颜小哥出身于句容萧家，一身本事，艺高人胆大，倒也没有多少惧意。却不承想一交手，才发现这些人都是练家子，特别是有一个独眼老头，掌法犀利，随便拍出一掌，无端风声吹起，吓人得紧。他不敌而退，结果队伍被冲散，只剩下他勉强逃到此处，还一身是伤。

听应颜小哥说完，旁人都有些震惊，觉得实在有些荒诞，唯有我见过太多稀奇之事，倒也见多不怪。

小颜师妹见自家小哥一身的伤，心痛得不行。不过被敷药包扎过后的萧应武并不介意，而是伸手抓住了我的胳膊，焦急地对我说道：“志程大哥，我的同伴都落在了那个鬼地方。你本事大，能带人过去将他们救出来吗？”

我并不是正义感过剩的人，如果此事不涉及应颜小哥以及他的同伴，我最有可能做的就是先报警，让负责此事的人来解决。毕竟我这边带着五十多号师生，他们若是有一个出了事，我都有推卸不掉的责任。不过谁叫萧应武是我小舅哥呢，要想抱得美人归，方方面面都要做足了才行。他既然开口了，我自然是责无旁贷，当下也是将教务处随行的几位老师和学生干部叫过来，将此事简单讲清楚，然后吩咐小颜师妹照看好学生，我则带人前往那个黑煤窑。

对于我的决定，小颜师妹提出了异议，她坚持要跟我一起去。

听到小颜师妹这话，我皱着眉头，把她拉到了一边，低声相劝："小颜，管好这帮学生，才是我们最主要的事情。要是他们有什么闪失，在场的所有老师都难辞其咎，这么重要的事儿，我交给别人不放心。唯有你，才能够让我安心啊……"

小颜师妹摇头说道："不，这事儿让程莉她们来做就好。听我小哥说，那边有高手，我放心不下你。"

我故作男子气概："所谓高手，那是在你小哥看来。在我这儿，那帮所谓的高手，不过就是一个屁……"

然而小颜师妹却摇头，咬着嘴唇反对道："大师兄，我在山上的时候，不止一次地幻想过你在山外面对危险的时候，我能够在你身边，给予你帮助——这是我的愿望，你不能剥夺我跟在你身边的权利！"

听到这般柔情似水的话，我心中一阵温暖，便不再执着，拍了拍她的肩膀，点头同意了："好，就让你随我去吧。"

两人商议回来之后，我挑了几个精兵强将，张励耘、杨劫、白合，另外董仲明和林齐鸣也非要跟着一起去。应颜小哥也非要带伤同行，被我拦住了，领路的事情，我让被杨劫撂倒的那个家伙来做，在碎蛋与妥协的选择上，那人毫不犹豫地选择了后者。接着我让剩下的老师照看好学生们，让他们随时防备着，而我则带队前往黑煤窑，解救萧应武那帮驴友。

第二十八章 十三灭门凶孙勐

应颜小哥一路带伤狂奔，却依旧跑了颇远。我逼着这位黑衣俘虏折回的时候，杨劼捆住俘虏的双手，用一根绳子牵着他宛如遛狗一般。他不停劝说我道："阁下，太行隐者乃这四百里茫茫山域之中的顶尖高手，势力颇大，任何风吹草动，都逃不过他的耳朵。你们若是识趣，现在就放了我，咱们新账旧账两清了，我也不会找你们麻烦，你看可好？"

都已经成为阶下囚了，还有这般闲情逸致来讨价还价，看来他所凭恃的那位"太行隐者"，应该是位顶厉害的角色。要不然他刚领教了我的手段，是不会说出这样的话来的。

我一时之间来了兴趣，试探着问："哇，太行隐者，好拉风的名号。小哥，我问你，你们这位头儿，到底有什么本事，竟然能够让你说出这样的话来？"

那家伙也许知道我是在探底，不过为了达成自己的目的，他故意夸张地说："誉满天下的荆门黄家，这个你可知道？"

我点了点头，回答他："既然是修行中人，对于这世家自然晓得一二。这么说，太行隐者是荆门黄家的人咯？"

他继续答："非也，不过黄家之所以能够出头，靠的是在官方有一个黄天望。而太行武家之所以能够纵横这四百里区域，靠的则是一个钱字。武长天大人最喜欢交朋友了，我看您身手不错，又是一位剑道高人，何必通过打打杀杀这种低级手段来解决问题呢，不如和谈。好好谈一谈，说不定能够更好地将事情解决。"

我听得心中一凛，晓得他这大话之中，似乎还有所保留。要晓得他既然能够搬出荆门黄家，恐怕我们所去的这一处黑煤窑不仅在地方上面有所依仗，而且在官方上面，只怕也会有人替其发声呢。

对方来头很大，不过很可惜他们惹到了我的小舅哥。

对于我来说，任何麻烦，只要牵扯到小颜师妹，这些都不算是事儿。打伤了我小舅哥，还想善了，这世间哪有如此便宜的事情，真当我黑手双城是玩尿泥长大的孩子？

为了让这厮安心带路，我假意答应考虑他的提议，说到时候可以好好谈一谈，能不动手，就不动手。

有了这保证，那家伙倒也勤力，尽管被杨劫揍得鼻青脸肿，但是却也脚步如飞。没多久就赶到了一条破烂不堪的乡路前，见那地上尽是煤渣，便知道那黑煤窑近在眼前了。我们不走大路，而是沿着旁边的林子往前走，遥见前面有一片灯火，正是应颜小哥先前说起的黑煤窑。占地还挺大，不过外围用铁丝网围着，不时有人来回巡视，显然是因为应颜小哥他们的擅闯而加强了戒备。

见了这幅场景，我便晓得自己应该做两手准备。思考一番，叫来张励耘、杨劫和白合，说我将会在正门与这些家伙对峙，吸引注意，他们趁机从侧翼潜入里面，找到应颜小哥的同伴，并且将他们救出来。

张励耘是我在特勤一组的老兄弟了，对于这样的场合并不陌生，显得非常轻松。杨劫是英华真人高徒，天生的黑暗王者。至于白合，这位曾经被魅魔、酒陵和尚争抢的家伙乃转世重修之人，在青城山学得一身业技，倒也是罕有的精锐。有这三人，我相信即便是完成不了任务，定然也能够保证自己的安全。

三人应声隐入了黑暗之中。我在路边的林中等了十来分钟，确定他们已经就位了之后，回过头来，让小颜师妹跟上：“小颜，随我去交涉！”

我伸手过去，小颜师妹将手探了过来，两手相牵。感受到她手指柔滑的，我整个心都醉了，感觉这好像不是过来赴险，而是在春天里去野外郊游一般。两人手牵着手，走在前面，林齐鸣和董仲明两人押着人质跟在了后面，五人从林中缓步来到乡路上，不一会儿就到了黑煤窑矿场的大门口。

我们刚一出现，立刻有探照灯射了过来。给我的感觉，这儿好像并不是什么矿场，而是鬼子的碉楼。

迎着这刺眼的灯光，我带着人一路来到了门口，瞧见一个又高又壮的黑胖子如塔一般站在门口，后面两排摆开二十来个一身干练的打手。在门后的建筑上层，几个趴着的暗哨正用火铳子对着我们，因为隔着距离，我不清楚这火器是制式的枪械，还是自制的土枪，这东西对我们的威胁很大。

我不动声色地放慢脚步，然后用细不可闻的声音吩咐左右道：“一会儿若是谈崩了，自己找地方躲避。”

小颜师妹和两位学生都点头表示明白。门口那黑胖子旁边的一个眼镜男则高声喊道：“来者止步，报上名来！”

我停下脚步，站在离大门十米开外的地方，远远打量这阵势。手一招，将人质带到跟前来，冲着他说道：“喏，你来跟他们谈吧。至于这小命是不是你的，就看你主子的意思啦。”

听到我的话，那人质苦着脸朝我望了一眼。见我眼神决绝，一咬牙，冲着那黑胖子高声喊：“大少爷，是我，马六。许可和阿玮都被他们扣下了，我带他们过来，看看能不能好好谈一下，将人换回来……”

黑胖子眯着眼瞧过来，看清楚了之后，不由得咧嘴笑道：“马六，你小子是不是昨天在女人的肚子上太用劲了，不就是追一个人吗。那家伙还被孙供奉拍成了重伤，你居然变成了这副熊样，还落到了别人手上。你这样子，老子凭什么将你换回来？”

马六被呛了一顿，脸上青一阵红一阵的，苦苦哀求：“大少爷，我马六你是晓得的，办事最是勤力，从来都不敢有所差错。不过我后面这位兄弟可是位真豪杰，一只手都能甩得我团团转，便是孙供奉过来，只怕也不是他的对手，这样的人物，您说我哪里有本事逃脱？我这还是好的，许可和阿玮在那边被押着，一个蛋碎，一个被斩伤，这些都是跟着老爷的老兄弟，您可得给我们做主才行……”

那黑胖子并不在意这马六的生死，反而听进了他的这番权衡利弊，看着我说：“嘿，手段不错啊，你真的能比得过我们这儿的供奉？”

我屹然而立，淡淡地笑道：“比不比得过，打过才知道。”

黑胖子朝着门后招呼道：“去把屋里的孙供奉叫过来，让他先别审了，有人踢馆来了。”

来人应声离去，我不慌不忙地商量：“武少爷，打架可以，不过打之前我们得说好，万一我打赢了，你可得把我们的人还回来，你看成不？”

那黑胖子一咧嘴，爽快答应了：“作得准，自然作得准，你要是能把老孙撂趴下，啥事不好聊？”

叫人的那个家伙很快就回来了，带回了一个面容猥琐的独目老头。这家伙个儿不高，只有左眼，右眼上面是一道狰狞的伤疤，满手都是鲜血。他走过来问那黑胖子是哪个不开眼的，居然跑到武家的产业来闹事。武少爷对他简单讲了两句，他便转过头来，用那一只左眼盯着我，冷笑道："小子，你胆敢闯到这儿来，真的是吃了豹子胆。说吧，什么来路？"

我越众而出，拱手说："龙虎山，罗大根！"

瞎话说得铿锵有力，没想到那武少爷却嚷了起来，冲着我一顿臭骂："我干你娘咧，真当老子是没见识的乡巴佬？罗局长和俺一起吃过饭，我会不认识他，你这个冒名的狗东西。孙老，别问了，直接弄死他得了！"

被黑胖子一番催促，那孙供奉来到我的眼前，有规有矩地自报家门："五虎断门，十三灭门孙劼，前来领教！"

听到他报上的名号，我立刻想起了当日在总局看过的卷宗，晓得此人应该是晋西十三灭门案的特级通缉犯。案子的具体细节自不必说，当时颇为轰动。特勤局、民顾委以及当地公安，抽调了最精干的力量前去围捕，结果还是被他逃掉了，一跑就是二十年，没想到他居然隐姓埋名在此处，给人当起了走狗。

这是一位名震江湖的大盗，我刚入特勤局的时候就听过他的恶名，难怪他有着这般的自信，当下也是一抱拳，沉声说道："龙虎山，罗大根的表弟！"

那孙供奉听到我这奇怪的报名，脸上顿时就挂不住了，一阵扭曲，愤然骂道："无胆鼠辈，跟你交手，真的是丢脸呢！"

这话说完，他双掌一齐拍来，果然是风吹沙走，日月无光。

第二十九章 乱枪打死老师傅

无论是在公安部，还是在特勤局、民顾委这些地方，总是有一些特殊的通缉犯。他们是除了A级嫌疑犯之外，更重要的犯人，故而称之为特级通缉犯。这些人不一定都是修行者，不过他们的共同特点，就是特别危险，每一个都有着极强的破坏力。当这一掌拍过来的时候，我心中凛然，晓得此人当真是一个不好对付的角色，当下也是向后退了几步，避开这凶猛的攻势。

漫天的煤灰揭开了两人争斗的序幕，孙劼是被五虎断门刀驱逐出去的逆徒，不过却学得一身的好本事，此刻时而拍掌而来，时而化掌为刀。老头儿年纪挺大，却表现得生龙活虎，仿佛那衰老的表象之下藏着一头猛虎。

孙供奉这一招使出，赢得满堂喝彩。在我的身后，小颜师妹和两个学生有些忧心，不晓得我到底能不能应付这个山窝窝里陡然冒出来的高手。

我能应付吗？

这问题的答案是肯定的，经历了天山神池宫一役，与这世间最顶尖的一批高手有过交锋之后，我整个人的境界也得到了一定程度的提高。尽管自身的修为并没有得到多么显著的提高，也无法像那些人一样出手便有压倒性的优势，但是却拥有了一颗强者之心，也拥有了足够的自信。面对这老头儿咄咄逼人的掌法，我倒也没有急于扳回局面，而是不断地腾挪跳跃，试着消磨此人的体力。

我这是在准备打持久战，防守反击。但是在别人的眼中，我不过是在不停地躲避着孙供奉的招式，狼狈至极。

武少爷一众人齐声欢呼，响声如雷。我们这一边忐忑不安，小颜师妹还好，她跟着英华真人日久，多少也能够瞧出许多端倪来。林齐鸣和董仲明则是紧张得不行，眼睛瞪得滚圆，就怕我中了那家伙一掌，直接躺倒在地。

我与孙供奉缠战一会儿，瞧他果然有些后力不继，这才一个翻身，立住了身子，然后回头招呼道：“小床单，小胖，你们看清楚了。刚才此人用的，应该是巫门魔煞掌，此法多流传于荆襄一带，从尸堆坟地之中取出死人积液搽于掌中，吸收引起，日夜默念，而后形成怨积，化作掌力。如此轻轻一拍，便有飞沙走石，十分恐怖，然而此法终究走的是旁门左道，不能长久。长此以往，这人就会变成活死人……”

孙供奉见我对他的手段如数家珍，不由得奇了，问道：“你是怎么知道的？”

我淡然回答：“有关部门中，对于各家各派的手段，大体都有描述。我知道你的法门并不出奇，不过有一点我不是很理解。按理说，你此刻应该浑身都有尸臭，内脏腐烂，为何还能保持有如此活力的身躯呢？”

孙供奉嘴巴一咧，露出满口的大黄牙，笑着显摆：“我啊，采阴补阳呗。武少爷总是能够给我弄些新货来，弄着弄着就好了！”

这家伙说起那事儿来，满脸淫笑。我余光见小颜师妹眉头一皱，心中不由得疼了一下，凛然说道：“游戏结束，兄弟我就不陪你玩儿了！”

这话说完，我箭步而出，一招茅山掌心雷，直击正中，那孙供奉反掌来接，结果我这雷劲与他那阴风陡然撞到了一起。这孙供奉修炼此法，至少有半个甲子的年头，若论精纯，自然比我这十来年的要深厚，不过阳能克阴，此为天地法则。那掌心雷迎上了魔煞掌，就仿佛火星蹦进了油桶里，两者排斥，立刻爆发出了巨大的炸响，而我们两人也都向后退开了去。

气劲鼓荡，我不想生受其冲，只有往后滑步。还没有等我站定，却见一抹森寒的刀光从天而降，直接劈到了我的面前。

好快的刀！

我自小就浪荡江湖，混过官场，也闯过战场，见识过无数英雄豪杰，然而却罕有见识过这么锋寒锐利的刀。他就这么轻轻一划，便仿佛能够切断人的意识和炁场一般，根本感受不到前方的万般景象。

能够被无数高手和官家围剿追堵、最后却能逃出生天的人，自然有着足以自傲的手段。而孙供奉这一把刀，让我浑身的热血一瞬间就沸腾了起来。

快刀，高手，这样的战斗怎么叫人不期待？

我抽身撤后，避开了这一刀，手往怀中一探，一把大宝剑陡然而出。这长剑诡异，宛如有生命在其中游动一般，当下也是将我那集大成的剑法施展开来，与孙供奉针锋相对，寸步不让。

对方使刀，点、崩、截、刺、扎，突击猛斫，窜前窜后，忽进忽退，如生龙，如活虎，一口断门刀，紧迫银花夺。

我使剑则轻松许多，行云流水，有的时候甚至都不与他相斗，那剑都刺到了空处。

表面上来看，那孙供奉越打越快，越打越疾。而我则越打越慢，到了后面，甚至连身子都变得僵硬，根本就懒得移动一步。这一快一慢，分别代表了两种境界，谁也影响不了谁，就好像两个人各自在此处表演一般。

这般诡异的情况，旁人看不懂，孙供奉的脸色变得越来越沉重。

叮！

一声脆响响彻天空，两人的锋刃终于狠狠地撞到了一起。我的长剑也一反常态，在一瞬间化作了灵蛇，柔情似水，疯狂地绞缠着他手中的厚背刀，诡异的力量让他根本就难以把握。下一秒，所有的人眼睛一花，再次清晰时，却见到那把能斩断一切的厚背刀飞向了天空，而我的长剑则遥遥指着孙供奉。

孙供奉一头乱发，汗出如浆，整个人的脸都僵住了，难以置信地呢喃着："怎么可能，我这刀法，当世也是能够称雄的，却被你这般一个无名鼠辈破了，这怎么可能？"

我紧紧握着手中长剑，带着胜利者的微笑说道："你败得不冤，我也并非无名小辈。在下茅山陈志程，江湖匪号黑手双城，见过诸位！"

"黑手双城？你就是黑手双城？"

说话的正是此间的主人，那个黑胖子武少爷，他一脸震惊地看着我。我淡然回答："对，正是我，阁下若是识趣，还是将我们的朋友放了吧？"

武少爷额头上的青筋直跳，环顾左右，对我问道："难道特勤局已经开始查我们了？不对啊，我叔叔可没有告诉我们啊？"

我一听他的话，晓得他估计是误会了，出言解释道："这倒不是，我们只是……"

我话还没有说完，却见武少爷的手由上而下地猛然一挥，心中警兆顿起，当下也是将长剑朝着炁场变化的区域使劲一挥，却听到几声炸响，原来是对方开枪了。长剑被弹头震到，我的手有些发麻，一边将饮血寒光剑舞成风车，抵挡着这暗中的枪火，一边朝着身后喊道："隐蔽，都给我躲起来。"

小颜师妹和董仲明、林齐鸣三人在此之前就已经有所准备，枪声一响，立刻跳到了路边的一处凹坑里去，躲开了对方的攻击。而我则第一时间扑向武少爷，想要挟持他作人质，结果发现这小子倒是机灵得很，在手下的掩护下，快速地往后退去，同我保持安全距离。

既然没有往前冲的可能，我也只有跟着跳入了坑中，后背抵到了满是煤渣的土壁上，这才感觉到疼痛，伸手一摸，尽是鲜血。

小颜师妹就在我的旁边，见我满手的鲜血，惊到了，带着哭腔扑了过来，焦急地问我伤哪儿了。我将气行于全身，方才晓得自己在刚才一阵乱枪扫射之中，中了弹，不过我当时也是将全身气劲都行于表面。尽管子弹入体，但也只是伤及皮肉，并没有动了根本。

我表示无碍，小颜师妹还是趴在我身上，帮我将弹头取出来。又掏出一颗药丸嚼碎，给我敷在了伤口处，撕下上衣的下摆用作布条，给我绑上。

小颜师妹在这里给我做紧急处理，而林齐鸣则揪着那个马六，大声喝问，马六受到了刺激，站起来，高声喊道："武公子，你……"

谁知道他这一冒头，额头就中了一枪，那子弹将他的头盖骨直接掀了开来。白色的脑浆红色的血，一股脑全部浇在了林齐鸣的脖子上。

对方如此凶悍，倒是让我心惊，晓得他们恐怕是误会我此番带队而来，是要查封他们这个黑煤窑。只不过他们为何如此心虚，从他们对有智力残缺的苦工的态度来说不至于反应这么强烈。

不至于吧，豢养着孙供奉这样的高手，就是为了个小煤窑？

我心中一阵惊疑，然而就在这个时候，一个冒着烟的手榴弹飞了过来，眼看就要落进坑里面了。

第三十章 杀戮之夜将起航

我实在没有想到对方会这般无耻，不守承诺也就算了，而且还直接开枪扫射，甚至连自己人都不管了。一枪爆头，随后又扔了一个“大菠萝”过来，想将我们全部都轰上天。

我若是这般容易就被对方搞定了，我黑手双城的名号就是徒有虚名。瞧见那手雷遥遥飞来，我随意捡起一块煤渣，朝着那东西掷去。我用劲巧妙，两者一对冲，手雷折转了方向，凌空爆炸，无数碎片在空中洒落，落下烟尘。

董仲明被这架势惊到了，缩在坑底，六神无主：“老师，怎么办，怎么办啊？”

我左右一看，指着旁边的小道说：“大家从这里往回爬一段，然后我给你们制造机会，你们就朝着林子里跑——记住课堂上教给你们避开流弹的动作要领，然后放轻松。记住我一句话，战场之上，越是怕死的人，死得越快，知道了吗？”

董仲明和林齐鸣两人用力地点头，小颜师妹一把抓住我的手，焦急地喊道：“你都已经受了伤，还想去拼命？”

我摇头苦笑着说：“哪能呢，以刚才的火力来看，对方在这黑煤窑布置了不下十处火力。看来你小哥他们查得并不准确，一个黑煤窑布置这么细密明显大材小用，我感觉这里面一定有惊天的秘密。我现在一冒头，估计下场并不比马六好多少，唯一能够期待的，也就只有小七他们了！”

我这边说着话，又飞来了两个“大菠萝”。废话不多说，再次飞出两块煤块，将手雷击飞，然后催促着三人赶紧离开此处。

小颜师妹晓得在这战场之上扭扭捏捏，最终的可能就是双方都死于非命。于是也不与我多说什么，只是道了一声保重，便带着两个学生沿着沟道往路边爬去。我尝试性地探头出去望了一眼，赶忙又缩回来，感受到一颗子弹贴着头皮飞了过去，晓得里面至少有两名以上狙击手级别的枪手，根本不给我任何机会。

说不定打中我后背的那一颗，就是其中一个打的冷枪。

这时那煤矿的大门口处传来了武少爷的声音：“陈志程，你老实交代，这一次过来，到底带了多少人？”

我这儿枪林弹雨，分外危险，却没想到武少爷的声音也有些颤抖，暴露了惊恐的情绪。我心中一合计，便晓得他恐怕还不知道我已经从总局卸任，只以为我此刻还在特勤一组任职，此番过来是特地过来调查他们的呢，所以才会这般无情翻脸，直接杀人灭口。如此思考过后，我深吸一口气，然后冲他骂道：“姓武的，我干你大爷，你敢再打一枪，老子外面上百号兄弟弄死你！”

我这话刚喊完，一声枪响，那子弹就落到了我脑袋上面的土坑边，扬了我一脸灰。

这一枪显示出了武少爷负隅抵抗的决绝，也表露出他绝对不会妥协的意思，他高声叫嚣：“兵来将挡，水来土掩，这些年我武家也撒了不少银子出去，是该那些拿到手软的家伙回报武家的时候了，你以为老子会怕你？实话告诉你，老子这儿建得跟碉堡一样，别说你没有这一百号人，便是真的有，老子也不怕！”

后面有人得到他的吩咐去库房里面搬了一箱子手雷来，一个两个能躲，十来个一起，还能躲开？再能，也不怕热闹，直接将迫击炮拿出来就是了。

我的脸完全黑了，想着老子一世英名，莫非就要栽在这个小土坑里，被乱炮轰死？正在我拿不定主意之时，却听到对方阵营一片混乱，接着有冲天的火光从煤矿那边冒了出来。我晓得是潜入其中的张励耘等人得了手，此刻正在制造混乱，以便帮助我们脱身。于是我试探性地露出了头，觉察出枪声是自己人搞出来的。

我心中一喜，纵身而起，从土坑里面跳了出来。狂奔着避开了纷纷而来的子弹，直接冲向路边的另外一侧。就在我吸引了众人注意力的时候，小颜师妹带着两个学生冲入了树林里。

我在路边另一侧瞧见张励耘出现在矿场铁丝网的那边，冲着我比划手势，说已经得手了，让我撤离。于是便也不在此地纠缠，而是翻身直接躲入了林中去。

我一入林中，就是一阵俯身疾冲，很快便与张励耘会合。白合也在旁边，还有三个浑身伤痕累累的男人，相互搀扶着，没见杨劫。我问起他，张励耘告诉我杨劫去解决楼上的枪手了，一会儿过来与我们在前面会合。我再次问他，说人都救出来了吗，萧应武说的那个女记者呢？

这话问出来，张励耘眼神突然暗淡下来，旁边一个满脸络腮胡的男人一脸悲痛地说道：“这里的家伙都是一帮畜生、魔鬼，他们将潇楠活生生地……”

他哽咽了，不过我却能从只字片语之中，推断出那位女记者的下场恐怕不甚好，此刻只怕已不在人世了。

对于这样的惨剧，我心中悲戚，不过倒也没有太多时间伤感，而是叫众人赶紧朝前走，回到营地那边去。刚走了几步，小颜师妹便带着董仲明和林齐鸣赶了过来，见我们无恙，都十分激动。我和董仲明、林齐鸣负责背起这三个受尽折磨的驴友，安排张励耘赶紧返回营地，让众人不要停留，立刻起身，随时准备出发，我们稍后赶到。

张励耘应声而走，我们随后赶回。走到一半，杨劫从树上跳下来，告诉我们追兵已经赶过来了，全副武装，人人持枪，而且还有高手随行，十分棘手。他尝试阻止追兵，但没有成功，于是只好放弃，过来找我们了。

我皱眉，想不出他们为何会大肆出动，这有些反常啊。

正思忖着，白合突然掏出了一个袋子，递给了我，讪讪地笑道：“陈老师，这个是在关押他们三个牢房旁的房间里发现的，我顺手拿过来了，你看看有什么用。”

我接过来，发现这袋子挺沉的，解开封住袋口的绳子，里面竟然是一堆宛如玻璃一般的黑色碳晶。尽管我不知道它的具体用途，但是能从里面蕴含着的强大炁场，感觉到此物非凡物。我有一种预感，我先前对此处的所有疑惑，恐怕都跟这个东西有关。

小颜师妹见我望着这碳晶出神，焦急地问我怎么办，要是让这帮穷凶极恶的家伙赶到我们的营地里大开杀戒，造成了学生的伤亡，只怕我们难辞其咎啊！

我将此物收了起来，环视了一圈周遭的环境，安排道：“无妨，先回去，组织学生们藏起来。至于这黑暗森林中，谁是猎物，谁是猎人，这个就不得而知了。”

一行人带着伤员赶回营地，张励耘这边已提前通知了众人。我投注了大量心血的重点班学生此刻已经整装待发，准备转移了。我来不及多做解释，召集了在场所有教务处老师和学生班干部，告诉大家马上就要急行军了，所有的帐篷和大部分给养都就地抛弃，因为此处距离最近的乡镇都有超过四十里的山路，所以让大家朝着附近凸出的山形赶去，争取占据有利地形，防止被人拦腰截断了。

除了急行军，还得照顾包括萧应武在内的四名伤员，任务艰巨，我找到了小颜师妹，让她来负责此事。

对于我的安排，小颜师妹这一次没有再提出异议，点头同意，随即清点好人数，带着众人出发。至于我，则负责断后，留在林中，在没有后顾之忧的情况下，与这些追兵周旋，甚至寻找反杀的机会，看看能不能反客为主，擒杀真凶。

因为修为到底还是欠些火候，所以董仲明和林齐鸣都被我安排给了小颜师妹。此番随我一同于林间伏杀的，除了老班底张励耘之外，还有白合和杨劫。

我方只有四人，而我们所要面对的，则是超过十倍的敌人，这其中不但有着极厉害的高手，而且还人人有枪。

四人定好暗号之后，悄然隐入林中。就在大部队离开不到一刻钟后，便有一队人马寻到了我们原来的营地，稍微检查了一番之后，便循着踪迹，朝着大部队离开的方向前去。黑暗中，我瞧见张励耘朝我微笑，杨劫庄重地将影子面具整理好，那虔诚的模样，就好像是教徒星期天去教堂做礼拜一般。

杀戮之夜，即将来临。

第三十一章 金花公子展威能

且不谈近年来所经历过的硬仗，我十六岁就参加过南疆战役，漫天炮火之中来回，倒也没有胆怯过。此番在这太行山中的遭遇，不过只是小风浪而已，之所以要逃，并非是因为我有所畏惧，而是因为夏令营中的学生。他们每个人都是独一无二的，陈雨爱故去之后，我不能容忍他们任何一个人，在我的眼皮底下出现意外。

说得通俗一点，农民伯伯种地，莫不希望秋天有个好收成。而当老师的也一样，就想着这些生瓜蛋子能够安安稳稳地毕业，出人头地。

何况这里面还有我最心爱的小颜师妹，以及我那受伤了的小舅哥，这些都是我最关心的人。他们若是出现了任何闪失，这样的责任我承担不起，也无法原谅自己。

不过小颜师妹既然已经带着人离去，尽管身边只有三个人，而且还有两个从来没有参加过实战的愣头青，但是我的心中却是一片安宁。

吸着夜里清冷的空气，走在这林间崎岖的道路上，我发现自己的心中莫名地兴奋起来，感觉好像自己就属于这黑夜，属于即将到来的这场杀戮。拥抱黑夜才是我最好的归宿，它也让大半年来没有经历过凶险的我血液沸腾起来。低伏着身子，像猎豹一般在林中不断徘徊，于追兵的外围迂回着，尝试找到一个不错的突破口，给这些恶贼一个今生难忘的教训。

当然，对于杀戮的合理性，我倒是没有想得太多。送走小颜师妹的时候，我已经跟那三个被折磨得奄奄一息的倒霉蛋交流过了。晓得黑煤窑中，应该有着数百名智力残缺的在那儿过着行尸走肉般的生活，监工稍有不如意，便是一顿鞭打。

他们还特意提到了那个叫潇楠的女记者，二十四岁，名校毕业，花一样的年纪，富有正义感以及金子一般的纯真和善良，却活生生地被那帮畜生给糟蹋了。而且是以最让女人难以接受的方式，最终蹂躏至死。

对这样的一帮畜生，他们无能为力，只能挣扎着跪倒在地，求我给那素未谋面的女孩子报仇。这样的请求，我实在是无从拒绝。

从陈雨爱被马海角一帮人杀害开始，我心中就一直憋着一团怒火。为何这世间会有这么多不知道敬畏生命的混蛋，为何他们会以为只要自己掌握了一些力量，便能够恣意妄为，为非作歹，为何他们就觉得自己可以这般猖狂下去，不懂得收敛？

我想起了自己在课堂和课外教给学生们的道理，倘若这个世界崩坏了，没有规矩，那么不如让我们化作约束力，来拯救这个失控的社会。

我们是刀，我们是剑，我们是让敌人知道恐惧的人。

林中的战斗突如其来地爆发，不过并非是从我这儿开始的，而是从杨劫消失的方向。我先是听到一阵激烈的枪声，紧接着枪声渐弱，数人被引着朝东边的山崖边跑去。追兵速度飞快，杨劫却宛如鬼魅，双方一追一赶，消失在了林中，原地只留下了几具尸体。

我听到枪声响起的那一刻，居然生出一种莫名的兴奋，于是缓慢地滑下树冠，开启遁世环，朝着旁边悄声游走。

对于杨劫这个毛孩儿，我自然也是格外担心，毕竟他年纪并不大，而他身后的追兵个个凶狠彪悍。但是我晓得一个男人，倘若不经历过生死考验，很难在临场战斗中有所突破，所以他要么死，要么变得强大。进入状态的我摒弃了所有的杂念，一门心思地潜行着，缓步走了十余米，突然感觉前方有动静，连忙停住脚步，藏住身形。

我这边刚刚藏好，就发现先前与我对话的黑胖子带着孙供奉和十来个身手矫健的随从沿着学生们留下的脚印，朝着前方追去。这些人十分警惕，不过有着遁世环这般的神秘法器，对方倒感知不到我的存在，我听到那武少爷对旁人问道："王二，通知我爹了没？"

只听那人应和说："打电话到煤城了，不过老爷在闭关修行，旁人不敢打扰，得等天明才见得到他！"

武少爷顿时就火了，冲着王二嚷嚷："你没告诉传话的人，十万火急，懂不懂？我们矿场一年的收成，都被那帮狗日的偷走了。没了这些东西，拿什么跟蓬莱岛那帮贪婪的狗东西换丹药，还有，若是陈志程将消息传了出去，到时候谁都吃不了兜着走……”

他骂得这手下狗血淋头，旁边的孙供奉劝解着：“武少爷，别着急，那袋子里的东西是跑不了的。至于陈志程，他也走不脱……”

他这般说，武少爷却毫不留情面地讥讽道：“对啊，是跑不了，人家根本就不用跑！老孙，你平日里看着也挺厉害，就连我爹也总是对你赞不绝口，但是你今天的表现着实让人大跌眼镜呢。纵横江湖几十年，居然就这样被一个后辈撂翻了。要不是我当机立断，下令开了枪，您老人家现在是不是已经躺地上了？”

这武少爷许是打小就被人惯坏了，连对孙供奉这般的高手说话都毫不客气，不过好在孙供奉并不与他较真，而是解释道：“那陈志程正是年轻一辈高手中最顶尖的角色，我不敌他，也是正常，不过有您和杨娘娘在……”

我侧耳细听，没想到正听到最关键的时刻，几人已然走得有些远了，正好漏了一段，心中遗憾不已。不知道这些家伙到底还藏着什么样的手段，竟然不惧我。

不过即便如此，我也没有多少遗憾的。所谓擒贼先擒王，既然这武少爷肯出来，我就变得轻松许多，只要将他拿下，我还怕甚？

如此想着，我衔尾而追，大概有两百米。突然东北方向又传来了枪声，前面的队伍一片喧哗，武少爷问怎么回事，有人过来回禀，说那边有一个使佛珠的白衣少女，十分难缠，已经撂倒了咱好几个弟兄，许三爷已经带人追过去了。

“白衣少女？盘儿长得靓不靓？”

武少爷最为关心的就是这个，这问题说出来，可把报信的人给难住了。好在旁边有一个人观察得仔细，告诉武少爷，说远远瞥了一眼，模样没看清，不过长得英姿勃勃的，好像还不错，只不过是个平胸，少了些滋味。武少爷嘿地一笑，对着旁边的人吩咐道：“那更是要抓活的，本少爷别的爱好没有，就喜欢搓衣板身材的妹子……”

众人一阵哄笑，摩拳擦掌地准备追过去。这时我感觉身后有动静，猛地扭头一看，却见张励耘悄然摸了过来，于是出声叫住了他。

杨劫和白合分别出手，牵制了追兵近三分之一的力量。此刻张励耘查探完地形回来，告诉我，说前方一处狭长的山道，颇有一夫当关，万夫莫摧的气势。如果能够将这些家伙引入其中，再将重要人物堵在前面，应该就不怕被人乱枪扫射了。

我点头，表示明白。一挥手，张励耘便俯身而走，前去做事了。

张励耘走了没多久，前面的大部队便突然一阵喧闹，那些家伙就像闻见血腥气的鲨鱼，纷纷朝着前面涌了过去。我晓得这是小七挑衅成功了，不过仔细一看，却见武少爷和孙供奉都处在队伍的后半段。

张励耘的计划没怎么奏效，不过我并不惊慌，而是绕了一个圈子，提前到达了他所说的狭道处，纵身攀上了侧边山崖。没等几分钟，便见小七已经带着人从山脚下冲了过来。敌方的队伍被拉长分散成了两截，不过终究还是追了上来。我让自己像一只壁虎，静静趴着，耐心等待，终于没多久，武少爷等人也赶过来了。

众人纷纷从我脚下的山道走过，而就在武少爷经过的时候，我放开了抓在山壁之上的手，垂直落下，手中的小宝剑朝着此人的脖子划去。

我这一招宛若鬼魅，谁也没有想到我会这般陡然出现，一直到快接近武少爷的时候，他才发现。

然而这武少爷并非是只有一肚子肥膘的草包，感知到我的突袭后，突然一声狞笑，扬起了双拳，大声厉喝道："妈了个巴子的，你这狗日的家伙，居然把我堂堂金花公子，当做了啥本事也没有的弱鸟儿？"

他手上居然带着那螳螂指，看不清是什么金属材质。我这削铁如泥的小宝剑与其交锋，竟然受到巨大的反震力，荡开了去。

一个翻身后，我落地一看，自己已被前后一大帮子的人夹击了。

第三十二章 狭路相逢勇者胜

我反手握剑，将小宝剑从右手换到了左手，然后又将饮血寒光剑从怀中掏了出来，微微一抖，一举将朝我逼来的一帮人给镇住了。见我须臾之间从怀中掏出长剑，武少爷狞笑着说道："真不错啊，没想到特勤局的待遇这般好，竟然给你配备了可纳须臾于芥子的法器。可惜很快这样的宝贝就属于我了，想一想，真让人兴奋啊……"

他脸上有掩饰不住的贪婪，我冷然笑道："武少爷，你真觉得自己能镇得住我？"

见我伏低身子，双脚不丁不八地站着，一副随时都有可能暴起反击的模样，那武少爷脸上露出了得意的笑，胸有成竹地对我说道："陈志程，我即便久居山中，却也知晓你这黑手双城的名号。你在特勤总局也是一员悍将，战功赫赫，是个了不得的人物。不过你若是因此像那关公一般，小觑天下英雄，那么我武陆棋今天就一定让你尝到败走麦城的滋味！"

我眯着眼睛，看着这个黑胖子，越发觉得此人气势沉静，并非是我所料想中的公子哥儿。不由得想起一事来，抬头问道："你说你是金花公子，据我所知，江湖上能够闯出名头的公子哥儿不多。若是论高手，就不得不提邪灵四大公子，莫非你就是他们其中之一？"

我这话一说，那黑胖子立马眉头一扬，表现得格外得意，旁边有一人吹捧道："你晓得便好，我家少爷，正是那风头堪比过往十二魔星的新派四大公子之一。你既然知道了，日后下了黄泉，也不算是个糊涂鬼！"

见这黑胖子颇以名列四大公子之一而得意，脸上不由得露出了哂笑，朗声讲道："邪灵四大公子，与我交过手的有依韵公子尚晴天、阎罗公子苏剑飞、闵教公子闵鹄。如今再加上你这金花公子，人生倒也算是圆满了，哈哈，不错……"

听到我如数家珍地报着战绩，金花公子一阵诧异，双手一翻，螳螂指锋寒尽现，难以置信地冲我嚷："你就吹牛吧！"

我被众人从两头围堵在狭窄的山道上，明面上仿佛陷入了绝境。不过我倒没有表现出太多的担忧，而是背靠山壁，忍着伤口处的麻痒，深深吸了一口夜里的冷风，感觉分外舒坦。

我环顾左右，傲然说道："闵教去年一举覆灭，那闵鹄便是死在了我的长剑之下。而阎罗公子与我在三峡一战，落荒而逃。唯独那依韵公子，当年与我在苏北一战，却是化敌为友，共御强敌。去年年末我与他在鲁东故地重逢，谈及四大公子，他却表示这名头只不过是虚号。身为宝岛第一豪门之后，他根本就不屑与你们为伍……"

尚晴天之父乃国府第一高手尚正桐，姑父是邪灵教的无冕之王。天王左使王新鉴，出身豪门的他自然不会自降身份，与邪灵教这般人人喊打的家伙为伍。所以这四大公子之名，说到底还是其余三人攀了他的高枝，自抬身份。听到我说起依韵公子的态度，那黑胖子破口大骂："不就是一个仓皇逃到孤岛去的狗贼之后吗，竟然说出这般话来，我他妈的还不愿意与他为伍呢！"

我不理会他，只顾下套引他说话："如此说来，你太行武家，也是邪灵教的人咯。那么敢问一句，你老爹又是哪一头魔星？"

这个长得又黑又胖的金花公子果然自现原形："尚晴天那个孤芳自赏的家伙说自己不是邪灵教的人，我与邪灵教又有啥瓜葛呢，我武家与邪灵教不过是互为犄角的合作关系而已。他们需要钱财，而我晋西武家，别的没有，钱倒有大把……"

我点头示意明白，有心点他："原来如此，几十年前，邪灵教背后的财东是浙东豪门。而建国之后，孔宋两家远走美利坚，邪灵教由明转暗。没想到现在滋生蔓延，却又有你们这些家伙冒了出来。不过你们可知，这邪灵教的目的是毁灭一切，你们这般出钱出力地养着，小心最终玩火自焚，没了性命啊？"

金花公子扬起手中的螳螂指，这玩意儿是套在手上的一种奇门拳套，宛如螳螂刀锋，十分犀利，他言道："你对邪灵教所知，倒也甚多。不过这些事情，便不与你多说了，我们武家自有主张。至于你，先下黄泉吧，后事则与你无关了！"

这家伙杀心浓重，不想与我多谈，显然是被我刚才的言论气得不轻。他右手一挥，那恶名昭彰的孙供奉就立刻如恶狗一般，带着众人扑上前来。

此人为了弥补先前败在我手下失去的面子，一上来就用了杀招，手中那把厚背刀宛如疾风而过，那刀背上的金环叮铃当啷，化作魔音而来。我晓得他是憋足了一口气，倘若与他硬碰硬，我自忖不会怵他，但是只怕就顾不得后面的攻击了，当下也是箭步连退。后面的人也想要在这金主面前表现，当下也是无比英勇，齐声呐喊，朝着我这边突刺而来。

这帮人许是有那五虎断门中的叛徒孙供奉为教头的缘故，二十来人中有大半都用厚背大环刀，叮铃铃直响。另外还有一部分，则是武家用重金网罗来的亡命高手，各自都有一番手段。我此番强攻金花公子未果，却将他身边的人群分割开来。此时有一弊端，那就是越靠近他的，身手越是厉害。在这条只能容两人并行的狭窄山道中，一边是几十丈的深渊，一边是临山绝壁，如此一冲突，还真的是有些难挡。

我不与孙供奉交手，见身后的人是一个手握五六军刺的马脸大汉，他所表现出的铁血作态，让我晓得他定是一个真正上过战场的军人。手中这把原型为“俄罗斯钢刺”的锋刃狭长，血迹斑斑，角度刁钻歹毒，不过我一剑挡了过去，手腕一用力，那人便朝着后面跌倒。

孙供奉连连斩来，我不停地往后退，以饮血寒光剑开道，将身后一帮家伙驱赶得连连向后。那金花公子见状不乐意了，怒声吼道：“黎倩茗、马国富，养兵千日，用兵一时，你们他妈的就是这么报答我的？”

金主一发话，那马脸大汉和旁边的几个高手脸上就挂不住了，左右一看，一声怒吼，不要命地冲将上来。瞧这架势，就好像拼着被我伤到的风险，也要将我稳在原地，好让孙供奉得以发挥似的。

狭路相逢勇者胜，在这条根本就没有腾挪空间的绝壁峡道上，我不怕对方拼命，就怕这般来回拖延。当下也是一声冷笑，手中微微一抖，将清池宫十三剑招的精髓融炼而出。也无招式，却宛若一道闪电，从那马脸汉子的军刺之中穿过，一剑刺进了对方的胸口。

饮血寒光剑一旦吸血，立刻有红光泛出，煞气毕露。我一点儿也不拖泥带水，冲着情势，瞬间发力猛然向前，一连将后面这几名高手给串成了糖葫芦，这才猛然拔出剑来。那鲜血洒落在我的脸上，我猛然扭过脸，冲着那欲与我交锋的孙供奉畅然大喝道：“老贼，你逃亡二十年，久居山中，焉能识得天下英雄，早已一浪过一浪，而败落在我手下的魔兵悍将一茬又一茬。就你，他妈的连前排都混不上!”

此话一出，我不顾身后这一串“糖葫芦儿”。陡然回转，那红光四溢的饮血寒光剑露出了狰狞的凶煞之气。我大开大阖，完全就是一副拼命三郎的打法，与孙供奉直接硬碰硬，刚正面。

孙供奉自觉刀比我快，力比我足，对于刀式的感悟也多过我几十年，却没想到我这么猛然陡转而来，那剑却比他快，比他沉。刀光剑影之间，他觉出我的剑道比他参悟了大半辈子的境界更加玄奥，不由得惊声叫道：“不可能，你这魔鬼，怎么可能比我还要厉害，不可能……”

世间没有不可能的事情，先前孙供奉还能与我缠战良久。而此刻在这般地形之下，我仅仅只使出了三剑，不过这三剑却已然将我毕生绝学都施展了出来，一时间漫天剑影如幕，笼盖住了他眼前所有的景象。当他清醒过来的时候，他那握刀的手已然被我一剑斩下，身子被我一脚踢飞，朝着悬崖下面跌落而去。

“啊……”

被视为屏障的孙供奉被我在顷刻之间斩败，跌落山崖，这变故让众人猝不及防。不过就在我一招得手之时，却见那金花公子手腕一翻，竟然掏出了一把瓦蓝色的手枪，瞄准了我。我万万没想到这家伙竟然不按江湖规矩办事，而是直接出枪，当下身子朝后面一仰，滑步向前。

如此一冲，我得以将他抱住。听到耳边有枪声响起，宛如惊雷，扭打之间，我俩双双坠落了山崖。

第三十三章 勾心斗角崖壁间

双双跌落山崖，这可是情人殉情的戏码。我与这黑胖子无亲无故，一同摔下去做肉饼，算是怎么回事？

修行者与寻常人到底还是有些不一样的，在急速坠落中，我尽量伸展身体，然后使劲挣脱开金花公子的纠缠。然而许是这种失重感对于胖子来说实在是太过剧烈，使得他惊恐地抱着我，八爪鱼一般，让我无论如何都无法挣脱。眼看着自己离那山壁遥远，我的心中不由得生出一股绝望，以为自己真的就要摔死在此处了。

要晓得，这悬崖下面并非河流，而是谷底，人掉落下去，很难有活下去的可能。就在这时，我右手上的饮血寒光剑突然自己动了起来。陡然间，它竟然往前平移了几十公分，然后猛地插入了坚硬的山壁之中。

两个人巨大的坠落冲势，使得这剑在断然一顿之后，划着山壁往下落。

在发出一阵刺耳的声音之后，长剑停了下来，只见其在山壁之上已然划出了一道长长的口子。

我右手宛如抓住救命稻草一般，使劲儿抓住了剑柄，左手想伸过去抓住攀附在山壁之上的藤蔓，结果才发现自己被金花公子抓着，根本就动弹不得。

我把饮血寒光剑当做了救命稻草，而金花公子则将我当做了救命稻草。救过溺水者的人应该能够理解人在垂死之时所迸发出来的那种求生欲望。所以我即便在平地上有信心随意玩弄这黑胖子，但此刻却终究还是甩不开那家伙，努力几次无果，于是决定与他沟通："武少爷，你再这样缠着我，咱们都活不下去。不如你放开我，抓住藤蔓，我们两人先下谷底再说，你看如何？"

在恐怖的下坠感消失之后，短暂的平静让武少爷充血的大脑迅速活泛起来。他抬头向上望去，但见就在刚才那短暂的时间里，我们已然跌落了不知多少来，离上方的狭窄山道不知道有多远。反正云雾缭绕，夜色无边，上面很遥远的地方似乎传来了呼喊声，这让他晓得自己的援兵恐怕一时半会儿也是来不了的。

在弄清楚了此事之后，武少爷一阵深呼吸，终于恢复了平静。他左手紧紧抓着我的胳膊，右手搂着我的腰，咬牙说道："这可不行，我一放开你，以你的身手，分分钟就会把我弄死。"

他右手刚才握着的那把制式手枪，在与我缠斗之时跌落了，不过螳螂指依旧套在手上，尖锐处顶在了我的皮肉上，非常具有威胁。我听到他这般说，一边用双脚在崖壁间寻找好落点，一边好言相劝："武少爷，我真的不知道你为何一定要与我为敌。我只不过是路过此地，有几个朋友被你关押于此，过来要人而已。你他妈的若是给我点面子，把人交出来，事情就结了，你这又是何必呢？"

武少爷听到我的话，不由得一阵诧异，讶然开口："你不是总局派过来调查我们矿场的？"

我气极反笑："你是不是在山里面待得脑子都坏了，我若是过来查你的，何必带着女人、小孩过来见你？老子早就不在总局特勤组混了，我现在是学校老师，带着学生过来做夏令营的。现在弄成这样，你觉得有意思吗？"

武少爷刚才满脑门的心思是斩草除根，此刻一冷静下来，终于想通了这里面的关键之处，一脸灰败地承认："是啦，是啦，你说的没错，都怪那狗日的孙劼，非要怂恿我跟你来硬的。结果弄成这个样子，不过事已至此，又能如何呢？"

这武少爷修为其实真的不错，但可能是有些恐高，所以此刻紧紧抓住我，身子绷得笔直，着实有些大失水准，我继续劝解他道："我的意思是，你我既然无冤无仇，何必再次作生死之斗？现在大家都是天涯沦落人，如果得以逃脱生天，你继续当你的武家大少爷，我带着我的学生离开，你看如何？"

武少爷点头称是："好是好，不过咱俩挂在这崖壁上面，如何脱险呢？"

我早已有了准备，指着侧方不远处的一个缺口说："你看到那里没有，那儿有一个凹口，可以暂时落脚，我们顺着藤条爬过去，恢复些气力，然后再想办法从那儿爬到谷底去，你看如何？"

武少爷赶忙点头："好！"

我松了一口气，然后说："不过在此之前，你得先将我放开。要不然凭着我一个人，在这样的山壁上，怎么能够带得动你？阁下体重多少，得减肥了啊。"

武少爷仍存戒心："你确定我放开你之后，你不会对我动手？"

我苦笑着保证："天地良心，在这样的地方，我哪里能够对你生出歹心来？大家都在一条船上，还是同舟共济比较好……"

武少爷将双脚踩在了藤条之上，紧接着抓在我胳膊上面的手也松开了。然而就在我以为他准备朝着前面凹口跳过去的时候，这狗日的却是将离开的右手，朝着我的肚子挥了过来。

这家伙的拳上可套着螳螂指，若是打实了，我肚子会立刻冒出五个血洞，当场死掉。

我连忙右手用力，将自己往上一荡，接着膝盖高抬，顶开了他的攻击，又惊又怒地骂道："姓武的，你这家伙居然敢阴我？"

武少爷一招未曾得手，又来一记，嘴上还阴恻恻地笑道："这条活路，一个人走能活，两个人走绝对死。就算是到了谷底，依你的手段，我必然弄不过你，还不如趁着此刻你脱不得身，将你弄死了事！"

这家伙倒是看得透彻，眼看着武少爷迎面而来的一拳再难相避，我反而笑了起来："你这样，倒是给了我一个非杀你不可的理由！"

这话说完，我将魔气于体内灌足，然后筋骨皮肉陡然扭转，每一块肌肉都活泛起来，跟小老鼠一般，这是道心种魔练到某种境界之后的表现。如此一来，武少爷搂在我腰间的手不自觉地就往下滑，这一招却是落在了我的两腿之间，贴在了我的裆下。只差几公分，便会将我弄成太监。

不过我一招得手，接着往上一纵，双脚朝着武少爷蹬去。那家伙到底也是能够名列四大公子之中的人物，在这万分危急的时刻，他倏然跳到了斜侧面的凹口处，停了下来。我站在饮血寒光剑上，剑身轻轻颤动，承受着巨大的重量。

双方互望，不由得生出几分惺惺相惜的感觉。我谋虑深远，谨慎细微，而那武少爷却是歹毒狠厉，心黑手狠。这样的两个人，怎么可能化干戈为玉帛，平平稳稳地下到谷底，自然是要分出生死。

武少爷瞧见屹然立在剑上的我，桀桀笑了起来："都说黑手双城陈志程是年轻一辈的高手之中，风头最盛的人物。如今一见，果不其然，若是能够杀死你，想想都觉得兴奋！"

我不让毫分："你我之间，必有一死，不过那个人，绝对是你，你哪里来的自信？"

武少爷将手掌一翻，亮出一方骨符，冷然哼笑道："追命阴雷符，这是我武家传家之物，我的傍身法宝。中了这玩意，甭管你是什么人，都得魂飞魄散，化作一堆渣滓。这玩意十分珍稀，不过用在你身上，也算是名至实归了！”

我觑着眼看过去，感觉到里面蕴含着巨大的炁场，点头称赞：“果然不错，如此说来，你金花公子除了钱财，倒也还有些别的本事。”

“那是自然！”

武少爷不与我多说废话，手掐法诀，朝着我陡然一掷。

就在他抛出符箓的那一刻，我的魔功已然攀升到了极致，全身的肌肉和血液仿佛融为了一体，一瞬间化作一道幻影，从剑上倏然出现在武少爷的下方。宝剑出鞘，一道银光闪烁，那人的头颅就被我直接割了下来。

一击必杀，这是德古拉伯爵最为得意的手法，却被我学得惟妙惟肖，而且还多了几分神韵。

武少爷头颅掉落，鲜血喷天而起，然而手中的符箓却依旧飞在半空中。少了他意志的引导，突然变得无比刚烈，就好像一颗炸弹，猛然轰出。

在那一瞬间，我感受到了自己对于死亡的恐惧。大脑一片空白，都没有再多想，也没有来得及去管插在半空中的魔剑，而是直接朝着下方纵身一跃，避开这一场风波。

轰……

我紧紧抓着小宝剑，跌落山崖，一两秒钟过后，我感觉头上传来一阵让人浑身发麻的闷响。恐怖的炁场在上方震荡，死亡孕育而生，碎石纷纷落下。我几乎是贴着山壁滑到了谷底，当双脚着地时，浑身一软，一颗悬在半空中的心终于落了下来。

然而此刻，我却感受到了一种巨大的危机感，从天而降。

第三十四章 阴雷渡劫劫未消

追命阴雷!

作为背后支持邪灵教的大财东，晋西武家也是极为厉害的门阀。武少爷本事说不上有多厉害，但是傍身的法器却是顶尖的恐怖。这一片泛着银光的阴雷从天而落，并且还带着滚滚落石砸了下来，在那一瞬间，我绝望了。然而我终究不是一个软弱之人，当下也是一个箭步飞奔，朝着旁边躲开了去。

我这一跃，躲的是那滚滚落石，避免自己被砸成肉饼。至于那一道由恐怖符箓引发的追命阴雷，我实在是没有办法，只有将魔气结于全身，将自己包裹成一个“茧”，然后施展魔威，看看能不能挨过这一下轰击。

此时此刻，唯有听天由命。

阴雷填填天欲怒，灵飙吹旗紫坛暮，所谓阴雷，其实就是传闻中阴间的雷。寻常的雷乃至阳至刚之物，然而阴雷走的是另外一个极端，极其阴秽，一旦出现，周遭必然阴风阵阵，四处生寒。我蜷缩着身体，形如龟背，咬牙硬顶，却感觉一处压力自天而落，重重砸在了我的脊背之上。一开始并无感觉，仿佛羽毛轻落，随后我便觉得自己整个灵魂都从识海之中陡然而出，直接离体。

要死了吗?

在那一瞬间，我突然感觉到死亡是那么近，仿佛下一秒便是魂飞魄散的时刻来临。然而就在我陷入绝望的时候，突然从胸口中冒出了一缕金光，将我周身都给包裹住了。

当时我的意识几乎已经溃散了，不过却晓得，一道红光从小颜师妹当初送给我的香囊里射了出来。

这香囊是小颜师妹亲手缝制的，里面放着一张她从符王李道子那儿求来的祈福符箓。此物虽说并无具体功用，但是却能够影响一个人的运势，营造因果，广结善缘，是挺特别的符箓。不承想就在我面临死亡之际，却是这张符箓救了我的性命。

红光护体，将我的神魂包裹，抵住了第一波轰击，然而它终究不过是一层屏障，并不能护得我周全。一击不成，又有一股阴雷化火，从我足下涌泉穴烧起，直透泥垣宫，直欲将我的五脏化灰，四肢皆朽。我整个人仿佛死去了一般，然而所幸又有一股精血从气海之中升腾而出，帮我护住命脉，使我生生扛过了一道来势凶猛的阴火。

如此许久，阴火泯灭，我周身僵直，连一根手指头都难以动弹。就在此时，那剩余的一股银光雾气，又从囟门中吹入六腑，过丹田，穿九窍，骨肉消疏。我脑海一炸，感觉千世万世，都没有今日这般痛苦，世界都是一片最深沉的黑暗，整个人的意志被压缩成了一个点，如风中烛火，随时可能会熄灭。

然而就在我即将被这阴雷轰杀之时，一声狂吼从无边黑暗中蔓延开来。我听不懂这言语，不过却能够感受到其中的愤怒。

最终我被这种愤怒刺激得留有一丝神志，坚持到最后，所有苦痛都消失了，整个人仿佛都飘了起来，无比轻快，然而意识却越发模糊。就在此时，一个无比苍老的侏儒出现在了我的面前，一双闪烁不定的眼睛打量着我。一张嘴一口大黄牙，黄津津的口涎流出来腥臭无比。

我此刻已然快要失去意识了，却听到那人一笑，开怀说道："这么年轻，居然就敢渡天劫，成就地仙，而且还没死？我俞千八到底是走了什么运，竟然能够撞到这样的好事，这娃儿竟然不是禽兽化形，而是真正的人类？太好了，太好了，倘若是练就成鼎炉，我就省掉先前的许多布置了，桀、桀、桀……"

那人似乎还说了些什么，又粗又短的手指往我额头一挥，我整个人的意识就此湮灭了。

……

不知道过了多久，我的意识终于凝聚起来，下意识地捏了捏拳头，感觉到无比乏力，整个人就好像魂魄被抽空了一般。过了好久，方才回忆起了之前的事情来，想到我给一众学生断后，然后伺机击杀追兵头目，却不承想此人竟是鼎鼎有名的邪灵四大公子之一，修为手段高低且不讲，关键是长辈留给他的傍身法宝实在是太过于逆天了，说是追命，当真就是追命。我遭受雷击，便昏死了过去……

啊，我没死，我想起来了，我没死，好像遇见了一个侏儒老头，是他救了我吗？

不对，不对，我还记得他当时所说的话——鼎炉，对，他想拿我当鼎炉。

经历过杨二丑的事情，我对这两个字敏感无比。何为鼎炉，其一可作道家炼丹所用的鼎与炉火，其二则是男女双修之时耗损过大的那一方。另外还有一个说法，就是将其身体作为一个容器，然后意志厉害的修行者舍弃自己即将腐朽的身体，提炼出自己的神魂，然后夺舍，鸠占鹊巢，并且能够达到完美的契合度，不会出现太多的排异反应，那么被夺舍之人，就叫做鼎炉。

我之所以出生之日起便有十八劫，便是我被心海之中的那魔头当作了鼎炉，时刻想要占据我的身体。后来杨二丑渡引我真正修道，洗筋伐髓，也是打着同样的想法。至如今，那侏儒老头也有此意——我这辈子到底是作了什么孽，差点就比得上唐三藏那香饽饽了。

我明了此事之后，缓缓地睁开眼睛来，却见自己身处于一处绿意盎然的居所之中，浑身赤裸，身子被一根根坚韧的藤条缠绕在正中心，一点儿都动弹不得。树影婆娑阳光透过枝叶的缝隙泄在我头上。除此之外，我还看见了一个意想不到的人。

这人并不是我先前所以为的侏儒老头，而是被我打落山崖之下的孙劼——这位五虎断门刀的大叛徒，全国寥寥的特级通缉犯之一，我本以为他已然被摔死，却没想到一身伤痕、断了一只手的他依旧还活着，并且恶狠狠地瞪着我。

他心怀仇恨，不过拿我也没有什么办法，因为与我一般，他也是这儿的阶下囚。不同的是我被人脱得光光，绑在一根柱子上，他却是被“栽”进了一个布满符文锁链的巨大泥盆里，露出腰身以上的部位。孙劼的周围花团锦簇，七朵出玫粉色的花儿将他围绕，唯一让人觉得有些古怪的是，这些花朵个个都大如脸盘，看着实在让人心惊胆战。

不但如此，那花朵的花蕊部分，如同八爪章鱼的触角一般，不停地蠕动着。而这些花蕊触碰到孙劼的皮肤时，他的脸上露出了又似欢笑、又似痛苦的表情，跟鬼上身一样，让人不寒而栗。

我只是眯眼偷看，并不想让人知道我醒了过来，然而那孙劼的感觉却无比灵敏，揭穿了我：“既然醒过来了，就别装了！”

话都说到了这个份上，我也没继续再闭上眼睛，而是睁开来，望着他说道：“我们这是在哪儿？”

我这边问着话，那孙劼又被花蕊拂到，表情变得无比怪异，不过还是咬牙告诉我："这里是谷底的某一处洞府。我在这太行深山里面待了快二十年，没想到近在身侧，居然还隐藏着实力这么恐怖的一尊大拿，命该如此啊……不过呢，陈志程，能够与你一起同赴黄泉，不知道为什么，我突然感到一阵莫名的欣慰……"

他露出了怪异的笑容，我反倒是有一些不太理解，追问道："是那个侏儒老头吗，既然好不容易活了下来，你为何还会有这种必死的觉悟呢？"

我表现得很茫然，这让孙劼格外畅意。人倒霉了，自然希望别人比自己更加倒霉，于是他倒是忘却了自己身上的痛苦，娓娓道来："木灵尊者俞千八，此家伙天生身体缺陷，然而天资却无比聪颖，来历不得知。听说跟消失已久的苗疆万毒窟有千丝万缕的联系，有一手操纵树木的好本事，也是培育奇草异药的农学大拿。不过他却并没有将这种天赋用于正途，反而热衷于拿人兽的血肉，来培养恐怖的草木……"

木灵尊者？

听到这个名号，我感觉无比陌生。瞧见我一脸茫然的模样，孙劼露出了高深莫测的表情，对我嘿嘿笑道："小子，你别以为自己手段了得，就能够看得透这个世界。告诉你，这世间很复杂，你还嫩着呢……啊！"

这般洋洋得意的炫耀在一声惨叫中结束，孙劼陡然站了起来，吓了一跳。然而再仔细一看，却见他的双腿已然不见，化作了数十根泛着血腥红光的藤条，插入他血肉模糊的下体处，像蚯蚓一般在翻转，痛苦的他发出了撕心裂肺的惨叫。

就在这时，我感觉前面的黑影总在浮动，那个侏儒老头突然出现在了我的跟前。他打量了一下孙劼，然后点了点头道："不错的养料，够撑几天了。"

第三十五章 侏儒老头俞千八

这个家伙除了是个侏儒以外，本身长得也极丑，活脱脱就像巴黎圣母院里面的钟楼怪人，浑身散发着下水道的臭味。不过此时此刻，在这个诡异的地方，他是唯一能够自由行动的人，这使得所有的一切都不重要了。我唯一所要思索的事，就是如何从这个侏儒老头的手里逃脱出去，避免像孙劼一般，成为那花朵的肥料。

我此刻安静无比，是因为我还心存希望。至于孙劼，则对这个恶魔一般的侏儒老头恨之入骨，他挥舞着自己还残存的左臂，试图想要抓到对方。而在徒劳无果后，他歇斯底里地骂道："俞千八，你这个丑八怪，有本事把老子直接弄死，别这样死不死、活不活地折磨老子……"

他先前说得无比硬气，然而经数十根吸血藤一阵搅动，他立刻疼得不行了。说到后面，就变成了哀求，泪流涕下，悲惨不已。

这般方才是求生不得，求死不能。

孙劼这家伙是个凶人，从来都不拿人命当回事儿，这些年来死在他手里的人无数。且不谈二十年前震惊国内的灭门惨案，就光说应颜小哥的那个记者朋友，好端端的性命就被这帮人糟蹋了，就可以知晓他们并不是什么好鸟。按理说瞧见他此时的惨样，我应该是心中大快的，然而现在的我却有一种感同身受、唇亡齿寒的恐惧，对自己接下来的遭遇，有一种极为不好的预感。

孙劼又是骂，又是求饶，那侏儒老头却充耳未闻，仿佛活在自己的世界里面一般，对着旁边那几朵粉红色的花朵喃喃说道："哦，乖乖，你们别怕啊，他骂的不是你。放心，他闹不了几天，就会被你们全部吸收了，放心，骨头我也会留给你们。这样厉害的修行者，对于你们来说，是大补呢，别嫌脏，慢慢吃……"

这话说得我和孙劼都不寒而栗，而那颜色十分可爱的粉红花朵仿佛听懂了他的话语一般，触角一般的花蕊从花朵中心伸了出来，舔了舔这侏儒老头黏糊糊的手掌。然后微微摇晃，表现得如人一般。

我在旁边看得恐惧，而身处其中的孙劼的精神更是饱受刺激，突然尖叫一声："啊，天啊，你们都会死的，都会死的，我已经死了，这些都不过是黄泉路上的幻像而已，我是个恶人，我早就知道自己会下十八层地狱，这有什么，有什么……"

他疯狂地大喊着，叫声充斥在整个空间之中。侏儒老头听得有些不耐烦，微微一扬手，粉嫩可爱的花朵突然一张开，露出了长着无数角质利齿的花苞来，一把就将孙劼的脑袋包住了。尽管他使劲地挣扎着，却都没有办法逃过这样的束缚，一阵颤抖过后，终于脑袋耷拉了下来。

孙劼看上去好像已经没有了气息，但是我依然能够感受到他的炁场，晓得他并没有死去，估计还要忍受这般煎熬，不知何时方才能够得以解脱。

就在那花苞咬住孙劼的时候，侏儒老头则继续喃喃自语："好的小乖乖，让他闭嘴就好了，人类真的是太吵了，唉，都没有办法好好沟通了。"

跟已然陷入疯狂的孙劼不同，我表现得稍微冷静一些，淡定地盯着面前的一切。侏儒老头就像哄小孩儿一般地与那七朵食人花呢喃许久，这才抬起头来，看向了我，露出了恶心至极的笑容，冲我打招呼："嗨，你好，陈志程对吧，我听说你在山外面的外号叫黑手双城，是官方鼎鼎有名的鹰犬，也是年轻一辈中手段最厉害的人之一？"

听到他如数家珍地说出这些话来，我便知道在我昏睡过去的这段时间里，孙劼只怕早就已经将我的老底给透露全了。只可惜他说得这般齐全，却终究逃不过沦为化肥的命运，我若是毫无保留，恐怕跟他的下场也差不多吧？

这般简单一想，我差不多就把握住这番谈话的基调了，点头说道："话是这么说，不过都是不知情的误会。事实上，当今之世，比我厉害的人不知凡几。别的不说，我单论一人，无论你出去问谁，都会告诉你，他绝对是年轻一辈中最强的人……"

"哦，谁？"

"弥勒，好像姓陆，此人是自东南亚归国的华侨，他的师父是南疆巨枭山中老人，而他本身就有着绝对恐怖的实力，以及智近乎妖的头脑。若是能够见得此人，只怕你就会知晓，天下间的英雄豪杰，何其多也！"

侏儒老头若有所思地点头说道："弥勒，似乎听过这个名字啊？不过小老儿倒也不贪，能够遇见你，就是上天对我的眷顾了，特别是在我即将消亡的重要时刻，你真的就是命运赐给我的礼物，让我命不该绝，能够永远地生存于这个世界之上……"

我本想给这老家伙列出几个难缠的目标来，然而却没想到他颇有自知之明，并非那一种一撺掇就猛冲的蠢货，当下也是哑口无言。而这个时候，那侏儒老头从身后掏出了一个东西来，却是我的八宝囊，对我说："这东西，很神奇，我还知道里面有很多物品。但是我解不开这绳扣，若是强行打开，东西就坏了，所以你帮我解开吧？"

八宝囊是一种极为神奇的法器，使用这玩意儿也是讲究法诀的。倘若是没有任何手段，不过就是一个普通的布袋子而已。不过我晓得这东西一打开，只怕我的底牌就少了许多，于是摇头反问："我为什么要帮你打开？"

侏儒老头很奇怪，不思其解："你现在落在了我手上，不是应该听我的话，我说什么，你就做什么吗？"

我虽然清楚面前这丑八怪的意图，不过却还是故作不知晓地讨价还价："如果我告诉你如何使用，你是不是就会放了我，让我离开呢？"

我本以为他会骗我一下，然而他却一语道破："你先前渡的小阴雷劫，固然是将自己体内大部分的浑浊之气排了出来。不过你修为到底还是有些浅，准备并不充分，所以此刻根本就没办法施展手段。而谷外孙劼的同党正在找你呢，里面有许多高手，你若是出去，说不定就活不成了，我又何必费这种多余的功夫。你此刻什么都别想，安心躺在这里养伤便是了。"

我动了动下巴，苦笑道："你见过这般躺着的吗，能不能给我松绑？"

侏儒老头盯了我一会儿，突然咧嘴一笑露出一排参差不齐的老黄牙，戳穿我："你真当我傻呢，给你松绑，若是让你恢复了元气，跑了怎么办？当初我培育了一株旷世罕见的修罗彼岸花，本想通过此物来接种，却不承想因为太过于轻敌大意，被个狗贼顺带着挖走了，我如何还能再给你哪怕是一丁点儿的机会？小子，你别瞎想了，乖乖待在这里吧……"

他这般说着，突然耳朵一动，似乎感知到了某种情况，将八宝囊往旁边一抛，一朵食人花将其接住，接着他转身离开，朝外面匆匆跑去。

这侏儒老头就像是一座沉重的大山，压得我有些喘不过气来。他一离开，我便轻松了许多，这才有时间仔细打量周遭，发现这儿竟然是一处林间树屋，整体的支柱就是大树，这屋子直接搭在正中央。在这屋子的四周，我能够感受到纷杂却暗中有规律的炁场，便晓得这房间处处都是机关，一个不小心，就有可能遭遇巨大的危机。

不管怎么说，仅是被侏儒老头用修行者血肉喂养的那七朵花，就绝对不是此刻的我所能够对付得了的。

想到这里，我的心不由得如坠深渊，觉得自己侥幸脱险的可能性，估计不大了。

要晓得，此时此刻的我并没有特勤一组那一帮子精干而强大的好兄弟，做了大半年孩子王的我已然指望不了别人，而是别人希望的所在。我恐怕即将要交代在这里了，谁还能来救我呢?

侏儒老头出去了许久都没有回来，我尝试着在身体里行气。然而当我按照往日的方式运行了一个周天，却发现原来丹田之中澎湃无比的气浪此刻空空荡荡，自己所有的劲气都化作一空。即便我行气回复，但是自背后扎入我皮肉之中的藤条，第一时间将我所有的劲气都吸收了去，丹田之中干涸得宛如沙漠，死寂一片。

尽管如此，我的求生欲望却无比强烈，并没有放弃。不断地徘徊于失败和成功之间，一直到天快黑的时候，我才积累了一些凝而不散的气息。

就在此时，那个消失了大半天的侏儒老头一身鲜血地折返回来，一阵后怕地说道："那姓武的老狗，居然变得这般厉害了?"

第三十六章 小颜师妹也入瓮

这侏儒老头先前那般精神焕发，然而此刻回来，浑身血淋淋的，萎靡不振。我小心地问："俞前辈，你这是怎么了？"

俞千八愤然骂道："你到底犯了什么事，竟然惹上了武穆王那个老东西？"

我懵住了："武穆王，我不认识啊？"

俞千八走到我跟前来，伸出小短腿踢了我膝盖一脚，巨大的疼痛让我快要晕厥过去。接着他立刻后悔了，摇头说道："哦，可不行，踢坏了算你的还是我的？小子，你说你不认识他，可人家却说跟你有着天大的仇怨，说你杀了他的独子，正满世界通缉你呢，说你的人头值五百万！"

他这般一说，我就明白了，原来那武穆王是太行武家的家主，金花公子的父亲。竟然是他到了，而且还打伤了这侏儒老头。

不知道怎么回事，我心中生出了一个强烈的愿望，那就是让武穆王找上门来，与侏儒老头两虎相争——因为比起被仇人弄死，我更加不能忍受变作花泥，或者成为别人的鼎炉。不过这也仅仅只是想想而已，我将自己与武穆王之间的仇怨与俞千八说清楚，他咕哝一句："你小子倒是真能折腾，还没有怎么着，就给老子拉仇恨。"

话是这般说，不过他却并没有再打我，而是走到了栽着孙劼的花盆旁边，脚踏斗罡，脚底立刻有一道裂缝出现，无数细软而鲜艳的花蕊从里面伸了出来，缠绕在侏儒老头身上的伤口处。那些花蕊宛如嗜血的游鱼，不停地舔舐着散发着浓重血腥气的伤口，然后分泌出一种墨绿色的浆液来，涂满了他的全身。

当侏儒老头浑身都涂满那种恶臭的墨绿色浆液之后，高喊了一声："青木乙罡，疾！"

此言一出，那七朵粉嫩娇艳的巨大鲜花便从中吐出一道道青色的光华来，洗刷着俞千八的周身，紧接着一个巨大的花苞猛然绽放，又将他包裹在其中，缩成了一个茧子。

侏儒老头蜷缩在里面，宛如婴儿一般，旁边的花朵摇曳，似乎有微微的风声和着韵律而动。场面如此美好，然而我瞧见那花冠之下的黑暗角落，堆积着数十个骷髅头，心中便一阵又一阵地发凉，想着这个老东西，怎么没有被那所谓的武穆王弄死呢。

侏儒老头缩在花苞之中养伤，我则被绑在树干上，浑身赤裸，根本就动弹不得，心中一片晦暗。时间一点一滴地过去，头顶上出现了漫天的星光。不知道是不是错觉，七朵鲜花之上，却是出现了七个娇艳妩媚的女子，个个都只有半人高，穿着七种颜色的修身汉服，在那花朵之上翩翩起舞，双手举过头顶，迎接着那月华之力。

我朦朦胧胧，感觉其中一位身穿红色长袍的小女子从花瓣上跃下，来到我的跟前，不停地旋转着，曼妙的舞姿让人觉得无一不美。而后她轻解罗裳，露出了内里的肚兜和若隐若现的娇躯。瞧见那比例夸张的胸脯和雪白的大长腿，我终于不敢再看了，闭上眼睛，默念起了静心咒。

这样的画面，实在是太香艳了，我不知道这是不是那侏儒老头计划中的一部分。但是我却也晓得，在此危急时刻，我若是被色相诱惑了，只怕下场会无比悲惨。

我的反应招致了一阵银铃一般的清脆笑声，接着我感觉到周身充满了花香，那七位精灵一般的小女子在我身边不断地跳跃着，活力无限。足足跳了大半夜，还时不时地过来给我捏捏肩、敲敲腿，或者轻抚一下那啥，搞得我精神都有些崩溃了。一直到了后半夜，这般热闹的场面才开始收敛，消停了一刻钟，我突然听到那侏儒老头一声怒吼。睁开眼睛来，却见他化作了一道黑影，再次冲出门去。

我不知道发生了什么事情，尽量控制住自己的呼吸，让自己全身异常的地方恢复原样，思考着刚才发生的所有事情。然而不到一刻钟，我却见到侏儒老头提着一个浑身被藤条紧束的年轻女子回到屋子里来。

我一看，整个人完全呆住了，这人竟然是小颜师妹？她不是带着孩子们撤离了吗，怎么会出现在这里？

我满腹的疑问难以解答，因为此刻的小颜师妹双眼紧闭，嘴唇微张，显然被俞千八用迷药或者别的什么东西弄住了，我连问都没有办法。那侏儒老头将小颜师妹的娇躯平放在了花丛中，那七朵食人花不断地摇晃着，似乎很兴奋，然而待这些花朵宛如孩子一般的侏儒老头却拨开了这些正在撒娇的花朵，认真地说道："小乖乖，别吵，她不能给你们当化肥……"

不管那些花朵如何撒娇，他都不理，而是蹲下身子，色眯眯地望着生得绝美的小颜师妹，吃吃地笑道："我这几日的运气，简直是好得让人害怕。不但有那绝好的鼎炉送上门来，而且还有一位看着这般仙灵之气的女子找来，我到底是走了什么狗屎运？啊，我已经有三十多年没有生出这种欲望了，不过此刻，真的好想……"

他絮叨着，控制不住地伸出手，想去摸小颜师妹的脸蛋。我在旁边看得目眦欲裂，怒声吼道："俞千八，你他妈的要是敢动她一根手指头，我做鬼也不会放过你的！"

我沉静了许久，此刻一开口，把俞千八吓了一跳。他这才想起屋子里还有我这么一个人，缩回手，破口大骂："你娘咧，发什么神经呢？"

我磨着牙，双眼露出凶光，警告他："俞千八，你无论对我做什么，宰了我也好，废了我也好，我都不关心。但地上这姑娘是我这辈子最爱的人，你若是想要伤害她，我陈志程就算是做了鬼，也要诅咒你，让你永世不得超生！"

我无比恶毒地咒骂他，而俞千八听在耳朵里却并没有太多的感觉，他反而是确定了一件事，点头说道："原来如此，我说怎么平白无故冒出这么一个大美妞儿呢，原来是过来找你的。你先别急，你老婆也就是我老婆，这个没差。老子已经开始布置了，要不是外面有武老鬼在那儿游荡，我早就动手了。放心，我有想法，不过也不着急这几天，再说了，就算是我想怎么着，也没有这个能力啊！"

说罢，他一掏裤裆，冲我笑道："你看，老子这些年修炼妖花青木乙罡，早已退化了，有心而无力……"

他说得坦诚，我的心终于落了地，然而随后却听他说："不过你懂的，老子憋了三十多年的火气，一直可没有散呢。等到种鼎成功了，我会代你，好好安慰一下这小娘子的，哈哈……哎哟，你看看，这皮肤，这腰肢，这胸脯，没人爱，岂不是太浪费了……"

侏儒老头放浪地笑着，宣泄着自己积累多年的郁气，听得我心中一阵怒火升腾而出。我眼帘低垂，脑中飞快地思索着如何才能够自救。

然而就在我想着主意的时候，却见那老东西走到我跟前来，先是弹了弹我裸露在外的家伙儿，满意地笑了笑，然后冲着我说道：“小子，都是你惹的祸，搞得武穆王和他手下的那帮走狗们一直都在这附近徘徊。为了防止再有个别老鼠跑进来，我得将你转移一下，来，闭气，不要乱动啊……”

他口中不停地念着咒诀，我听得模模糊糊的，紧接着瞧见脚下一空，感觉自己陡然间就往下急速坠落。不知道过了几秒，陡然一停，强烈的眩晕感袭击了我的大脑，我站不住了，直接滚倒在地。过了好久，才清醒过来，发现自己身处一个暗室之中。墙壁上面有两盏油灯，发出微弱的黄光，我全身依旧被藤条绑得紧紧的，躺倒在一种肉质很厚的植物上面，除了翻滚，什么都动不得。抬头望天，只见是一个圆形的隧洞。

我想必就是从那上面跌落下来的。

上面的树屋，是一个据点，而这里才是侏儒老头真正的洞府。我望着周围，发现这儿是一个还算宽阔的溶洞，种植着各种各样的奇异植物，中间还有两尊大鼎，下面有红光弥漫，显然就是这家伙的炼丹炉。

我被摔得七荤八素，脑子僵化了许久，这才想尝试着站起来。因为我被绑得太死了，无论做如何动作，都没有办法完成。

就在我毫无头绪的时候，突然旁边传来了一声轻声的呼唤：“大师兄？”

我整个人猛然一惊，循声望去，却见刚才还昏迷不醒的小颜师妹竟然就在此间。尽管她被数十根不断摇晃的藤条悬空捆束着，但是人却是清醒的，一双清亮的眼睛，正朝我这边望来。

第三十七章 我与你结为夫妻

"小颜……"

尽管我跟这个女孩有着无比亲密的关系，但终究没有跨越雷池一步，故而这般赤身裸体地出现在她面前，多少还是让我感觉到无比不自在，一股莫名的羞愧感油然而生。反而是小颜师妹比较自然一点，她颇为惊喜地冲着我喊道："大师兄，终于找到你了！"

我被那该死的藤条死死绑着，无论如何都无法遮掩住自己，只得转移注意力，问她："你怎么找到这儿来的？"

小颜师妹对我说道："小七和白合他们几个后面与我们会合了，说你跟那帮家伙搏斗，坠落到了山崖之下。我担心得不行，让小七带着孩子们去附近的城镇避难，而我跟杨劫一起过来找你。但山谷里面到处都是坏人，我也不敢露头，不过凭借着当年李师叔祖在那张祈福符里面种下秘法，我能够感应到你，所以就一路找过来了——只可惜，我太没用了，还没有找到你，就被别人阴了……"

我奇怪地问："那老头对你下药了吧，药效怎么这么快就消失了？"

小颜师妹略微有些害羞地解释："他迷倒我用的是那醉鱼草，而我这些年来恰好跟师父学过一些丹药之术，也有了一些抵御的能力，提前有了防备。所以一时之间失去意识，却没有他想象中的那么长久。"

我点了点头，然后又问道："杨劫呢？"

小颜师妹答："这儿太危险了，到处都是食人花和毒雾瘴气，他被我留在了外面。不过我进来的时候，感觉好像有人跟了过来，应该是煤窑的那帮坏人，不知道他能不能逃得掉……"

听到这个消息，我的心又沉了下来。望着被悬空绑着的小颜师妹，我感到一阵难过，沮丧地说："小颜，对不起，都是我的错，是我连累了你，让你陷入了现在这样的境地。唉，我真的是个灾星，连累到所有与我亲近的人——我太自私了，要是我不与你在一起，就不会变成现在这样……”

我灰心丧气，说出的话都显得有些语无伦次了，巨大的懊恼感搞得泪水都快要流出来了。

男儿有泪不轻弹，我并不是没有被人俘虏过。当初被程杨拿住，林豪被拿来威胁，我当时虽然恨，但是却想着不过一死。然而此刻小颜师妹身陷危险之中，我就感觉一点儿也不能接受。就在此时，小颜师妹表露了心迹：“大师兄，不要说对不起，不要跟我说抱歉。你知道吗，在茅山之上，我曾经无数次地幻想过这样的情形，与你肩并肩、共患难。就算是和你一起死，也是值得的，我心甘情愿，你知道吗？”

小颜师妹的这番话，将我所有后悔的话语都堵住了。望着半空中这个情绪激动的女孩儿，我长吸了口气，顿时感觉到满满的幸福感。

有“妻”如此，夫复何求？

当所有的情绪都平复下来之后，我才恢复了冷静，对小颜师妹说道：“英华真人最擅长的就是园艺农学，对于草木之属的研究也远超他人。你有没有办法控制住这些植株，如果可以，我们说不定能够有逃脱的机会？”

小颜师妹摇了摇头，苦笑道：“没用的，那侏儒老头培育的是传说中的优昙婆罗花。此物最是神奇，天生具有佛相，然而却被那家伙给异化了，成为了他残害生灵的走狗。它们的意志联合起来，比我强得多，我哪里能够控制得了，恐怕我们真的只能……”

她话还没有说完，捆缠住她周身的藤蔓突然游动起来，朝墙壁里缩了回去。失去了束缚，小颜师妹从半空中跌落下来，瘫坐在了地上。

她诧异地往四周一看，并没有发现任何古怪的变化。头顶上面的隧道此刻已经闭合了，唯有树藤密布的墙上，两盏油灯散发着微微的光芒。小颜师妹挣扎着站了起来，我见她颇有些吃力的样子，晓得她即便是能够保持清醒，但还是被那迷药弄得有些头晕，手脚无力。

小颜师妹一路走到了我的跟前，帮我查看着这些树藤。当她冰凉如玉的手指抚摸着那些藤条时，神奇的事情发生了，这些坚韧的鬼东西就好像是怕痒一般，一阵游动，最后缩回了地面。

我恢复了自由，别的没做，赶紧捂住自己的下身，满面通红地喊：“小颜，你且背过身去……”

小颜师妹方才意识到此刻的我光着身子，连忙照着我的话转过了身去。当我抬头的时候，却见到她的侧脸上洋溢着一种娇羞又难以抑制的笑容，而且还“扑哧”一下，笑出了声来。

尽管是在这般紧张的环境里，可这样的见面还是有些尴尬，我四处打量了一番，发现这里面根本就没有什么能够蔽体的东西。正头疼呢，小颜师妹将自己的外衣脱下来，递给了我。

我也不拒绝，赶忙接过来穿上，这才感觉自己浑身轻松了许多，对小颜师妹说道：“你转过来吧。”

小颜师妹笑盈盈地转过身来，脸上红红的，就像是秋天的苹果。我舔了舔发涩的嘴唇，苦着脸抱怨：“那老东西也不知道什么癖好，居然将我给剥了个干净，害得我在你面前丢尽了脸面……”

小颜师妹摇头笑道：“没有啊，第一次见到大师兄的身材，感觉很棒呢。”

她似笑非笑的模样，让我更是懊悔。不过很快回过神来，晓得此刻不是调笑的时候，左右一望，然后正经问她：“你的修为如何，能够逃得出去吗？”

小颜师妹摇头，对我说：“醉鱼草能够销蚀劲气，我短时间内提不起力气来，也逃不出去，你呢？”

我运了一会儿气，结果发现自己气脉全无，根本就没有办法做任何事情，而经过阴雷轰击后走动都有些无力。一时间有些苦恼，问她刚才到底发生了什么事情，为什么她能够控制这些藤条，小颜师妹摇头，说她也不知道，莫名其妙地就发生了。

两人一番商议，突然发现自己虽然挣脱了束缚，但终究还是被困在这里逃脱不得，处境并没有什么具体的好转。看来，我们两个终究还是可能死在这里呢。

一想到这里，两人心中都生出了绝望之感来，我长叹一口气。然而就在这时，小颜师妹突然拉住我的手，认真地提议：“大师兄，我们就在这里祭拜天地，结为夫妻吧？”

我一点准备都没有，猝不及防之下，愣了老半天，这才反应过来，我居然被小颜师妹求婚了？

这什么情况？

瞧见我一脸迷惘的表情，小颜师妹很认真地对我说道：“刚才你跟那个侏儒怪人对话的时候，我其实差不多醒过来了。今日我们两人受困在这里，那是时运不济，怪不得谁，不过我不能忍受和那样一个肮脏的灵魂苟且。我想要在自己变得不干净之前，完成我们当年桃花林下的约定，与你成婚，成为你合法的妻子，与你不离不弃，同生共死，你可愿意？”

这样的话语，是我在梦中无数次想对小颜师妹说起的。不过此时此刻，却是由她对着我说，实在出乎我的意料。不过正如她所说，既然我们两人活不长久了，那么为什么要带着遗憾离开这个世界？

想到这里，我的心里被巨大的幸福感充满了，刚才所有的彷徨、懊恼、悔恨和焦急都消失了。当下也是单膝跪在了地上，顾不得其他了，捧着小颜师妹的手，放在胸口，动情地求婚：“小颜，从我见到你的那一刻，我就认定了你是我陈志程今生今世最爱的人，能够娶你为妻，是我这辈子最大的幸福。即便现在就是世界末日，我也不会有任何后悔——行，我们现在就成亲，死也要死在一起，谁也无法将我们拆散！”

小颜师妹也跪了下来，两人一拜天地，再遥拜高堂，最后夫妻对拜。

如此简简单单的仪式，没有香烟缥缈，没有灯烛辉煌，没有张灯结彩，没有满座亲朋，甚至连一张床都没有，然而彼此的心却从未有一刻如此刻般贴得更近。两人相拜过后，小颜师妹那微醺一般的精致脸蛋上面浮现出了一丝羞涩，两行清泪从眼眶之中滑落下来，颤抖着红唇对我说：“大师兄，吻我……”

这泪水，是喜悦，也是难过，一对相爱多年的情侣，竟然在这样的情形下结合在了一起。我俯下来，吻住了怀中佳人的红唇，扑鼻的香气让我有些迷醉，紧接着我听到小颜师妹发出了一声如猫一般的嘤咛：“大师兄，要了我吧！”

这话让我脑海一下子就炸开了，颤抖的手朝她腰间的绳带摸了过去……

第三十八章 红橙黄绿蓝靛紫

东风夜放花千树，更吹落、星如雨，宝马雕车香满路，凤箫声动，玉壶光转，一夜鱼龙舞。

骤雨初歇，小颜师妹躺在我怀里，精致的脸上一片酡红。我瞧着怀中玉人，越看越是喜欢，感觉一切都宛若做梦，我居然跟小颜师妹结成了夫妻，行了鱼水之欢。如此灵肉交融，突然间让我感到有一股气息从丹田之内升腾而起，仿佛种子破出了土地，生根发芽，茁壮成长了起来。所以到了后面，我变被动为主动，一展雄性之威，成就了一番好事。

宛如天上仙女一般的小颜师妹现在被我紧紧拥着，这种让人欣喜和满足的真实感，恐怕是我这辈子都难以忘怀的。她从没有如今日一般，让我感觉到无比亲近，感觉她不再是我心中的一个梦，而是一个切切实实的、伸手可及的爱人。

这种感觉，真的实在是太好了。

这是小颜师妹的第一次，望着铺满厚叶的地上的血迹，她娇羞不已，将头埋在我怀中，如同鸵鸟一般。不过我倒是看得挺开，安慰她："小颜，今朝即便是我俩身死魂消，能够与你共结连理，我也觉得此生无悔了——你放心，不到最后时刻，我绝对不会放弃生的渴望。不过即便死去，我也会笑着离开，而不会再恐惧与你在一起，恐惧会牵连到你……"

小颜师妹用发烫的脸颊贴着我的胸口，轻声说道："大师兄，你知道吗，我等待这一天，已经很久很久了。我希望与你在一起，无论生老病死，旦夕祸福，我就是想要分享你的欢乐，承担你的痛苦，与你过着这真实的生活，而不是你活在我的梦中，我活在你的希望里，你懂吗？"

我认真地点了点头，突然想起一事："小颜，今日你我结为夫妻，就不用叫我大师兄了吧？"

小颜师妹调皮一笑，冲着我噘嘴撒娇："就不，我就喜欢叫你大师兄，大师兄，大师兄……"

听到这话，我感觉好像喝到了一口陈年佳酿，整个人都有些沉醉了。望着头顶上被封得死死的洞口，我不由得生出了几分"今朝有酒今朝醉，明日愁来明日愁"的想法，于是打趣道："不知道那死老头什么时候回来，既然如此，不如我们再来一次吧？我刚才有些手生，实际上不会那么逊的，这回一定好好表现……"

我这话逗得小颜师妹咯咯直笑，她一把推开我的胸口，想要躲开。我当下也是厚着脸皮抱了上去，两人半推半就，正准备再行好事之时，却突然听到旁边有一个清脆的女声说："哦，原来人类繁衍后代，是这样子的啊，感觉好痛苦的样子……"

"对呀，对呀，看着真的好难过啊，还好我们只用传点花粉就好了。"

"嗯，好恐怖……"

叽叽喳喳的声音四起，吓了我一大跳，而小颜师妹也惊得赶紧抓起散落一地的衣服，遮住自己的娇躯。我左右一看，却并没有发现这声音的来源。就在我和小颜师妹一头雾水之时，头顶上垂落下七朵脸盘一般巨人的花朵来。鲜花盛开，每朵花的花蕊处出现了一个如同芭比娃娃的女孩子来，最前面的一个穿着粉红色的花瓣长裙，冲着我嚷："看什么呢，我们在这儿！"

这些女孩子就是我先前意识模糊间所见到的那七个。不过比起昨夜吸收月华之力时，此刻的她们又都小上一号，分别穿着红、橙、黄、绿、蓝、靛、紫彩虹七色花瓣长裙，脸上也没有太多的妩媚之气，反而是多出了几分小孩子的童真和好奇。小颜师妹瞧见这七个小人儿，不由得惊呼一声："天啊，这些是草木之精吗？"

那红裙小姑娘得意地说："算你有见识，不错，我们七姐妹正是那集天地之造化，夺日月之光华的草木之精，也是这片林子的主人。刚才将你们放下来的，也是我们，怎么样，厉害吧？"

尽管这些都是草木之精，不过她们外表都是女孩儿模样。我也颇有些不好意思，用小颜师妹的外衣遮住自己，然后疑惑地问："你们就是木灵尊者俞千八培育的优昙婆罗花化形而成的妖精吧，为什么要放了我们，你们不是应该听俞千八的话，将我们给看牢吗？"

红裙小姑娘回头一望，旁边六个小姐妹你推我、我推你，叽叽喳喳，最终还是推举她来代表大家说话。她也是咳了咳，那花瓣便垂落到了我的跟前，她叉着腰，故作成熟地说道："那个啥，你叫陈志程，对吧？"

我拱手说是，然后等待着她说话。然而过了半天，她诧异地问我："你这人好没礼貌啊，怎么也不问一下我们的名字？"

小妖精的思路果真是让人摸不着头脑，不过我此刻有意讨好她们，当下也是装着很正式地拱手相问："敢问七位小仙子尊讳？"

那红裙小姑娘一步跨前，傲然说道："我叫小红！"

"我叫小橙！"

"我叫小黄！"

"我叫小绿！"

"我叫小蓝！"

"我叫小靛！"

"我叫小紫！"

七姐妹异口同声地通报了名号，听到她们的自我介绍，我顿时就抑制不住笑意。这样的名字估计是俞千八随意取的，当真是敷衍至极。只可惜这七朵鲜花根本没有意识到这一点，还有些沾沾自喜，觉得颇为优雅动听。

不过这名字虽说敷衍，倒也朗朗上口，而且也好区分。我与小颜师妹对视一眼，强忍住笑意，然后问道："不知道七位小仙子有何指教？"

小红很满意我的态度："指教倒不敢说，不过我想和你们做一个交易。"

我再次拱手："请讲！"

小红商量道："事情是这样的，我们可以帮助你们逃离这里，不让你们落入俞千八的手上，不过你们也得带我们一起离开，你觉得怎么样？"

我一阵讶异，深究起来："这是为何，你们在这里待着不是好好的吗，为什么要逃离这里？"

后面的小紫冲着我一乐，忍不住插嘴："因为你长得帅啊，这位姐姐也好漂亮，整天看着你，总比看着那个老东西心情好得多……"

她小眼睛一眨一眨，而小红则颇有大姐风范，挥手打断了她，然后回头问我："怎么样，这条件你答应不？"

我与小颜师妹对视一眼，然后点头说道："能够逃脱生天，这事儿我自然是求之不得——不过在答应你之前，我总得问清楚原因不是，我得确认你的诚意，才能够拟定好计划，不至于失败收场，你说对吗？”

小红看了我一眼，回头与六个小姐妹商议一番，然后回过头来，如实说来：“其实也不怕告诉你，我们之所以想离开这里，主要的原因是俞千八想将我们融炼成一个花灵，然后将自己的意识转移过来。这事儿他已经筹备了许久，不过一直没有告诉过我们，还是小蓝翻看他的笔记时发现的。他不知道我们有自己的意识了，已经不再是任他玩弄的小精灵，而我们若不想死去、意识消亡，就得反抗……”

我仍有些奇怪：“俞千八既然准备用我当做鼎炉，那么你们就不会再有危险了啊？”

小红继续解释：“不管有你没你，在俞千八这个死变态的手里，我们都不会有好下场的，所以我们必须要反抗。不过我们的主体被种在这里，没有办法逃脱他的掌控，就只有求助于你了，你就说你愿不愿意吧？”

得知了这个原因，我作出承诺：“好，我可以带着你们出去，逃离俞千八的魔掌。不过你能告诉我，该怎么帮你们吗？”

小红指着自己脚下的巨大花瓣，说道：“这些日子以来，我们一直在秘密地筹备此事，一旦时机到来，我们便能够各自结成一粒种子，将自己的意识和身体寄存在种子里面。你们离开之时，只需要将种子带走，等到了外界，将我们栽到地上，浇上水，我们就重获自由了！”

我虽然不是很明白，不过却也大致上理解了，点头说好，这时小红要我立下血誓，免得我出尔反尔。对于这事儿，我基本上没有选择，当下也是与她击掌为盟，咬破手指，发下誓言。就在我们刚刚完成这一切的时候，小绿姑娘突然惊慌地通报道：“俞千八来了！”

这一声惊得我们一阵忙乱，各归各位后无数藤条垂落下来，将我再次扒光，紧紧捆束起来，小颜师妹也被重新悬挂在了半空。

刚刚弄完这一切，俞千八就顺着一根绳索滑落下来。刚一落地，他吸了吸鼻子，觉察出些什么：“嗯，这什么味道，怎么感觉怪怪的？”

第三十九章 武穆王助攻一城

侏儒老头俞千八不断地耸动着鼻子，仿佛在空气中闻到了什么不该出现的味道，躺在地上的我变得无比紧张，刚刚经历过一场人生大事，我自然晓得这味道来自于哪里。不过倘若让这侏儒老头知道了刚才在这里发生的事情，以及他亲手孕育而出的草木之精居然生出了背叛他的心思，那我刚才所得的惊喜恐怕就要化成泡沫，一戳即破。

这是我绝不会容许发生的事情，立即开口转移他的注意力："俞千八，那武穆王怎么没把你弄死呢？"

听到我这般挑衅的话语，俞千八不怒反笑："小伙子，我知道你心中有气。不过这也难怪，你年纪轻轻便有了这般修为和成就，还有一个愿意为你而身赴险境的美人儿，结果这些都即将化作乌有，是我也郁闷——不过你放心，夺舍之后，我会好好照顾这大美妞以及你的亲友的，保证不会让他们看出任何破绽来……"

俞千八个子还不到我的腰间，一张老脸笑得如同菊花，十分丑陋。我强忍着心中的不适，冷哼一声："想夺我的身躯，没那么容易。且不说武穆王和他的走狗在外面虎视眈眈，便是这夺舍的手段，你以为那么容易？"

我这是在试探对方的底细，不料这老家伙居然哈哈一笑，一挥手，立刻有一根藤条从头顶上垂落下来，将我给提起，随着他来到一处一丈高的巨大石鼎处才停下。

俞千八一脸得意，指着这石鼎，对我炫耀："瞧见这个没有，十方镇亩鼎，这玩意儿有聚天地造化之能事，下方无穷深处，便是这太行山的地煞支脉，懂不懂？等武穆王那家伙被我放的假风筝吸引走了，我便开炉生火，将我这些年收集的青木精华放置在里面，再将你丢到里面去，接着打开地煞，让地煞上接天罡之术，洗刷身躯。再用青木乙罡之法，压制住你的魂魄，继而夺之。等我将你的记忆吸收完毕之后，世间便再无又丑又老的俞千八，而只有风流潇洒的陈志程了！"

他这般坦诚，倒是出乎我的意料之外，被他所说的方法惊到的我半天没有说话。俞千八将我丢到一旁，接着又过去对着那七朵鲜花喃喃自语去了。

此人性格扭曲，然而对待这些花草倒是十分用心，就像哄小孩儿一般，"小乖乖""小宝贝"地一通叫。当那些花蕊落下来，抚摸他绿油油的皮肤时，他脸上才露出了孩子一般的童真，伸展身子，躺在一方厚叶之上，打着呼噜睡了过去。

俞千八这两日与那武穆王周旋，想来也是十分疲惫，呼噜声震天响，听得人好不烦躁。没一会儿，悬在半空中的小颜师妹突然睁开了眼睛，冲着我眨了眨。

因为害怕惊扰到俞千八这个厉害的家伙，我们都不敢言语，甚至都无法做出太多动作了，就只是这般脉脉含情地对望。不过一想起面前的这个女人，此刻已经是我的妻子，两人灵肉交融，定下了此生不弃的盟约，我的心中就再无恐惧，而是有一种对未来无限的期望。也没有了决死的想法，就等待着时机，好逃脱生天，再与小颜师妹一起做些羞羞的事情。等到下一次，我一定保证自己绝对不会表现得如第一次那般生涩。

恋人之间的相处，即便不说话，只是彼此对望，心中也是十分甜蜜的。时间不知不觉地就过去了，俞千八醒过来去了树屋，将奄奄一息的孙劼带了下来。当再见这个曾经的江洋大盗时，心中不由得又生出了强烈的危机感，知道自己倘若不能逃脱，下场恐怕不会比他好多少。

这想法使得我无比期待着俞千八的离开，然而这侏儒老头却并没有再走的意思，而是马不停蹄地做起了换魂夺舍的诸般准备工作来，首先就是调制一种极为黏稠的绿色溶液。

这种液体被俞千八称之为青木精华，这是一种用无数药草提炼而成的菁华。为了这东西，侏儒老头展现出了破釜沉舟的气势，将自己培育多年的药草都从药田里面刨了出来，一包又一包地运到了这地洞里。尽管有无数藤条帮助，但是看着这个身材不高的老头儿忙上忙下，我都有些不忍了，对他说要不然放我下来，我过来给他搭把手。

对于我的好意，俞千八婉言拒绝，一边抹着额头上面的汗水，一边对我表示，说多年夙愿一朝得偿，他感觉身子里好像装上了一个永动机，怎么都停不下来呢。

俞千八矮小的身体里装了一个永动机，而我身体里则装了一个倒计时的炸弹，随时都有殒命的可能，心中自然有些急躁。看着这侏儒老头弄了一口大锅，将无数草药按照比例和种类混合。当那一锅散发着古怪草药味道的绿色液体越来越黏稠，我晓得自己的死期恐怕是不远了，不由得一阵绝望。

地洞之中不知昼夜，不知道过了多久，俞千八终于大功告成，将那青木精华调配成功了。他弄了一桶清水，拿着大刷子将我从头到脚都刷得干干净净之后，就准备将我扔进那十方镇宙鼎中，开始他的夺舍大计。

被藤条紧紧捆束着的我绝望地看了小颜师妹一眼，又望向了那七朵娇艳欲滴的鲜花，知道当着俞千八的面，小红姐妹们绝对是不敢露头的，也知道此时此刻也许就是我人生中最后的时间了。

就在我陷入绝望之时，那俞千八突然眉头一皱，从墙壁上拔出一朵喇叭状的白色花朵，右手结了一个印法，抵在了花瓣上，却听到有一个阴沉的男声从里面传了出来："俞千八，我知道杀害我儿的陈志程在你手上，你赶快将那个畜生交出来。要是不然，信不信我一把火烧了你这个装神弄鬼的老窝，看你还怎么过！"

这声音经过那喇叭花的传导，略微有些失真。不过俞千八却是大惊失色，冲着那花朵吼道："武老贼，你这个狗日的要敢烧了我的毒谷，我就跑到你老家，将你们武家一大帮子人全都毒死，看你娘的还嚣不嚣张！"

说话的这一位，原来就是那位神秘莫测的晋西金主武穆王，听到侏儒老头的威胁，他却丝毫不怕："俞千八，你有本事就去，我等着你！"

俞千八愤怒地将这喇叭花扯成了两截，口中喋喋不休地一阵乱骂，显然是烦躁至极。我在旁边看着欣喜，他瞥见了我嘴角的笑容，冲着我喊道："都是你，你没事惹武穆王那个大麻烦干嘛，搞得老子现在头疼得要死！"

我并不妥协，而是继续刺激他："我若是不惹武穆王，你有机会拿住我吗？既然觉得斗不过武穆王，你不如将我交给他，一了百了，如何？"

我说话一针见血，那侏儒老头终于恢复了理智，脸色数变，最后收敛了怒火，冲着头顶上的七朵花朵嘱咐道："小红，你带着妹妹们看好这小子，不要让他跑了，我去会会那个家伙就回来！"

这七朵变异的优昙婆罗花点了点头，俞千八不疑有他，顺着藤条离开了地下，上到了树洞去。就在隧道关闭的一刹那，小红便从花朵里面一跃而出，先是放开了小颜师妹，然后又来到了我跟前，焦急地嘱咐道："时间紧急，不能再磨叽，我们现在立刻准备。过一会儿，你们带着我们离开这里，懂吗？”

我点头答应，让她将我的衣服和八宝囊还给我，小红手一招，便将这些都给了我，也将从小颜师妹身上搜走的八宝囊还给了她。

得到衣服，我赶紧穿上，这才感觉通体舒适，然后检查了一下八宝囊中的东西，发现除了饮血寒光剑被我留在了悬崖山壁之上外，其余的东西都还在。就连张励耘从黑煤窑中顺出来的黑色碳晶，也都整整齐齐地码在那儿。小红准备开始将本体转移到种子之中去，临了的时候，告诉我：“那青木精华液是俞千八这辈子的老本，你走的时候带上，到时候用它灌溉我们。”

我点头，小颜师妹从角落里找出了一个容量巨大的空葫芦，将这些还有余温的青木精华液全部灌到里面去。我趁着七个草木之精转移的空当，将这地洞四处翻了一圈，凭着在特勤局所学到的专业知识，找出了一堆包裹严密的种子和两本书。

时间一点一滴地过去，那七朵优昙婆罗花瓣之下终于结出了七颗拳头大的种子。瓜熟蒂落。小颜师妹将其捡起来，放入八宝囊中，然后牵着我的手，激动地说道：“大师兄，我们走！”

我们两个正准备离开，然而就在这个时候，身后却传来了一个微弱的声音：“你们不能丢下我，不能……”

第四十章 跌跌撞撞出毒谷

这个声音突然冒出来，无论是我，还是小颜师妹，都被吓了一大跳。循声望去，却见说话的正是本以为已经死了的江洋大盗孙劼。他这几日一言不发，就仿佛一件摆饰一般，然而却将所有的事情都亲眼目睹，着实让人想不到。

孙劼伸出了自己唯一的左手，朝着我们抓来，威胁道："姓陈的，你若是不将我一起带走，我就向俞千八告发你——实话告诉你，他能够通过这里的植物了解一切，而我是除了优昙婆罗之外唯一能够与他沟通的人，如果你小子丢下我跑了，就不要怪我不义了！"

我看着腰间以下都已经被吸血藤给蚕食殆尽了的孙劼，苦笑着说："老孙，你看看你现在这个样子，即便是活着，还有什么乐趣？不如早死早投胎，我来帮你，如何？"

"不！我不要死！"

这个家伙歇斯底里地重复着："我不可以死的，我不要死，我不要……"

这个手里人命无数、血债累累的家伙此刻表现得无比惊恐，死亡的恐惧让他有些疯狂了。他桀桀地阴笑着威胁我："不管你用什么办法，总之就是要把我带出这个鬼地方。我不想成为花泥，不想自己的灵魂被那食人藤活生生地吞噬掉——要么一起逃，要么一起死，你自己选一条吧……"

他一双眼睛怨毒无比，我摇了摇头，开解他："既然如此怕死，为何当初不选择做一个好人呢？既然你走上了这么一条不归之路，死或者生，哪里还能由了你？"

我这边说着话，头顶上突然垂落下数十根藤条，有的绞在了孙劼的脖子上，有的则直接插入了他的胸腹之间，疯狂地翻腾着。

"啊！"

这个纵横江湖数十年、穷凶极恶的特级通缉犯在一瞬间魂消命陨，没有留下任何话语。

这些藤条想来也是藏身于种子内的七朵鲜花所为，表面上漂亮可爱实则可都是俞千八用人的血肉喂养出来的。真正凶狠之时，比人类要无情得多。

刚刚那些吸血藤一瞬间就将孙劼吸成了一具干尸，我心中凛然。而当它们朝着我这边游动过来的时候，我忍不住地向后退开。

我蒙此大难，此刻丹田气海之内一片干涸，除了这一副身体还算比较健壮之外，与一个普通人并无区别。好在小颜师妹此刻的迷药效用已然消散得差不多了，挡在了我的前面，将手平平一推，竟然抓住了那诡异的吸血藤，然后回头对我说道："大师兄，抓住我，这些藤条好像还是受小红她们控制，这是在送我们离开地下呢。"

小颜师妹的手与我紧紧相牵，紧接着我脚下也有东西将我托起。两人腾云驾雾一般，被那藤条托着往上面升，足足过了半分钟，终于再次回到了树屋里。左右一看，没有见着人。我满心欢喜，正要找出口溜走，这时小颜师妹却伸手拦住了我："先等等，有法阵拘束！"

我有些诧异，问她怎么知道的。小颜师妹指了指腰间的八宝囊，对我说道："我跟小红她们能够交流。"

我急忙问："那你问问她们，怎么出去呢？"

小颜师妹却显得并不乐观："她们说这个法阵是另外一个草木之精控制的，叫老树。那家伙对俞千八忠心耿耿，是其身边最凶恶的一条狗，只要被发现，它就能够释放出大量的毒气以及无数的刺藤，而且还能够迷惑误入其中的人。俞千八就是凭着这老树，才能够得以隐居此处，而不被人发现的。因为所有闯入其中的人，都已经变成了地下的肥料……"

说完这些，小颜师妹有些没了主意："大师兄，怎么办？"

此刻的我连一个最普通的修行者都拼不过，不过听到爱人的询问，整个人却像打了鸡血一般，大脑飞速运转。突然，我喜形于色，打了一个响指道："我竟然忘记了它，真不应该啊。出来吧，百阵无敌王木匠！"

大头王木匠从八宝囊中爬了出来，虽然身材跟俞千八差不多，不过作为我的金牌助手，这一位的出现还是蛮让人惊喜的。牛气轰轰的他出现之后，我三言两语将情况给他作了说明。然后表示，我此刻修为大减，无法催发血劲，也用不了临仙遣策，所以破阵一事，只有劳累他老人家了。

王木匠这个家伙平日里最爱讨价还价，不过瞧见小颜师妹在我身旁，倒也懂得给我留面子，冲我指了一下，然后朝着小颜师妹拱手恭敬道："能为萧仙子指路，义不容辞，且跟小老儿走着！"

这家伙一声吩咐，然后从东北方向出去，我和小颜师妹小心翼翼地跟在后面。一走出这树屋，发现屋外大片大片规整的药田，浓郁的青草气息扑面而来。不过百米以外，却是一片雾气蒙蒙，王木匠眯着眼睛四处打量了一番，对我说道："我感受到了那鬼东西的存在，你将遁世环给萧仙子，将我们三人笼罩起来，免得被人抓住了阵脚！"

此刻全由王木匠做主，我不敢耽误，赶紧将遁世环递给小颜师妹。简单讲解一番之后，她开启此物，立刻有一道朦胧之气罩住我们三人。接着由王木匠领头，沿着那药田的田埂，朝着前方行走。

我们穿过了一大片药田，即将抵临那雾气蒙蒙的区域时，发现前方居然是茂密的丛林，到处都是荆棘，还有一片一片的沼泽地。见这般模样，领头的王木匠双手一划，口中念念有词，前面的荆棘一阵蠕动，让出了一条小道，王木匠让我们紧紧跟着，不要掉队。继续往前走，如此走了半里地，前方突然一清，我们居然来到了一处悬崖的半空处，还好王木匠解阵及时，使得我们没有一脚踏空，跌落到山崖下去。

站在这悬崖之间，一阵山风吹来，整个人豁然一清，没有了刚才在阵中的迷惘之色。小颜师妹轻声欢呼，冲过来抱住了我，激动地流出了眼泪来："大师兄，我们逃出来了，我们自由了！"

我搂着小颜师妹，顾不得王木匠在旁，忍不住轻轻啄了一下她的红唇，欣喜地回应她："对啊，我们自由了，太好了！"

两人欢欣鼓舞，然而冷眼旁观的王木匠却提醒道："逃是逃出来了，不过脱险还为时尚早。你们先别出声，看看左下方都有什么？"

听到王木匠的警告，我赶紧噤声，然后低头望去，却见离崖下不远的一条河道前，俞千八正高居在一块巨大的石头上。他的前方则有十来个人，领头的是一个身材高大的白发老者，他穿着简单的西裤夹克，气势庄重，不怒自威。而他旁边的那些人，个个都是不错的修行高手，他们一律身着黑色西装，带着墨镜。只有一个女人佝偻着身子，将自己藏在长袍之下，看架势，也是一位神秘高手。

看见那个白发老者的第一眼，我就晓得了他的身份，应该就是那金花公子的父亲，暗地里支持邪灵教的大财东武穆王。

此人果真如我想象中一般神秘而厉害，这般站在那儿，就给人一种极为强大的感觉。至少在我看来，他并不比邪灵教十二魔星差半分，甚至有一种隐隐并肩于最强者闵魔的感觉。

这样的家伙，我若是在全盛时期，或许还能够与其硬拼一回。而此时此刻，似乎掉头离开，有多远逃多远，才是我最好的选择。

武穆王似乎正在与俞千八僵持，虽说俞千八并不如武穆王厉害，而且也没有对方那般人多势众，不过这毒谷毕竟是他的地头，诸般限制和法阵在手，他倒也不会太过于示弱，反而表现得十分强硬，对着武穆王指指点点，面目扭曲而狰狞，大有一言不合就动手的架势。

我离得比较远，没听到双方到底在交谈些什么，不过却也大概能够猜得到，内容基本上都是关于我。于是心想着赶紧打起来吧，反正狗咬狗，一嘴毛。

没想到我刚这么一想，双方就开始动起了手。武穆王屹然不动，最先出手的竟然是那个将自己全身蒙在黑袍之中的女人，但见她陡然一跨步，手中长鞭扬起，朝着俞千八袭来。那侏儒老头也不示弱，一声怪叫，双手挥舞着旗了，无数吸血藤条从地上狂涌而出，朝着对面那一帮人卷去。

双方开打，我还想看个仔细，王木匠紧张地催促我道：“赶紧走，我感觉有意识朝我们这边游过来了……”

听到这话，我和小颜师妹也不敢再多停留，匆忙离开。如此一阵疾奔，跑出了大半个山头，这时却听到整个山谷一阵剧动，俞千八用一种近乎悲痛欲绝的语调，愤怒地吼道：“陈志程，你个龟儿子……”

第四十一章 藤蔓缠身欲逆反

“陈志程，你个龟儿子，你跑就跑了，还把我四十多年来的心血一齐带走了。王八蛋，老子与你结下了不共戴天之仇，就算是追到天涯海角，我也要弄死你！”

俞千八的话语里虽然充满了狠戾，然而越是如此，越显得他悲伤绝望到了极点。就仿佛一个豪赌客，将自己所有的身家押上了赌桌，满以为自己能够赢得未来，结果一开盅，发现自己输得连底裤都没有了。那种从天堂到地狱的急速颠倒，让旁人听着都感觉有几分不忍，不过对于我来说，听着却是如此畅意。

因为若是让俞千八得了逞，我岂不是就遭了殃？

不过俞千八这般一通喊，不管怎么说，此刻我已经逃离的消息便已经传遍了整个山区。武穆王那些散落在各处的爪牙知晓了，必然会像闻到血腥气的鲨鱼一般尾随而来。且不管此刻还在与俞千八纠缠的武穆王是否会追赶而来，光说逃开他麾下那些高手的追击，对于此刻的我和小颜师妹而言，都是一件难如登天的事情。

五百万的悬赏金，足以让人背弃自己的灵魂，甚至大义灭亲。而它所激发出来的战斗力，是我所想象不到的。

所以在洋洋得意之后，我和小颜师妹二话不说，朝山外奋力奔逃。

我们翻过了一个山口，前方突然出现了四五个身形矫健的男人，朝着我们这个方向飞速奔来。我不敢暴露，赶忙闪到了林子里，却见到这些人像打了鸡血一般，从眼前一掠而过。我喘着粗气，看着这些人的身手都非同小可，甚至还看到有两人手上拿着手枪，晓得武穆王为了给自己的独生子报仇，已然是不再讲究江湖规矩，唯一的目的就是将我这个凶手弄死。

我心中一阵思忖，握着小颜师妹的手说道：“小颜，我在这里找个地方躲起来，你先去与小七他们会合，再过来接应我吧？”

对于我的安排，小颜师妹却表示不服从。她一双眼睛泪汪汪的，激动地问我："大师兄，我们说好同生共死，你怎么刚出来就变卦了，你以为我不知道你这是想牺牲自己，保全我吗？你有没有想过，我现在已经都是你的女人了，你若是死了，我独自一人活在这个世界上，又有什么意思呢？"

望着面前泪水涟涟的玉人，我整个人的心都有些融化了。伸出手，捏了捏她带着泪水的小脸蛋，含笑说道："小傻瓜，我怎么可能抛下你呢。既然你这么说，那么我们两个就不分头走了，不过我功力尚未恢复，可能接下来要靠你了，你行不行？"

小颜师妹捶了我胸口一下，破涕为笑："好啊，我一直想要照顾平日里让我敬仰的大师兄呢，我感觉真的好开心！"

两人说着情话，感觉心中一阵温暖，此刻的危急也变得不是那么让人紧张。而就在此刻，我感觉头上的树木微微一动，心中警兆一起，一把护住小颜师妹，低声喝道："谁？"

茂密的树枝上面滑落下一个黑影来，还未等我们出手，他便提前开口："大师兄，萧师姐，是我，杨劫！"

我定睛一看，却见此人正是先前被小颜师妹留在谷外等待的杨劫。此刻的他带着影子面具，整个人仿佛幻影一般。在这般危急时刻，能够遇见他，当真是一件让人高兴的事情。我一步上前，紧紧握着杨劫的胳膊，激动地说道："你怎么会在这里？"

杨劫望了小颜师妹一眼，似乎察觉出了什么，不过还是躬身回答："我奉萧师姐的吩咐，在这山谷之外等待。等了一天一夜，也不见她出来，却瞧见黑煤窑的那帮人进去了。他们的实力实在是太厉害了，我不敢靠近，只有返回临时营地，通知大家山里不安全，让他们赶紧结束夏令营，出山等待。张励耘老师说这附近有一个师级军事单位，他认识人，就带着学生们先赶过去了，而我则回来继续观察。"

我点了点头，无论是杨劫，还是张励耘，他们的安排都十分妥当。特别是张励耘，他应该知晓我们此刻惹到了那种一手通天的人物。如果出山，恐怕还会遇到危险，只有躲到部队里去，方才能够脱离危险。

华东法术学院新一届重点班的学生，是我心中最大的担忧，他们安全了，我就可以在这茫茫太行山中跟一大帮子追兵周旋了。当下也是表扬了杨劫几句，然后问他这附近有没有能够暂时躲起来的地方。因为照我现在的状况，想要跟对手拼耐力，实在是有些勉力，只有找个地方，先将功力恢复一些，方才能够有逃脱的精力。

杨劫点头，说前面的七丈原，那边山壁之上有一个鸟巢，可以容身，而且旁人也绝对想不到。他昨夜就是在那儿隐藏的，提议可以先去那里。

我点头，将王木匠请回了八卦异兽旗中，跟随着杨劫朝西面的山上爬了过去。路途中碰到了两拨人，这使得我们一路小心翼翼，好在距离并不算远，于是没多久就赶到了目的地。那是一个险壑，下面是一条湍急的河流，崖壁之上好多植株，将其表面掩盖，不仔细看，很难瞧得出来。

那藏身之处在崖下七八米处，我在小颜师妹和杨劫的帮助下，攀着藤蔓抵达。到了才发现这是一个并不算大的洞穴，容下三人已经算是比较勉强了，而里面竟然还有一口棺材，不过掀开棺材盖，里面什么都没有。

杨劫将我接到此处后，转身又回去处理路上留下的痕迹。他一离开，我情不自禁地将小颜师妹搂过来亲了一下。她笑着把我推开，瞪了我一眼，气呼呼地说：“你还不赶紧恢复些气力，一会儿若是追兵过来了怎么办？”

我假不正经道：“即便是这样，我也想亲你一下，就当是精神鼓励啊，对不对？”

小颜师妹到底心软，凑过来，在我嘴唇上面蜻蜓点水地啄了一下，然后哄我：“乖呀，你赶紧恢复一些力气，要不然我们可都逃不开这里呢……”

有了这样幸福的鼓励，我当下也是没有再管什么，背靠着那口有些年份的棺材，开始行周天之气。

我身具道、魔两家之长，平日里更多的时候，用的是茅山心法，来修行自己的道行。不过此法缓慢，此时此刻不得不用道心种魔的速成之法。没有了那吸血藤的束缚，如此运行了两个周天，我突然一惊，感觉先前如潺潺小溪一般的脉络此刻竟然发展成大江大河了。而且丹田和识海之中，似乎又比往日要能容纳更多的气息，还能隐隐与周围的炁场互动和关联。

但凡修行入门的人都晓得，每个人都是一个容器，我们平日里的修行，就是不断地往自己这个容器里面吸收天地日月的精华，洗刷身体。但是人力有时尽，终究是有一个限度的，这个限度是由每一个人的根骨和悟性来决定的。到达了瓶颈之后，便很难跨越，有的人甚至一辈子，都无法突破。

这事儿太难了，与境界无关，因为人体毕竟天生，想要逆天而为，需要太多的投入和机缘，只能一点一点地去努力提升。

然而此时此刻的我，居然发现自己的身体竟然比以前强大了好几倍，这并不是错觉。

这变化，难道是当日我在悬崖谷底受到那阴雷轰击，大难不死而获得的后福吗？简直太让人惊喜了吧？

这种变化让我喜出望外，不过我同时也晓得一点，那就是想要恢复往日的修为，没有十天半个月，是没有办法的。因为我毕竟力竭而昏，功力并不是一朝一夕就能够复原的，此刻也只能找回一点算一点了。

就在我努力修行，运气周天之时，小颜师妹将那七颗种子掏了出来，按照顺序规规整整地摆放好。然后拿着那葫芦，给这些种子浇上了那费尽俞千八毕生心血培育出的青木精华液。随着这精华液的滴落，那些种子很快就开始生根发芽，迅速地在岩石之上扎了根。接着外壳脱开，化作了七株半人高的植物，将这洞穴填充得满满当当的。

我此刻已经行过了两个周天，精神上感觉到一阵乏力。瞧着这七株绿色植物，我的心中莫名感到了一阵惊惧，赶忙制止了小颜师妹浇水的行为。然而就在这时，那些植株突然伸出数十根藤条，朝着我和小颜师妹的脚下蔓延而来。

藤条之上，无数倒刺，宛如触角一般。

第四十二章 优昙婆罗为羽翼

这数十根凶猛的吸血藤条绞杀而来，我心中顿时一跳，想着坏了——当初我与这七朵优昙婆罗花击掌为约，发下血誓的时候，光想着如何逃离了，于是只明确了我的责任，却忘记了这些吞噬血肉而长的花朵，从来都不怕杀戮，此刻业已逃离了俞千八的掌控，哪里会与我多加客气？

不过我倒也不是任人宰割的弱者，见这些藤蔓游动而来，一副凶悍的模样，当下也是立刻结印，朝着前方虚空一拍。

深渊三法，魔威！

我也是病急乱投医，没有法子了。然而此手段一出，那些藤蔓就仿佛遇到了天敌一般，立刻蜷缩了回去，瑟瑟发抖不敢再造次。

镇住这七朵优昙婆罗后，我从八宝囊中掏出了先前抽出来的两本手抄书，一本叫《青木乙罡秘法》，另一本则是俞千八的手记，将其递给了小颜师妹，让她翻一翻，看看有没有控制这些东西的法门。

小颜师妹一边忌惮地望着那七棵植株，一边飞快地翻看着，很快就在俞千八的手记中查到了关于优昙婆罗花的记载。在我的保护之下，她仔细阅读一番，然后点头为我讲解："我明白了，这些优昙婆罗花本是佛家之物，最是良善。然而自打出现在这个世界之后，却被俞千八用邪恶的手段培育，天生自带一股戾气。倘若是无法消磨，必成大祸，所幸他在手记之中记载了几种方法，能够拿住这些东西……"

她一扫量，从腰间拿出一方汗巾，上面似乎还有血迹，随后她羞涩地对我说："大师兄，你转过头去！"

我看她怕娇羞，可是表情却很坚决，也不想违逆她的意思，便将头转了过去，不过依旧遥遥拍出一掌，用魔威将这七棵植株笼罩住。随后听到小颜师妹开始对这七棵植株喝念起了咒语。随后她扎破右手大拇指，让鲜血滴在那汗巾之上。如此忙碌半天，这才与我商量道："大师兄，我现在要与她们再次协定，取代俞千八在她们灵魂中的位置，你看可以吗？"

那七朵优昙婆罗花化身而成的草木之精固然凶狠，但是实力却是我们有目共睹的。倘若能够让小颜师妹纳为己用，自然是最好不过的事情。我连忙点头，让她赶紧将其收服。

对于小颜师妹的做法，那七棵植株表现出了剧烈的反抗。刚刚摆脱了俞千八，此刻又落入小颜师妹的手上，这显然不是她们所愿意看到的。不过在我魔威的压制下，终究还是无法反抗。于是在经历了十几分钟的对峙之后，小颜师妹终于通过鲜血盟誓，降服了这七朵优昙婆罗。瞧见这些服服帖帖的植株耷拉着枝叶藤条，我笑了，拍着小颜师妹的肩膀说："太好了，有了这些，我以后就能放心多了。"

小颜师妹娇嗔道："我本来是想留给你的。"

我摇头说："术业有专攻，这本来就是你最擅长的事情，自然由你来做。再说了，你的也就是我的，你我之间，何必分个彼此呢，对不对？"

这句话让小颜师妹的脸上顿时露出了笑容。我问她，说如果确定已经掌控了她们的话，就赶紧将她们孕育成形吧，不然夜里赶路，我们还真的带不走。小颜师妹点头，然后又担忧地问："你现在的状况，到了夜里，可以突围吗？要不然我们在这里多待一段时间，等你功力全部恢复了再说吧？"

我摇了摇头，担忧地望了一眼外面，说道："不行，这里不能久留。无论是武穆王，还是俞千八，他们对太行山都比我们熟悉许多。如果在各处要道都没有发现我们的踪迹，他们就会折回来，将这里的每一寸土地都搜遍。即便这里再隐秘，都逃不过他们毒辣的眼睛，所以在这只能暂居，入了夜，我们就立刻离开。"

小颜师妹依旧有些担心："可是你现在的身体还没有完全恢复，如果路上遭遇到那些坏人，那可怎么办？"

她是英华真人的得意门生，修为其实并不比张大明白、徐淡定差多少。不过是关心则乱，见识过了武穆王、俞千八这些人的手段，她终究还是觉得实在是太过于冒险了。

对于小颜师妹的担忧，我却笑了，拍了拍腰间的八宝囊，拿出一个瓷瓶，对她说道："我这里有天山广陵金丹九粒，每一粒都能够快速回气，不消多时便能够恢复。只不过此刻的我丹田经脉过于枯竭，怕承受不住丹药的压力，反受其害，才没有立刻服用。等我将今日这十二遍周天运行完之后，将其服用了，突围的把握就会更大。”

小颜师妹见我还有这般神奇的丹药，喜出望外，便也不再担心，再次端起那个巨大的葫芦，灌溉这些植株。

这青木精华液是俞千八花费了半辈子心血培育的药草凝练而成的，本来是准备用其来保障他换魂夺舍，此刻却被我们用作他途了。不过功效依旧在，差不多倒了三分之一，那些植株终于成熟了。先是开花，接着结果，再到后来，整个植株开始幻化，一阵扭曲，先前出现在洞府的七个优昙婆罗花仙子便从中浮现了出来，一脸渴望地冲着小颜师妹喊道：“给我，给我，全部都给我们！”

小颜师妹在秀女峰上做了十余年的大师姐，自有一股威严，冷着脸瞪了她们一眼，低喝一声：“噤声，移体凝形，一天完成，这速度已经够快了，你们为何贪心不足，想要一口吃撑吗？”

七个花仙子比先前要小上许多，显然这一次转移本体，也是比较伤神的。那最有大姐范儿的小红站出来，不满地嚷嚷道：“这些本来就是我们的，你凭什么拿着？”

小颜师妹将那葫芦收回了八宝囊中，与她们清算：“你们将我们放了，我们带着你们摆脱了俞千八的控制，又将你们孕育成形，如此一来一往，算是两清。然而没想到你们贪心不足蛇吞象，居然还想攻击我们，这事儿就违反了我们的协定。我刚才已经照着俞千八手记上的手段，控制了你们，现在给你们两个选择，第一，自行离开，想干嘛干嘛去，我不管你们；第二，好好地听我的话，谁最乖，我就给谁好吃的。”

听到这话，七个小花仙子脸色一阵变幻，没想到自己最终还是逃不过被人控制的命运。然而仔细思量一番，那小红还是决定跟着小颜师妹：“你既然控制了我们，虽说放我们自由，但是这个世界这么危险，没有你的庇护，我们肯定没有好下场。不过你可得好好照顾我们，不然我们一样会造反的。”

小颜师妹点头说道：“当然，我一定会将你们视若珍宝，不过如果谁不乖，胡作非为，我也不会包庇的！”

个子最小的小紫弱弱地问：“那，我们以后还有没有人肉吃呢？”

小颜师妹秀眉一竖，瞪了她一眼：“人肉有什么好吃的，这样对你们的修为固然有好处，但是业果不断累加，不用多久，你们就会遭天劫。造成的杀孽那么重，哪里能够逃得过？你们若想好好活着，就要听我的话，做一个善良的草木之精，这个你们可晓得？”

虽说听到没有人肉吃，七个小仙女都是一阵失望，不过她们毕竟意识觉醒，也分得清好坏，都点头表示知晓。

小颜师妹在这些小家伙面前展现出了极强的能力，三言两语便将这些坏脾气的小姑娘搞定了，这是出乎我意料之外的事情。而后的时间里，小颜师妹则教会这些小东西如何藏身于八宝囊中，并且了解起她们的能力来，好为后面的逃亡之路做准备。

她倒是十分懂得管理，谁的表现不错，她就奖励一滴青木精华液，很快就将这帮小姑娘整得服服帖帖的。等到杨劫回来的时候，这帮小姑娘都已经会整齐划一地叫“杨劫哥哥”了。

骤然见这么一大帮小丫头片子，即便沉稳如杨劫，也不由得愣了半天。回过神来的时候，小颜师妹已经将她们都收到了八宝囊中。

杨劫告诉我，基本上已经将踪迹隐去了，短时间内，他们是不会发现的。

有了这个保障，我不再多言，继续闭目盘坐，开始运行起了周天来。如此时间飞速流逝，等到了黄昏之时，我突然听到头上的山崖传来一阵脚步声，还有犬吠。有人在上面交谈，是循迹而来的追兵，他们在议论了一阵之后，又离开了此处。

我们屏息了十多分钟，这才将心放下。然而就在此时，洞外突然飘来一个黑影，接着一个幽幽的声音从外面传来：“我说这人怎么可能凭空消失，原来是躲在了这里！”

第四十三章 岷山老母杨小懒

我听着这声音虽说有些苍老，但是却十分熟悉，仿佛在很长一段时间里，我是在这种声音的陪伴下成长的。循声望了过去，却见这人就是先前与俞千八起冲突的那个黑袍女子。此刻的她居然悬浮在崖前的半空中，脚下被几朵游离不定的黑莲托举着。整个人朦朦胧胧，看不清面孔，不过却给我一种似曾相识的感觉。

我立刻站起来，将小颜师妹和杨劫挡在身后，沉声说道："你是谁？"

这简简单单的一句问话，却让那黑袍女人生出几分悲凉来，只听苍老的声音悲伤地说："这世间，从来只见新人笑，有谁记得旧人哭。陈二蛋，想当年你我同居一室，青梅竹马；至如今竟然对面相逢而不识，说起来，当真是悲哀啊……"

这话说得暧昧，我却陡然想起来了，指着黑袍女人失声叫道："你，你是杨小懒？"

那黑袍女人将套在脑袋上的帽子往后一挽，露出了一张垂垂老矣的脸孔，恨声说道："不错，我就是杨小懒，曾经给你伐经洗髓、引你入门的邪符王是我父亲。他传你道心种魔、穴位初解，兢兢业业，竭尽所能，结果最后却被你害死了。而我也蒙你所赐，变成现如今这副人不人、鬼不鬼的模样，而你陈二蛋，却扶摇直上，踩着我们成为了茅山宗的大弟子，举世闻名的黑手双城——陈二蛋，我无数次午夜梦回，觉得人生的意义，就是要杀掉你啊……"

当年只比我大四五岁的妙龄少女，现如今已经衰老得仿佛七老八十。那满是黑色老人斑的脸上皱纹无数，比这太行山的沟壑还深，让人嘘唏不已。

不过她所说的这些指控，却显得有些太过于自我。当初杨二丑若不是要如俞千八一般谋害我，哪里可能会死？

既然选择了作恶，那就必须懂得承担后果。又想侵犯别人的利益，又不准被害者反抗，天下哪有这样的道理？

不过杨小懒这些年来，身受恶鬼纠缠，心性早已是怨毒颇深。此刻与她讲道理，实在是对牛弹琴，我也不打算与她在这里多加纠缠，更不想给小颜师妹和杨劫解释过往，而是平淡地笑着问道：“往事已成云烟，现如今我们重逢，你又有何贵干呢？”

杨小懒双脚绷直，如跳芭蕾舞一般踩在那几朵飘浮不定的黑色莲花之上，桀桀怪笑起来：“好一个往事已成云烟，算起来，没有这些年吃过的苦头，我未必能有现在这般的成就。陈志程，你倒是什么人都敢惹啊，连武穆王这样的一方霸主，太行土豪，你都敢惹，而且还杀了人家的独生子，你知道他现在有多么愤怒吗？”

我淡定自若地讽刺道：“不过就是一挖煤的，能有多厉害？”

杨小懒开门见山：“挖煤的？哼，太行武家上承大唐武士彟一脉，武则天当年创建大周，曾召集天下修士聚集长安，编撰了三册仙书。后来周朝覆灭，武家溃散，太行武家之祖，武元爽次子得了一部仙书遗策，在此繁衍生息，一直至今。如此的世家，是不输于荆门黄家的豪门，底蕴深厚。倘若不是黄家出了两个妖孽，却也有资格争一争这天下第一世家的宝座。而他们朝中也并非无人，武穆王之弟武穆生，便是黄天望手下十三太保之首……”

听到杨小懒如数家珍地亮明了我此次对手的实力，我的心中不由得往下沉了去。

我本以为此番我只要突围出太行山的包围圈，联络到特勤局，到时候直接带着大部队杀一个回马枪，便能够将黑煤窑里那几百名宛如奴隶一般的苦工解救出来，并且一举荡平这个盘踞在太行山的毒瘤。却不承想这武家根深蒂固，不但在当地爪牙极多，而且于朝中也有庇护，到时候指鹿为马，背地里下手，我未必能玩得过对方。

要晓得，民顾委十三太保之名，那可比我这黑手双城要早成名二十年，即使不能比肩总局许老、荀老，但是实力之雄厚，却也绝对比我强大许多。

我不再说话，杨小懒那厢却开了口：“你不用想那么长远，光说此刻，你便已经逃不过武穆王的追捕。多少也是熟人，那五百万与其给了别人，不如便宜了老娘。拿下你之后，我要好好地玩弄一下你身后的那个贱人，让你晓得这世间，到底有多么可怕，哈哈哈……”

杨小懒这些年来不知道又经历了多少奇遇，一副能够对我们手拿把掐的样子。这么刺耳的话，简直就是对小颜师妹的侮辱，我当下也是按捺不住心头的愤恨，手掌一拍，朝她当头罩去：“茅山掌心雷！”

一记掌心雷，蕴含着无比灼热的雷劲，拍在这飘飘荡荡的女人跟前，她却宛如没有实体一般往后一让，避开了这一掌，飞到了离崖壁四五米之外的地方，让我鞭长莫及，而后她桀桀怪笑道：“你真当我还是当初那个愚蠢的杨小懒吗？错了，现如今，人人见到我，都会尊称我为——岷山老母！”

她歇斯底里地叫出了自己最为骄傲的外号，我感受到无边黑气，从这女人的身躯之中滚滚而出，织成一张密密麻麻的大网，将整个空间都笼罩住了。见她这般模样，我陡然一惊，晓得当初我将岷山老母斩杀于三峡之后，应该是她继承了前辈衣钵，并且将其发扬光大，方才如此凶悍。

杨小懒性子古怪，很难捉摸，而且我也不知道外面是否除了她，还有别人在虎视眈眈，当下也是朝着身后大喊：“此地不宜久留，各位快走！”

我这话刚说完，旁边便传来一声娇叱：“大师兄，让我来会会这女人！”

说话的正是小颜师妹，此刻的她一反先前的娇柔，整个人显得无比英气。一步跨出，跳出了崖间，这让我整个人的心脏都快要跳出来了，却见到她的足尖点在半空中，立刻有一个优昙婆罗花仙子出现在她脚下，托举着她。靠着这点借力，她竟然也能够悬浮着与杨小懒斗将起来。

杨小懒刚才有意误导，将我与她之间的过往讲得情意绵绵，就是想要恶意刺激我旁边的小颜师妹。但是杨小懒却不晓得，当年在桃花林下，我与小颜师妹定情时，早已将自己的所有过往，都事无巨细地告诉了她，小颜师妹哪里会受她这般的挑拨离间呢？

小颜师妹出手缠住了杨小懒，而我们则趁机逃出洞穴，翻上了悬崖。在此之前，尽管十分危险，但我还是吞服了一颗广陵金丹，以备不测。

一丹入喉，药效立刻狂涌而出，所幸我先前已经通过周天行气，滋养了干涸的经脉与气海丹田，使得多少也有些承受力。不过我依旧有些扛不住这药效，手脚发麻，要不是杨劫过来帮助，我未必能够爬上悬崖。

然而我刚上来，却见小颜师妹朝我这边飘来。我定睛一看，却见杨小懒挥舞着长鞭，鞭子在空中甩出炸响，而鞭子所过之处，那些优昙婆罗花仙子则惶惶散开，不敢与之相接触。

我晓得并非是这些小东西不敢应战，而是因为杨小懒手中的长鞭，这可是茅山十宝之一的牧神鞭。此物能够驱散亡灵恶鬼，赶遍天下间的阴灵之物。尽管这些草木之精化形而成的花仙子并非亡灵，但是她们毕竟生食过亡魂，尽管转换了体态，但多少沾染了一些阴气，故而才会不敌。

不过即便如此，小颜师妹还是能够力敌这个老娘们，一边掩护着我们，一边向后撤退。

小颜师妹与杨小懒斗成一团，而爬上悬崖的我们却遭遇到了先前在悬崖上面交谈的那一伙人。他们应该是杨小懒所领导的搜索队，此刻三五成群，来势汹汹，一副穷凶极恶的模样。不过面对这些人，杨劫却浑然不惧，正了正面具，最后望了一眼西边那抹沉入远山的夕阳，手中紧紧握着一把狭长的刺刀，快步朝对方冲了过去。

这是我第一次见到杨劫与人正面作战，他以一种绝对干净利落的手段避开了对手的挥刀，从缝隙之中突出一记，刺在了那人的心脏部位。为了保险，他在一瞬间出了三刀，接着以那人喷血的尸体作肉盾，与旁边高手周旋之时，我便晓得这一位是天生属于战场的强者，几乎不用太多的时间，就能够成为一个绝顶的杀手。

英华真人，当真教了一个好徒弟。

我原本想要身体再恢复一些，才服用广陵金丹。然而此刻情形危急，无奈为之，不过服用完却像是喝醉了一般，步履蹒跚。就在此刻，杨小懒突然一扭身，出现在了我的跟前，鹰爪一般的手指紧紧抓住了我的脖子，桀桀怪笑道："你真的以为这样，就能够逃出我的手掌心吗？"

第四十四章 南北两择夺命路

杨小懒在与我相距十几米的地方陡然消失又出现，一把掐住我的脖子。这样的手段简直超乎了人类的身体极限，让我心中震撼，感觉此刻的她，或许已经不再是人类了。她手指冰冷，宛如僵尸一般，将我死死掐住，然后冲着身后疯狂追来的小颜师妹和陷身重围之中的杨劫厉声喝道："你们都给我停下来，不然我就掐死他！"

我莫名其妙就落入了杨小懒的手中，这情况让小颜师妹和杨劫都有些猝不及防。被这婆娘一声喝令，杨劫拖着一具尸体，气喘吁吁地闪到一边。小颜师妹在红橙黄绿蓝靛紫七位优昙婆罗的拱卫下走向前来，指着杨小懒狠声说道："杨小懒，你要是敢伤我大师兄，我让你这辈子都后悔！"

杨小懒死死掐着我的脖子，我有些眩晕。她故意伸出舌头，轻轻舔在了我的脸颊上，得意洋洋地挑衅："我杀了他又如何，你咬我啊？"

小颜师妹的脸上表情冷傲，一字一句地告诫她："别以为我不清楚你的底细，你的亲生儿子黄鹏飞还在茅山呢，信不信我回去，就将那小色鬼宰了？"

尽管杨小懒太过于执着，投身魔道，然而她终究还是一个母亲。当听到别人用她的儿子来威胁自己时，母性顿时迸发出来，冲着小颜师妹厉声咒骂："你这个小贱人，当真不是个好东西，想要杀我儿子，那也要看自己能不能逃出这莽莽太行山！我的目标是陈二蛋，是那五百万，本来不想与你多做纠缠的。不过既然你如此不识相，就让你知道我的厉害——李洪均，发信号，告诉穆王人我抓到了，还有几个余孽……"

刚才与杨劫拼斗的一个方脸男人应了一声，从怀中掏出了一个令箭，向上一掷，立刻有一道焰火冲天而起，点亮了黑蒙蒙的天空。

令箭一出，杨小懒更加肆无忌惮了："一支穿云箭，千军万马来相见。小贱人，你还想威胁我？哼，一会儿捉住你，老娘让你知道十几个男人一起伺候你的那种感觉，到底有多么舒爽！我一定要……”

她喋喋不休地说着，被她制住的我出言警告：“杨小懒，对我的妻子，你要客气一点！”

我这般强硬的语气让杨小懒一阵诧异，她掐着我的脖子，将我从她怀里移到面前来，一脸阴戾地说道：“阶下之囚，居然还敢提出这么多要求，你真的以为我不会立刻杀了你吗？”

面对杨小懒的威胁，我微微一笑，淡然接招：“你自然敢杀我，事实上这不是你长久以来的目标和人生意义吗？不过你确定是我杀了你父亲吗？虽说当日我在场，但是杀死他的，另有他人，这个你不会不知道。他之所以死，是死在自己的执念，死在他想要杀死我。而你之所以如此，一生的悲剧，不是因为我，而是因为你爹，若不是你爹非要进那南明古墓，你怎会被恶鬼缠身？”

我将事实清楚地摆明了，杨小懒变得无比暴躁，冲着我怒吼：“你不要说了，再说我就杀了你！”

我毫无顾忌地继续说：“害了你们的，不是我，而是你们心中的欲望——至于我，你爹要杀我，结果他死了；你要杀我，你觉得你能活？的确，你现在是岷山老母了，一身本事。但是你却不晓得，这些年来，我与多少极恶之徒交手过；你也不晓得，我刚才之所以一直不出手，就是在琢磨此刻的你到底是人是鬼……”

杨小懒终于忍不住了，手上的劲道猛然一增，就想要将我当场掐死。然而我却依旧有条不紊地道出真相：“直到此刻，我才终于晓得，你就是传说已久的鬼妖。罕见之物啊，只可惜……”

我运行雷劲遍布于全身，最后集中在脖子上。接着抬起手来，抓住了杨小懒被雷劲轰得发麻的胳膊，击垮她的意志：“鬼妖之体，确实举世罕见，不知道你为了将自己弄成这个样子，到底花费了多少心血。只是这样的玩意，对出身茅山的我来说，都不是事儿。”

我的脖子上雷劲环绕，而手掌则使出了炼妖壶观术，两种手段一经施展，立刻控制了杨小懒。这般陡然的反转，不但让杨小懒措手不及，就连小颜师妹都没有想到，一时间愣在了当场。杨小懒被我虎口的炼妖壶观术紧紧吸住，整个人从实体化作虚无，开始扭曲了，一张怨毒的脸孔冲着我撕喊：“想要杀我，哪有那么容易，我们同归于尽吧……”

我感觉到她的胸口生出了一股阴寒至极的气息，这种气息与那天金花公子的追命阴雷是同一起源。我心中一惊，收起炼妖壶观术，接着一掌击出，将杨小懒推向了山崖之外。

被打飞的杨小懒身形极为瘦小，不过在吐出一大口鲜血之后，神情恹恹的她依旧怨毒地诅咒我：“陈二蛋，你伤得了我，但是未必能够逃过武穆王的追杀。到了那个时候，我会亲自过来，看着你如何绝望地死去！”

杨小懒身受重伤，不敢在此多做停留，在黑莲业火的托举下，朝山崖下方夺命而走。就在我与杨小懒分离的一刹那，在旁边全神戒备的杨劫朝她的随从杀将而去。

我逼走杨小懒，却无法将其赶尽杀绝，只有将怒气发泄在留下的这些家伙身上，当下也是与小颜师妹一同杀上前去。小颜师妹心地善良，手下留情许多，我晓得这些祸患不能不除，当下也是招招夺命，杨劫更是从不考虑留下活口。三人各施手段，如此一阵风卷残云，倒是将他们全部斩杀了。

当最后一个人倒在杨劫的刺刀下，小颜师妹兴奋地冲到我面前，激动地问道：“大师兄，你功力恢复了吗？”

我摇头苦笑说：“虚不受补，此刻到底还是有些勉力，估计要过两个时辰，方才能够重新回归巅峰。小颜，杨劫，他们已经将信号发了出去，武穆王的手下必定如见了血的鲨鱼一般纷纷扑来，我们得立刻走了——杨劫，你对这儿比较熟悉，你说我们应该如何逃出去？”

杨劫指着南北两个方向分析道：“南边有人烟，四十里便有村庄，再往前走，便能够到达张老师所说的军事基地，我们能够在那里获得足够的支援，不过这条道路一定是他们拦截得最坚决的，耳目众多，也必定有无数的埋伏；而北边是深山，人迹罕至，我们可以在山林中不断地消耗对手，等待张老师他们请来的援兵，并且伺机与幕后凶手一决雌雄……”

杨劫指出了两条路，不过却并没有做选择，我知道他这是让我来决定一切。对于我来说，往南的风险小，而且安全，不过却比较被动；往北主观能动性会强上很多，可是会面临武穆王一脉以及大量受悬赏诱惑尾随而来的江湖杀手。但是这个对于我来说，却反而更能接受一点。

我陈志程不是被人撵得满地乱跑、惶惶不得终日的猎物。我是猎人，一身爪牙，任何想要置我于死地的家伙，都要付出沉重的代价。

当我说出向北行进的决定时，杨劫下意识地捏了一下拳头。

很显然，在他的潜意识里，也有这么一个不屈的反击意志，故而在刚才的提议之中，也表达了鲜明的立场。

小颜师妹嫁鸡随鸡，一切随我。三人既然商定了方向，便也不再多加耽误，快速地下了悬崖，趁着夜色往北面深山继续行走。如此一走，我便立刻发现了孕育出优昙婆罗七仙子的好处，一路上七个小家伙有人负责在前面探路，有人负责给我们掩藏踪迹。因为她们能够小范围地操控植株草木，通过杂草隐去我们行进的痕迹，这使得在山林中潜行的我们如虎添翼。

不过武穆王带来的手下反应也极为迅速，我们刚刚下了山，前面密林就传来一阵密集的脚步声。我们赶忙伏在草丛中不敢妄动，一直等他们经过之后，才折转往北，继续前进。

我们小心翼翼地行走了半个多钟头，一直等到翻过了好几个山头，感觉周围的暗哨少了许多，这才快步疾奔。越过了十几道岭，穿过一条羊肠小道，终于来到了一处茂密的丛林中。然而就在此时，在前方探路的小红折返回来，焦急地冲我们报告："前面有一百多人，正冲我们这边来了！"

第四十五章 千军万马来相见

听到小红的通报，所有人都吓了一跳。要晓得我们这一路可算是谨慎加小心了，先是用遁世环隐匿气息，防止被对方用某种秘法追踪，随后又是有优昙婆罗七仙子处理痕迹。按理说对方基本上不会意识到我们在朝北边深山挺进，估量着我们还在毒谷附近徘徊呢。

我让大家不要惊慌，藏匿好自己的身形，然后弄清楚这伙人到底是什么来路。不要将李逵认成了李鬼，虚惊一场。

对方来的速度很快，我和小颜师妹藏在树上，先后有两伙人从底下路过，到了第三伙的时候，他们在我们附近停下了脚步。这一伙总共有四人，我一开始还以为他们发现了什么情况，结果没想到红光一闪，接着一阵烟雾飘来，原来是几个烟鬼忍不住瘾，躲在背风处抽烟呢。

这几个人抽着烟，就开始扯淡，其中一个家伙满肚子的怨言，一边抖着腿抱怨："曾老大，咱老鼠会好端端地在豫南待着，干嘛急吼吼地跑到这儿来搜人啊。兄弟我刚刚探过了一个地方，那儿有一个前清的墓，至少是乾隆时期的，要是妥当，说不定能弄点好货色呢？"

他这话一说出口，旁边两个人就出言附和，而里面的头儿则沉声说道："你说的那个前清的墓，老子又不是不了解，之前别人盗过了，未必还有干货留给你。倒是这儿，太行武家开出了价码，五百万，真金白银！懂不懂，这个才叫发财呢，你说我这么火急火燎，是为了什么？"

旁边一人撇嘴，并不认同："五百万而已，至于这么大的阵仗吗，我瞧这河东河西的诸般豪雄，走狼道的、走鼠道的、杀人越货的、敲花子的、搞白小姐的……这些人都上杆子扎堆来，咱未必能够凑得了这个热闹呢……"

曾老大狠狠吸了两口烟，嘿嘿一笑："其实这花红呢，只是一方面。大家之所以过来，也是看武老板的面子。你也晓得，武老板黑白通吃，生意遍布太行诸省。要是能够与他结下善缘，将那个弄死金花公子的小子抓到，你说说，以后这太行一路，还不是由着咱们横着走。所以呢，这事儿大家一定要办好了，办踏实了。不求花红，只求能够给武老板留下一个好印象！”

最先出声的那个人抽尽最后一口烟，将烟屁股狠狠地丢在了地上，碾熄，然后有些疑惑地问：“这个陈志程，到底是何方神圣，竟然能够弄死金花公子。要晓得，金花公子得了武老板的真传，可不是一个好惹的角色，就算咱们撞上，也未必是人家的对手呢？”

另一人插嘴道：“曾老大，你别说，我觉得这个名字有点耳熟。上次咱首都分会覆灭，苍天鼠和锦毛鼠好像就是被这个人弄倒的，对不对？”

曾老大摇头否认：“胡说，首都会是跟日本人合作，后来被特勤总局下手查办的，那人叫赵承风，怎么可能是这人？再说了，武老板做事情还是有分寸的，他再牛，也不可能对一个特勤总局的人发出悬赏令，一定是同名同姓，你别乱说，免得扰乱军心……”

四人抽完了烟，那曾老大便催促起来：“前面传来消息，说抓到那小子的同伙了，咱们赶紧过去，看看能不能套出些线索来。要是这次弄成了，老子给上面说，让你们自己带队伍，利润跟会里五五分成，你们看如何？”

这奖励让三人顿时浑身一震，赶忙丢了烟屁股，兴冲冲地朝着前方跑去。我侧耳细听，果然那边传来一阵嘈杂的欢呼声，不知道发生了什么。

这四人离开之后，这人数超过百人的队伍也算是离开了。我们滑下树去，聚到一块儿，杨劫问我下面如何走，我却担忧地问起，除了他，还有没有谁想要出来找我们的？

小颜师妹晓得我是担忧张励耘一行人里面，有人放心不下，也如杨劫一般重新返回山中寻找我们，此刻被人给抓了。听到我的担忧，杨劫摇头说道：“我跟他们分别的时候，没有人提起此事。不过我看到林齐鸣和董仲明，还有白合那丫头三人聚在一起嘀嘀咕咕的，不知道会不会是他们？”

如此一来，心中疑虑更甚，我仔细想了一下，刚才过去的那一帮人，虽然人数略多，但是来路颇杂，而且并没有压轴的高手。只要不被人团团围住，悄悄靠近，倒也没有太多的危险，只是怕暴露了行踪。不过这点危险，跟那几个小鬼头的安全比起来，倒也算不得什么。

如此一合计，我们决定跟着这一大帮子人，一路翻过两个山包，前面果然灯火通明，数十根火把将那一片草地照得透亮。透过人群，我瞧见一张白白胖胖的小脸，果然是林齐鸣那个家伙。

除了林齐鸣，还有董仲明，两人被绑在草地旁边的树上，被人审问着。

因为离得比较远，所以听不真切，篝火周围聚集了六七十号人，本应与他们一起的白合却不见了踪影。

见了这两人，我顿时一阵无奈，我自然晓得他们是担忧我的安全，才会出现在这里。不过这两个还未出师的小家伙在这危机四伏的丛林里，真的就只是两只小虾米，只有挨吃的份儿。事到如今，只有想方设法将他们救出来为好。

不过如何解救却使我有些发愁，这时杨劫对我提议道："大师兄，他们这里来的人颇为复杂，未必人人相识，我们要不然改头换面混进去，或许有机会。"

杨劫的话启发了我，不过这些家伙既然过来抓我，自然是了解我的长相，甚至连我的衣着都清楚，所以得装扮一番。

我八宝囊中有一套换洗衣物，这个倒也难不倒我。不过想到变脸，有些犯难，总不能抹两把泥土吧？好在杨劫早有准备。他从怀里掏出一个盒子，走到我跟前来："大师兄，易容之术，我也懂一些，你且不要动，我来给你弄上！"

杨劫掏出一点石膏和油彩，在我的脸上又涂又抹，然后还将我的头发打理了一下。虽然我瞧不见自己，但是从小颜师妹那惊讶的表情上来看，还是有效果的。至于他自己，戴着影子面具，随便一弄，就变了模样。小颜师妹因为性别的原因，就不跟我们一起了，而是在外面做接应。

两人装扮结束，走出林中，朝着前方凑了过去。没想到刚刚出去，便碰到两人，冲着我们喝问道："你们哪儿的？"

杨劫到底经验尚浅，顿了一下，朝我望来。而我则沉稳许多，淡定自若地答："豫南老鼠会，我跟曾老大的，刚刚得到消息，这不就火急火燎地跑过来了吗？"

那人愣了一下，这才反应过来，问我："是不是老鼠会曾宪威的人？"

我当然是一阵点头，对方这才收起戒备的神情，对我笑道："曾宪威在前面，你们过去吧。不过不是我说，这次过来抓人，你们这些地老鼠过来凑什么趣，小心被人顺手给弄死了……"

我嘿嘿赔笑："话不是这么说，给武老板做事，还分什么高低贵贱，大家都是过来搭把手不是？”

那人被我逗笑了，挥挥手让我离开：“行了，知道你们老鼠会想要巴结武老板。过去吧，不过那两小子嘴硬得很，套不出什么话来的。”

我低头哈腰，转身往里走，并且不动声色地擦了一下汗水，感觉真的有些惊险。

两人来到篝火前面，却见一个光着胳膊、浑身横肉的家伙正扬着一柳条鞭，恶狠狠地骂：“你们两个小鬼，再不赶快说出陈志程在哪儿，老子就当着众人的面，打死你们！”

林齐鸣和董仲明被剥成光猪，一胖一瘦。身上尽是触目惊心的鞭痕，然而面对着这一帮穷凶极恶的家伙，却表现出了不凡的气概来。小胖子眯着眼睛，盯着自己的小鸡鸡不说话，好像能够看出什么天地玄奥一般。董仲明则冲着壮汉厉声还嘴：“有本事你就弄死老子，反正我老师会帮我报仇的！”

那壮汉一咧嘴，反倒有些欣赏他：“我冀北苍狼横行燕赵之地二十年，还真的没有瞧见过比你小子更硬气的小朋友。小弟弟，你那什么陈老师，知道他得罪了谁不？现在他都自身难保了，还帮你报个屁仇啊？”

董仲明一脸正气凛然，咬着牙说：“会，就会，冀北苍狼，你这名字不错。不过若是碰到我老师黑手双城，哼哼，保管你变成一条土狗！”

“嘴硬？看老子不打死你！”

壮汉挥鞭又打，那鞭子在空中不断炸响，抽在两人身上。林齐鸣宛如石佛入定，而董仲明咬牙不言。就在我看得五内俱焚的时候，旁边突然伸出一只手抓住了我，低声相问：“陈老大？”

第四十六章 燕赵群雄战黑手

这声音沙哑而沧桑，透着一股子陌生，在这敌营之中，被认出了身份，即便是我，也不由得冒出一脑门的汗水。低头一看，是一个满脸麻子的陌生人，正紧紧地抓着我的胳膊。

我下意识地就要反手制住他，结果他却低声亮出身份："老大，我是小豪！"

"林豪，陈子豪？"我不确定地低声问。他左右轻轻一瞥，不动声色地点了一下头。

得到了确认，我看着这个满脸麻子的丑汉，不由得一阵心酸。

当初陈子豪跟着我的时候，当真是帅气小哥来着。然而经历过毁容事件，后来特勤一组解散之后他又前去接受卧底特训，继而悄无声息地从我们的世界消失了。我实在没有想到，我们的重逢居然是在这么一个地方，而且他已然变成了这么一个麻脸丑汉。

到底是什么，让当初老鼠会的掮客，幡然悔悟，改邪归正，变成现如今的这副模样呢？

这个答案我无从得知，不过能够再次见到他，这让我没由来地一阵高兴，与陈子豪走到旁边人少的地方，进一步交谈："你现在什么情况？"

陈子豪摇头，将此事带过："陈老大，我的事情，先别说，先说你——是不是你杀了武穆王的儿子？"

我点头，他又问："那两个小孩，真的是你的学生？"

我再次点头，他表示明了，与我商议道："那好，我找机会制造混乱，引人离开。你就趁机救人，如此可好？"

此刻的陈子豪与当初跟着我的时候相比，已经有了很大的变化，至少决断得非常干脆。反倒是我有些瞻前顾后，担忧地问他："这么做，会不会对你的任务有所影响？”

陈子豪深深地看了我一眼，咧嘴笑了：“陈老大，一声老大，就是一辈子的老大，我至今还记得当初你收下我时的场景。我这任务跟你的事情比起来，算个鸟事？好了，别多想，我知道保护自己的，不用为我担心。”

这话说完，他毅然转身离去，让我有些措手不及。随后不到两分钟，人群中便一阵骚动。一开始还不觉得，但是感觉周围的人都朝着南面涌去，就有人耐不住性子了，朝着旁边问怎么回事。一开始有人还不晓得，后来消息传过来了，说在南边的林子里，有人遇到目标了，那家伙正朝小河边去，想要从水中逃走，赶紧过去，说不定能够截住那家伙呢。

一听到这说得有模有样的消息，周围顿时就轰动了。大家不远千里地跑到这个山窝窝里面来，可不就是为了杀害武公子的那个家伙吗，既然正主出现了，谁还有空理会这两个毛都没有的小豆芽儿呢？

如此一来，这一大堆人立刻就走了大半。留下二十来人，等那冀北苍狼拿主意：“狼老大，咋办，要不要跟过去？”

那浑身肌肉成块的壮汉露出了得意的微笑：“去，干嘛不去，不过那家伙既然能够干掉金花公子，还惹得武穆王那老家伙发下江湖通杀令，必然是个极有手段的家伙。这两小子说得不错，黑手双城的名字，我也的确有听说过，是个响当当的人物，先让那帮家伙消耗一番，老子再带人过去，捡个现便宜，这样岂不是更好？”

有人问道：“那这两个兔崽子怎么办？”

冀北苍狼残忍地笑着说：“妈的，让老子在这么多人面前丢脸，还想有啥好下场？我冀北苍狼这一辈子，最爱的就是一个面子，怎能轻易饶了他们？来人，去找两个尖棍子来。老子要拿这棍子，从两个小兔崽子的下面一直穿到脑袋，晾个人干出来，让那些家伙晓得我冀北苍狼的厉害！”

有人应声离去，那壮汉左右一打量，瞧见了我，盘问道：“你这龟孙是从哪里冒出来的，跟哪个老大，干嘛不离开？”

我笑嘻嘻地上前拱手套近乎：“狼老大，小弟姓姚，姚尼明是也。久闻老大的威名，一直未得一见，正好今天碰上了，就想跟您搭个话，也好回去显摆显摆。”

冀北苍狼摸着脑袋，好不得意：“唉哟，原来老子还有崇拜者了啊，你叫啥来着，姚尼明?”

我走到他跟前，不动声色地拔出宝剑，原本笑意盈盈的脸突然一变，恶狠狠地朝前刺去：“我是要你命，是要你这狗日的命!”

我这一剑刺得又快又准，如此陡然而出，那冀北苍狼有些措手不及。不过他倒也是一方高手，在这千钧一发之际，伸手过来挡住了我刺向他心脏的那一剑。

冀北苍狼挡住了我的这一剑，不过左手却被我绞得光秃秃的，化作了纷飞血肉。他厉声嚎叫着，一边后退，一边咬牙大骂：“你是谁?”

我抹去脸上的伪装，露出一口白牙，凛然笑道：“你看我是谁?”

冀北苍狼剧痛之下，哪里分辨得出我的模样，然而奄奄一息的林齐鸣和董仲明却是将我认了出来，不由得惊喜地喊：“陈老师?”

他们两个本以为自己必死，没想到我却如天神降临一般出现在他们眼前，两人顿时就激动得热泪盈眶。杨劫在我发动之时，他已然如同一道黑影般飘到了林齐鸣他们的跟前，那刺刀先是将旁边一个看守的心脏挑破，接着挥手一划，将林、董二人解救了下来。

“陈志程?”

这时冀北苍狼终于想清楚了我到底是谁，惊声大叫：“诸位，这个就是我们要找的目标，且随我上，抓住他，领花红啊!”

他的一声招呼，立刻引来了周围还没有离开的这二十多个豪雄。此刻的我在他们眼中，并不是一个人，而是一大堆散发着油墨香味的钞票。众人带着极度兴奋的表情呼啸而来，而我瞧见杨劫有要过来帮我的意思，一边后退，一边挥手布置道：“你带着他们两个，先退出去，我一会儿来找你们!”

杨劫对于我的命令无条件服从，应声而走。我将小宝剑一翻转，倒拿在手上，伏低身子，咧嘴笑道：“来吧，孙子们，我今天要让你们晓得一个道理——那就是钱难挣，屎难吃，想要从我身上占便宜，就要付出生命的代价!”

我既然已经暴露，倒也不惧杀戮，决定以最血腥的手段，让这帮过来浑水摸鱼、打秋风的家伙知晓，做什么事情都是要付出代价的，而这一场杀戮游戏，他们真的玩不起。

首先冲到我跟前的，是一个极为厉害的北腿高手，当头一鞭腿就好像是出膛的炮弹一般，风声乍起。我不慌不忙，手腕一转，小宝剑贴着他腿的方向划过，接着微微一旋转，便将他的右腿直接卸了下来。那人断腿过后，哀嚎着朝前扑倒在地。接着我一刻也不停留，沾血的小宝剑再次刺向前方，与一个手持单刀的家伙对撞在一起。那人的单刀从中断开，然后脖子被我用小宝剑一抹，人便捂着伤口跪倒在地上，脑袋贴地的时候，已然身死魂消。

一瞬间两人一伤一死，这手段让人看得触目惊心。旁边有一个光头和尚冲了出来，冲着周围的人大喊道："你们让开，这人近身厉害，别让他逞凶！"

这光头和尚冲将上来，使的却是一根镔铁宣花棍，刚柔并济，运转圈点，倒是将我隔了出来。

这人棍势如长虹饮涧，拒敌若城壁，破敌若雷电，施展的正是南少林派的紧罗那王棍，此棍法分生死门，生门为圈，死门为戳。一时之间我的攻势被光头和尚给截住了，众人见机立刻将我团团围住，倒是扶着林齐鸣和董仲明逃走的杨劫，却没有几人去理会他。

我见杨劫带着林、董两人遁入树林之中，心中稍安，倒是有心情对这个将棍子耍得虎虎生风的家伙大赞了一声："好棍法！"

那光头和尚颇为得意："那是，老子郭子川棍打河东，还没见过比我更溜的棍法呢！"

我冷然说道："既然如此，我倒是让你瞧一瞧，这世间顶级的棍法，到底是什么模样！"

话音一落，我血劲上涌，临仙遣策开启，直接闯入了那家伙的棍网中去。小宝剑如密网中的游鱼，准确地找到了对方的手腕，轻轻一挑，便将他的手指斩断三根。接着左手一接，直接将他的那根镔铁宣花棍抢了过来，朝天而举。望着黑漆漆的天空，我似乎看到有一个留着胡子、沧桑的苗家汉子，正冲着我微笑，顿时就感觉有一股泪水涌了出来。

我虔诚地举着棍子，心中默念："努尔，我让这帮井底之蛙见识一下，这世间顶厉害的棍法，到底是什么模样的，你说好吗？"

语毕，我微微一抖棍身，拨开旁边刺来的诸般兵刃，就像猿猴一般高高跃起，棍子从天而落，重重地砸在了那光头的脑袋上。

这光溜溜的头颅被我破开，脑浆四溅，招式干净利落，毫无花哨。我将棍子缓缓抬起，略施一礼："苗巫十二路棍法，领教燕赵群雄！"

第四十七章 三棍朝天陈发疯

左右周遭，大约有二十四五个豪雄，死死围住了我。然而我却如同寻常比武一般，还讲究着那铁打的规矩，淡然竖棍。这样的情形把这些家伙气疯了，特别是为首的冀北苍狼，他虽说左手的手掌被我绞断，但到底是亡命之徒，见血之后，居然又兴奋了起来。草草将断掌包裹住，从旁边抓来一物，却是一根首尾满是倒刺的狼牙棒，悍然骂道："小子猖狂，诸位手足，随我斩杀此獠，扬我燕赵名声啊！"

我刚才的手段，一经施展，已有三人或死或伤。若是旁日，说不定也能够唬住一时，然而此刻前有花红诱惑，后又有自尊心作祟，周围诸人倒也生出了许多勇猛来，纷纷挥舞着手中的家伙，朝我扑来。

众人来势汹汹，当头一人便是那提着狼牙棒的冀北苍狼。

我扬起手中的镔铁宣花棍，不甘示弱地与他对拼一记，空中一声炸响——铛！

嗡嗡声四散，我们两人都往后退了两步。我这才晓得此人之所以如此傲气，能被众人称之为"狼老大"，倒也不是浪得虚名，不但凶悍，而且手段十分犀利，那根狼牙棒势大力沉，气势非凡。

冀北苍狼一击得手，嘿嘿一笑，再次冲将上来，先是一劈，接着砸、盖、冲、截，一气呵成，耍出了一整套骨朵本事。我晓得此人是强行压下疼痛，算是此中豪雄，我不与其硬拼，而是与他周旋。手中长棍不断地拦、撩、带、挑，死死地压制住他的手段，期间对暗刀暗剑给予反击，不让他们占我便宜。

如此一交手，双方都有些震惊，对方是觉得我就一人，居然能够顶得住这么多人如狼似虎的攻击，着实有些本事。而我则晓得一件事情，即便再有本事，想要以一人之力，对付这么多豪雄，到底还是有些勉力。

我心中一算，想着不能这般僵持下去，因为我余光瞧见有人朝南边跑去，显然是去通风报信了，我若是被这些人缠住，只怕是插翅难飞。

不想僵持，就必须打开局面。不过这冀北苍狼当真是条好汉，十指连心，他越是痛得哇哇大叫，越是步步上前，非要将我身上砸出几个窟窿不可。我又被左右周遭的人牵制着，一时之间施展不开，于是一边战，一边朝旁边的小树林靠近。进入其中之后，我终于有机会依托树林的地势和自己身法的敏捷，来与敌手交战了。

我凭借地利和身法打倒了很多人，然而即便如此，那冀北苍狼依旧死死地咬着我，不给我将其甩脱的机会。见这状况，我咧嘴笑了，露出一口白牙：“小狗儿，你真的不怕死?”

双方一交手，冀北苍狼自然晓得我的厉害。不过他也是悍勇之人，一双眼睛憋得通红，单手抓着狼牙棒，一棒子将我旁边的小树砸断，倒也坦白：“我怕死，更怕穷，宰了你这个龟儿子，老子就有五百万的钞票花，到时候一定要找四五个小娘皮子，狠狠地消一下火！对不对，兄弟们?”

“是、是、是！宰了他，我们都有肉吃，有酒喝！”

他倒也是个十分具有煽动力的人，一声呼喊，周遭众人都齐声应了，踏步飞奔，朝着我这边冲杀而来。见这么多因为金钱而红了眼的家伙，我内心并没有一丝害怕，反而浑身的血液都燃烧了起来，豪气喝道：“好，好一帮燕赵群雄，老子黑手双城扬名于庙堂之上，却在江湖中籍籍无名——不过今时今日，老子就让你们晓得，天下间，还有我这么一号人物……”

男儿当杀人，杀人不留情。千秋不朽业，尽在杀人中。

长棍一出，便如努尔附身，临仙遣策就像是催化剂一般，将我整个人的境界都拔高了一个层次。此刻在我面前的这些豪雄，他们狰狞扭曲的面目都已经在我面前消失了，唯一让我兴奋的，是他们的心脏还在剧烈地跳动着。当下一棍拨开旁边的一把长剑，朝天一击，剑身在空中落下，重重地敲在了冀北苍狼的狼牙棒上。

这汉子横棒来挡，不过他单手哪能敌得过我双手。我使劲向下压去，他倒也悍勇，一声厉喝，接着用左手手肘夹住棒棍，咬牙顶住了压力。

我乘胜追击再次腾空一跃，又一棍砸落下来。

铛!

每一个人的耳膜都被震得嗡嗡直响，我感觉丹田之中一股热意腾然而起，一瞬间集中在了棍尖之上，那冀北苍狼终究还是顶不住这恐怖的一击，直接跪倒在满是落叶的地上。不过即便如此，他依然咬着牙，硬生生地托住了那根狼牙棒！

“好汉子！”

“狼老大？”

“不要！”

我大喝一声，是在赞叹这家伙的毅力。后面几声惊呼，是他的同伙在为他担忧。冀北苍狼跪倒的同时，我身前身后戳过来七八件兵刃，都是攻在我的必守之处，而冀北苍狼的身边，则多了四五个人，想要将他带离此地。我虽说赞赏此人的悍勇，却也对他生出了必杀的决心，于是先横着一抡，棍扫一大片，接着使出了第三棍。

在挥棍的一瞬间，我感觉冥冥之中，有个胡子拉茬的苗家汉子在注视着我。

这一棍，承载着那个甘愿默默无名的苗家汉子所有的愿景。

铛！

三棍，当第三棍砸落而下时，那冀北苍狼依旧用自己的狼牙棒生生地顶住了，然而将气劲集聚于全身的他终究还是承载不了这泰山崩塌一般的力量，整个人被我活生生地砸到了泥土之下。那地面居然都已经高过了他的腰，而当泥土盖过了丹田位置时，他所有的力量终于溃散了，那根精钢铸就的狼牙棒从中断开，我一棍子砸在了他左肩上。

巨大的棍劲震得那冀北苍狼一大口血喷了出来，他鬼使神差一般地冲我笑：“好猛的棍法！”

我一棍横扫，将这大汉的脑袋直接扫了下来，然后冲着那具埋在土里的无头尸体默默说道：“多谢夸奖！”

冀北苍狼一死，周围的那些人不但没有退却，反而同仇敌忾，纷纷冲着我高声怒吼：“杀了他，为狼老大报仇！”

“杀了他，五百万！”

“对对，他没有什么力气了，兄弟们并肩一起上，咬牙扛住，大部队就要来了！”

这些人不是一伙进退有度的同党，如此一拥而上，全部都是靠着一腔热血。我斩杀了能够镇得住场面的冀北苍狼之后，心中顿时一阵畅意，舞弄着手中长棍，一边在树林间腾挪，一边出棍对敌。因为敌我双方差距悬殊，不多时，围着我的这一大帮子人便倒下了十来人，剩下的七八个终于明白了面前这人，并非自己所能力敌的。不由得心生恐惧，左右打量，不敢上前。

等到敌方攻势稍微和缓了些，旁边却又有人喊："大部队来了，上！"

我抬头一看，却见先前被小豪引走的那一大帮子人，居然回来得七七八八，像乌云一般席卷而来，其中不乏有高手腾空飞起。

我要跑吗？

我心中有些犹豫，然而突然感觉丹田之中有一股火焰蹿出。恶向胆边生，我没有回头，而是朝着前方的人群冲了过去。

能赢吗？

当然不能赢，然而在冲将上前的时候，我的心中却充斥着一种难以言叙的兴奋，就好像多年以前，我就是这般疯狂，就是这般魔性。

杀！

第四十八章 虽千万人吾往矣

“哈、哈、哈、哈……”

我迎着一大帮子燕赵豪雄冲去。这帮援兵之中，领头的是一个满脸络腮胡、块头像张飞一般的大个子，冲着吓破胆子的几个家伙吼道：“跑你妈，回去干！”

然而就在他骂骂咧咧的时候，那两个回来拦截我的家伙，被我一戳一捅，肚皮上直接被弄了一个大窟窿出来。

捅破肚子，倒不是什么致命伤，所以这两人都还活着。只不过肚子里面那一大堆肠子顿时就混合着鲜血，“哗啦”一下流了出来，两人跪倒在地，顾不得男性的尊严，哭鼻子抹泪，哇啦哇啦地哀嚎起来。

我并没有理会他们，把这凄厉的叫声当做战场之中的背景音乐，朝那个络腮胡冲将过去，主动迎战：“麻栗山陈志程，谁人敢与我一战，速速将狗头送上前来！”

那络腮胡眼睛一亮，咧嘴笑道：“嘿，就是这个小子，杀了他，五百万就到手了啊！”

在离我还有十米的时候，他突然从怀里掏出一把黄豆，朝我前面的地上一撒。那黄豆落地，立刻化作了沙子，继而又开始凝结，化作了十来个金甲战士，提着手中的长矛短剑，朝我杀将而来。

我本以为这络腮胡是个凭力气的蛮夫子，却没想到他居然还用上了道法手段，于是嘲笑他：“关公面前耍大刀，你也配？”

这十来个金甲战士提矛捉剑，朝我扑杀过来，然而我却不慌不忙，右手猛然一扬，朝前一拍。

炼妖壶观术！

此法一出，邪法顿时破灭，黄沙落地，那人为之震惊。我却早已腾空跃起，将棍子高高地举过头顶，朝那络腮胡的脑门子，砸了下去。

铛!

又是一声炸响，这络腮胡拔出一把比寻常长剑要厚数倍的重剑，硬生生地挡住了我这一棍。然而顶是顶住了，但是浑身手臂酥麻。我长棍一盘，缠住了他的右臂，接着棍子一点，那人手中的重剑便飞到了天上去。

十多个凶悍的家伙在同一时刻冲将上来，我本打算抡起长棍，不料中途却发现棍子被四五个家伙用叉子给困住了，动弹不得。

长棍被封，接着四五把利刃又捅过来，我没有半点犹豫，果断地弃棍，然后伸手抓住了空中落下来的重剑。

我抓住这把重剑，掂量了一下，虽说没有饮血寒光剑合适，但也还算凑合。施展出一记“依然秋水长天”，抵住了周遭的攻击，接着冲向前，又使出一招“西江月”。

月牙高挂，人头飞起。

我一招得手，再次将血劲激发，在一片乱军之中狂舞，不停地躲避、挥剑，挥剑、躲避，就像是装了发条的杀戮机器。我根本就顾不得自己的性命安危，只想着用自己手中的剑，给这一帮眼中只有钱的家伙，留下一个深刻的教训。

杀、杀、杀!

一番酣战，我杀红了眼，凭着一开始的那股血气，在对手猝不及防的情况下，毫无阻碍地斩杀了十三人，另外还重创了两个家伙。不过杀戮过后，我的左腿和后背也留下了两道伤口，腰间也被一钝器击中。

当血劲退下之后，我双脚踩在地上，突然感到一阵虚弱。自己虽说是一头猛虎，但对方却未必是一群绵羊，他们是狼，是恶狼，吃肉的畜生，怎么可能让我逞凶。他们开始有意识地联合起来，把我团团围住，然后小心翼翼地移动着，寻找击杀我的机会。

我一剑将某个人的右臂卸了下来，五米之内空无一人。不过在外围却有五六十人在不断游走，层层叠叠，将我的生路封堵得死死的。

此刻的我血劲消退，恢复了理智，还有点儿后悔。不过这会儿我哪能虚，脸上装出更凶悍的表情，冲这些家伙大声叫嚣道：“还有谁?！还有谁?！上来啊?你们不是想要那五百万吗，我看谁有命来拿，老子就在这里，等着你们——还有谁?”

我疯狂地大声喊着，但凡被我目光注视的人，都下意识地低头后退，不敢与我对视，显然是被刚才的我吓住了。不过这一大帮人里面，倒也不是没有凶悍之徒，有一个穿着青色道袍的瘦子高声倡议：“他没力气了，我们上，宰了他！”

他一发言，刚才还不断喘气的我像一头扑食的猎豹，当着所有人的面，以一种诡异的速度出现在了他的面前，接着重剑一挥，朝他的脖子斩去。

那人胆敢发言，自然有着不弱的本事，不过我一剑就将刀和脖子一齐斩断了。

死！

我一招得手，迅速退回原地，然后再次挑衅地怒声喊道：“还有谁?！”

我的嚣张将一个戴着黑框眼镜的青年人惹怒了，他越众而出，大喝一声：“你……”

他的话还没有说完，就被我无情斩杀。所有人面面相觑，不敢再出声。

我不断地喘息着，刚才两番酣战，再加上集中全力斩杀两人，我已经快到极限了，要不是有广陵金丹在丹田之中徐徐发力，我恐怕早就已经不行了。不过我仔细回想，却感觉之所以能够有此战绩，恐怕还是由于我全身经脉突然扩展许多的缘故。不过此刻我也管不了太多，哈哈一笑，准备敲打敲打他们：“怎么样，这花红难挣吧？我就想问问，老子和武穆王的私事，还有人想掺和吗？”

周围的人老老实实地列于阵中，可后排的人却找回了胆气，有人高声问道：“武穆王发了江湖追杀令，以他老人家在道上的名声，哪里只是私事？”

我循声望去，结果那人脑袋一缩，躲在了人群中，不敢再冒头。

我没有多加计较，而是挺身而立，大声宣布：“于公，我陈志程是特勤局名正言顺的副巡视员，但凡敢杀我的人，都将受到国家机关的绞杀；于私，我乃茅山宗大师兄，陶晋鸿的首席大弟子，任何有心拿我人头去换赏钱的家伙，就等着茅山刑堂无数高手讨债吧！”

我亮出了身份，人群之中顿时一片哗然，无论是特勤局还是茅山宗都不是他们惹得起的，不管招惹到哪个，都是一屁股的屎。

当然，也有人质疑我的身份，不过瞧一瞧地上这么多的尸体，却也没有人敢多说什么。

然而让我没有想到的事情是，一阵喧哗过后，突然有人回过味儿来：“兄弟们，这人是个大麻烦，若是让他跑了，我们所有人都得隐姓埋名，还不如齐心协力，一起杀了他——咱们这么多人，别说是陶晋鸿的大弟子，就算是天下十大高手亲至，又或者陶晋鸿过来，也难逃一死啊，怕个鸟？”

此刻的气氛就像是一个炸药桶，所有彷徨恐慌的人的情绪几乎一点就着。这一声招呼过后，无数的人面部扭曲地冲将上来，我顿时就有些心慌了。

说真的，这么多人，我真的有点……

就在我准备破釜沉舟的时候，突然听到一声娇叱，我见人群之后出现一袭白衣，却是小颜师妹安顿好林齐鸣和董仲明那两个小家伙之后，折转了来。

望着小颜师妹义无返顾地冲过来，我顿时就感觉自己内心中有一种情绪就要爆发了。

虽千万人吾往矣！

小颜师妹是在用行动在告诉我，无论哪儿，她都愿意陪我去，即便是……死！

好吧，与其像狗一样逃亡，不如用剑告诉这帮走狗，有的人，你们真的惹不起，比如我——陈老魔！

我的眼睛一瞬间就红了，而手中的剑在黑夜之中发出了寒光！

第四十九章 黑手一语退群敌

练武者和修行者的区别在于，武者凭的是力气，力气没有了，人便不行了。然而修行者凭的是一口气，即便劲力消耗干涸，也能够通过炁场获得一部分力量，从而完成不可思议的诸般事情。

所以到了某些时候，这就变成了意志之间的较量。

当然，有着广陵金丹在，我丹田之中的气息不但没有消失，反而逐步累积上来，凭着一把重剑以及多年累积而成的临战经验，硬生生地在人群中闯出了一条通道。在斩杀了五个拦在我跟前的家伙之后，我与小颜师妹终于会合了。

作为英华真人的得意弟子，小颜师妹除了花凝真露之法外，本事和手段其实学得挺多。此刻她拔出了一把赤红色的铁剑，舞弄出万般剑光，豁出性命过来与我相会。

这是秀女峰上的落花剑法，绵里藏针，落花缤纷背后藏着冰冷杀招。不过小颜师妹手中使出来，却仿佛一场绚丽的舞蹈。

即便是舞蹈，也将那些围上来、想要占便宜的家伙给一剑逼开了，可惜小颜师妹出手极有分寸，轻易不伤人要害，点到即止。对方瞧她是个娇滴滴的美人儿，又不是主要目标，倒也没有使出全力来为难她。

双方打得并不激烈，反而有一种比武场上，相互礼让的友好气氛。

直到我一剑斩飞了一个对小颜师妹口吐秽语的家伙时，那些人才终于反应过来，自己此刻所面对的是一场生死搏斗，而不是一场调戏女子的手段比拼。

我身后有一帮杀红了眼的家伙蜂拥而上，小颜师妹看得心中焦急，大声召唤：“小红，你们还不出现？”

地上突然冒出了无数藤蔓，将我周遭这些人的脚踝缠住，防止他们冲上前来。而就在我准备出剑割掉他们的头颅时，却有人冷哼一声：“比术法，你以为俺们会怕你吗？”

那人说完，突然一股黑气弥漫，周围死气沉沉。我转头一看，却见这些藤蔓纷纷缩回地下去，而在前方不远处，四个不断弹跳的身影正朝我这边过来。心猛地一跳，我赶忙拦在小颜师妹的跟前，大声喊：“是僵尸，小颜你让开，我来对付这玩意儿……”

刚才说话的那人桀桀笑道：“晓得害怕了吧，龟儿子，你真的以为自己能够以一挡百，幼稚！”

别看僵尸行动缓慢，实际上奇快无比，转眼间就冲到了我的跟前。四个浑身白毛的白僵，尖锐利爪，倒生刺牙，一脸乌青，身上绑着无数符文秘录，带着一股让人熏臭欲呕的气息。

我刚才心惊，是因为若这僵尸的等级高，在这样的场景中杀伤力绝对恐怖，不过在看清楚了这僵尸的级别后，终于安心了。

老子十来岁就已经开始在杨二丑的逼迫下，给僵尸刷油了，而后师出茅山，这点小把戏怎么可能镇得住我？它的出现，不过就是小菜一碟。

眼看着这些僵尸就要扑上前来，小颜师妹却突然劝我离开：“大师兄，我们走吧，不要在这里待着了！”

我却浑不在意：“不急，我想弄得这一伙人怕了，乏力了。有王木匠在，它的八卦异兽阵可作屏障，这些人伤不了我们。”

我真正的对手是那个家财万贯、黑白通吃的武穆王，而不是这一帮子人。我不想与天下间的所有人为敌，就必须拿出自己的态度和实力来，让人尊重，让人畏惧，让人不敢近身。

所以，此番虽危险，但不得不战。

小颜师妹不了解我心中所想，望着我哀求道：“大师兄，我们今天能不能不杀人了？”

小颜师妹的这句话，让我突然明白了一件事情——她一直在茅山修行的，与常年徘徊于生死之间的我相比，两人的想法根本就不在一个维度。在她看来，此刻的我多少有些可怕了，浑身沾满鲜血的我与温文尔雅、风度翩翩的大师兄有着太多区别，这样的我是她所不能够接受，或者说不太喜欢的。

心有些痛，然而还未等我解释，那四头僵尸就发出了沙哑的嚎叫声，凑到了我们面前。

小颜师妹没有见过茅山外门的手段，见了这般丑陋的东西就难以抑制地害怕起来。我来不及与她交流，将手中的长剑一挽，便朝着第一头僵尸的脖颈斩去。

剑落，然而锋刃却卡在坚韧得如同牛皮一般的角质层上。僵尸吃痛，发出一声嘶哑的咆哮，挥着尖锐的利爪要来抓我的手腕，我行云流水地拍出一掌。

茅山掌心雷！

轰！

雷声轰鸣，那僵尸应声朝后跌倒。另外一头扑向小颜师妹的僵尸，被凭空出现的小红、小绿这些花仙子拦住了。这些小家伙使出那不停游动的藤条，捆住了这丑陋的家伙。

两头僵尸瞬间被制伏，我又接着拍出两记掌心雷，轰杀了剩余的僵尸。收拾利索后，我转身对刚才放出僵尸的那人一阵穷追不舍，终于在人群之中卸下了他的左臂。那人被我凶猛的进攻吓得一阵惊恐，惊声尖叫：“陈老魔，陈老魔，这家伙是魔鬼，天啊，我不敢了，饶了我吧！”

他已然崩溃了，我在卸下他的左臂之后，没有对其斩尽杀绝，而是用重剑指着他厉声喝道：“给我滚，不要让我再看到你！”

那人顾不得还在喷血的伤口，连滚带爬地朝着远处的空地逃去，凄厉地哭嚎着：“陈老魔，他不是人……”

随着这个人的逃离，原本敌人狂热的气焰终于被重创。特别是那操尸者的一声“陈老魔”喊出口时，清醒过来的众人终于发现，自己的对手不是一位凡人，甚至与十二魔星比也毫不逊色，自己不过是人家成名路上的垫脚石。

如此一想，诸人心中彷徨。生怕小颜师妹误解我是个嗜杀之人，我便直接将底牌摆了出来，从八宝囊中掏出八卦异兽旗，往四周一掷，王木匠出，狮子、鹿、马、龙、麒麟、咬钱蟾蜍、貅、鳌八种异兽也逐一浮现。

此阵一出，众人更加绝望。我站在累累尸体之上，扬剑于手，高声喝道：“我陈志程，今时今日也算是领教了燕赵群雄的手段。不过此番诸事，都是我与武穆王之间的私人恩怨，还有谁想要掺和进来的，上前一步，老子和你单论——谁来？”

周遭六七十人噤若寒蝉，没有一个胆敢再多言的。

我见所有人都不敢发声，狂吼一声，将重剑朝地面猛然掷去。剑入过半，我指着众人再次吼道：“还有谁，要与我一战？”

无人应答，黑夜里面，人们带着惊恐的表情，望着面前这个杀人无数的家伙，心中又惊又疑，情绪复杂到了极点。

我望着这一堆沉默的人，叹了口气："既如此，那还不快滚？"

那些人如释重负，如潮水一般离去，即便有几人不服，也被相熟的人连拖带拽地拉走了。目送着这些离开的家伙，我晓得自己之前的搏命，总算是获得了成效，想必后面，我就不用再与这帮家伙对战了吧？

我心中宽慰，身子却一阵摇晃，向后倒去。

第五十章 穷追不舍武穆王

这一百多号豪雄之中，未必个个都是坏人，或许他们有的是因为家中拮据，奔着赏金而来。然而无雷霆手段，怎怀菩萨之心，我之所以表现得这般悍勇凶戾，也是希望能够将这一场生死较量，限定在我和太行武家之间，避免变成一场战线漫长的战争。

刚才的反复冲杀，耗尽了我好不容易存起来的劲气。如此一阵摇晃，小颜师妹过来搀扶我，问我如何，我摆手，说无妨。

话说完，我又吃了一颗广陵金丹。

之所以将这珍稀的丹药当花生豆嚼，是因为我晓得这些顺驴下坡的人之中，必将有一部分人贪恋钱财和太行武家的权势，会向其通风报信。这会使得我们的行踪暴露，那么接下来即将面临的，会是武穆王成群结党的精锐手下。

服过丹药之后，我将王木匠和八卦异兽旗收将起来，接着赶回林子中。瞧见阴暗的角落里，杨劫正在给两个学生敷药。

我上前检查了一下，发现都是些皮外伤，询问一番，两人告诉我没事，这会儿歇了一下，感觉好多了，不用人搀扶，自己也能走。

林齐鸣摸着脑袋，憨厚地笑出声来。我没好气地拍了一下他的头，批评道："学艺不精，还未出师，就想拯救世界，你们真当自己是天才啊？现在好了吧，弄成这个样子，若我们没有及时赶到，你们丢了小命，我怎么跟你们的父母交代？"

林齐鸣垂头丧气地说："原本倒不晓得外面坏人这么多，这回见识过了，算是长了教训——不过陈老师，你真的好厉害啊，万军丛中，七进七出，比赵子龙还要厉害呢，我什么时候能够像你这么厉害啊？"

我一脚踹在他屁股上，没好气地脱口道："想和我一样，平日里那就多用功，勤快一点。”

敌人随时都会追来，我们不能在此停留。也不多言，便朝着北边的深山继续走，没走多远，却碰上了白合这小鬼。原来她跟林齐鸣、董仲明分散之后，走偏了方向，后来晓得两人被拿住了，放心不下，一直在附近徘徊。刚才听到有打斗声，匆匆赶来，正好撞见了我们。

走在路上，我了解到三人并没有跟着张励耘去部队里，而是中途走脱了，此中原因多半是心忧我的安危，故而我也没有责备他们。

我们一路往北走，翻山越岭，半路上负责收尾的小紫发现有人跟踪我们，是之前坐在树下抽烟的老鼠会成员。

这两人当真是不怕死，我表现得如此强悍，他们竟然还敢跟上来，潜行了这么久也没被我们发现，算是本事。此刻的我凶性已减，自然不会在小颜师妹面前胡乱杀人，只是将这两人剥光绑在了树上。

这两人跟了这么久，自然知道我们的目的地和队伍情况。不过在特勤组待了这么久，我自然也晓得兵不厌诈的道理，当着两人的面，我们走的，是一个完全相反的方向。

甩开老鼠会的人之后，我们换了一个方向，开始爬山，往上走。一路上新加入进来的三位学生也终于适应了这七个草木成精的花仙子，没有再用一种看待怪物一般的眼神去打量它们了。一直走到天蒙蒙亮，我们来到了半山腰一处树林背后，小红与它的姐妹们找到了一处地底溶洞，里面有一个狭长的通道，足有二十多米，两边相通，是个不错的栖身之地。

众人一夜奔忙，又连番大战，走到此刻已经是精疲力竭了。若不找一个地方歇会儿，恐怕不等追兵赶来，我们就累死在路上了，所以我决定在此扎营。暴露在外的洞穴口，被小红、小橙等姐妹用青木乙罡之法遮挡住了。

溶洞并不大，是狭长的游鱼型，我们在最中间的岩石上安歇。大家匆忙之间都没有补给，好在我这儿的辟谷丹不少，每人吃了一点，然后各自盘腿而坐。至于小红七姐妹，则负责帮我们放哨。

作为老师，即便此刻极度疲倦，我也不得不安顿好这里的每一个人。董仲明和林齐鸣两人身上都有鞭伤，伤痕其实还蛮深的，躺在地上翻来覆去睡不着。我将两人叫起来，给他们念了一段清心咒，他们这才感觉好了一点。林齐鸣有些不解地问我：“老师，那个武穆王为什么这么霸道，不仅能够拐走那么多有智力障碍的人过来帮他挖矿，还有这么多人舍得为他卖命呢？”

听到这个问题，我一阵苦笑，虽然有些不忍心，不过还是将这里面的道理给他们讲清楚，让孩子们晓得这个社会的残酷。

当听到我说起那武穆王说不定有颠倒黑白的手段之后，林齐鸣使劲捏了一下手，然后郑重其事地直言道：“老师，我以后若是有您这样的本事，一定不会让这些家伙猖狂得意，逍遥法外的！”

少年人从来不知道圆滑，我也不好多说什么，拍了拍他的肩膀，勉励一番，这才让他们早些睡去。

所有的孩子们都进入了梦乡中，我见黑暗中有一点光芒，却是小颜师妹在盯着我。我笑着走过去，拉着她的手一直来到了溶洞口，指着外面的植株问道：“它们几个，都还听话吧？”

小颜师妹摇头说：“到底是吃人肉长大的，虽说重塑法身，不过性子一时半会儿也难以更改。我对她们，也只有压制，若是想要如臂使指，还需要一些时间。”

我点了点头，抬头仰望，见夜色褪去，山里面湿气重，一片雾霭。林子里有鸟叫、有虫鸣，显得生机勃勃，然而却没有人能想到，在这样安逸的环境中，潜藏着巨大的危机。说句实话，那武穆王实在是太过神秘了，在此之前我甚至都没有听说过这么一个人，但是从昨日他的气势以及他本人能够成为邪灵教的幕后金主之一来看，此人必然是不凡之辈。

我感觉此时此刻自己还不是他的对手。果然，我真的就是一个拉仇恨的家伙啊。

这种扫兴的话，我自然不会再多说，而是埋藏在心里。与小颜师妹闲聊几句，温情脉脉，所有的疲惫和劳苦都一消而散。不过此番时间紧迫，倒也没有多说什么，两人便又折回了洞中。我闭目打坐，开始行运周天，广陵金丹的药力朝着百骸四处发散，徐徐滋养着受损的身体。

打坐是一件极为玄妙的事情，如此一分一分地推进，时间不知不觉就飞逝过去了。只可惜一天能行周天的时间是有限的，我此刻扩展经脉，也只不过多行了十几回。迷迷糊糊之间，我听到旁边有人紧张地小声说着话，眼睛陡然睁开，朝着旁边问道：“跟来了？”

小颜师妹出现在我面前，点头称是：“小红刚才来报，说发现有大批黑衣人在这附近徘徊，似乎笃定我们就藏身在这里。离我们最近的队伍，就在几百米开外的小树林里了。”

我似乎想到了什么，霍然站了起来，来回踱步。几下之后，我扭过头来，看向林齐鸣和董仲明。

他们两人先前被剥了个干净，后来随意捡了别人的衣服套上，身上的伤痕虽然敷了药，但是隐隐之间，有血腥味飘散而出。这味道极淡，不过如果找到合适的兽类或者天赋异禀的人，其实还是能够循迹而来的。或者说他们之所以现在才找上门来，有可能就是去寻找有嗅觉天赋的人去了。

我告诉大家，躲在这溶洞中的法子，恐怕是不行了，得赶紧离开。

然而就在我下令的时候，洞口处传来了一个幽幽的声音：“现在才想起来，陈黑手，你不觉得有点晚了吗？”

第五十一章 众叛亲离走绝路

“警戒!”

声音响起的一刹那，我朝着周围吩咐道。小颜师妹和杨劫立刻护住三个学生，我循声望去，东边出口处出现了一个身材高大的白发老者。

这人穿着一身灰白色的练功服，就这么简简单单地往洞口一站，立刻将场面镇住了。我心中凛然，拱手问道：“阁下是?”

我自然知道这个家伙，就是一直在我后面穷追不舍的武穆王，我们之间是杀子之仇，不共戴天。然而，他第一时间没有动手，而是站在黑暗中，静静地盯着我，这让我有些意外。

这人单薄的嘴唇微微一抿，狭长的三角眼眯了起来，朝我阴冷地笑道：“我? 太行武穆王!”

我一本正经地拱手，佯装不知：“哦，阁下原来是武穆王，失敬失敬。不知道您此番前来，有何指教?”

见我一脸不相干的表情，这老头气不打一处来，指着我的鼻子愤然大骂：“好你个陈志程，你小子杀了我儿也就罢了，还把我当傻瓜? 你以为你这般南辕北辙，我就找不到你? 实话告诉你，莽莽太行山，只要你还在这里，就算你钻到了地底下去，我也能将你翻出来，信不信?”

我咧嘴一笑：“信，自然是信的，能弄出这么大阵仗的武穆王，我也未必想逃开你的追杀。只不过我想说一点，你知道你儿子到底死在什么上面了吗?”

武穆王一点即通：“我儿身上，有我祖传的追命阴雷符。你杀了他还躲开了雷符的轰击，当真厉害得很，他死在你的手上，我不觉得冤。”

我摇头否定了他：“不，我说的不是这个，我说的是你儿子死在了自己的恐惧和作死之中! 要晓得，我当初只不过是跟他讨要一个误入矿场的朋友，他竟然骄狂到一点行内规矩都不懂，直接拿火枪扫我们，而后更是要将我们赶尽杀绝，置我于死地——你说一下，若你是我，你该如何做？”

武穆王淡定自若地答道：“我若是你，自然宰了他没商量；不过可惜的是，我不是你，而是他爹。你宰了我儿子，让我武家绝后这件事情，我必须要跟你算一下，不然天下间，谁还会再服我？”

我晓得这家伙有着绝对的底气，故而才会如此心平气和地跟我说话，不过他越是如此，我心中的斗志就越发强烈。

此人固然是神秘的江湖前辈，世家大豪。不过我未必会怕他，至多——就是一死！

想到这里，我从怀中掏出了小宝剑，摆出了一个迎战的架势，认真地说：“那好，茅山宗陈志程，领教前辈高招。”

武穆王明明就是挖煤出身，没想到他手朝着腰间一抹，竟然“唰”的一下掏出了一把金光闪闪的折扇来陡然展开，那折扇不像是黄金制成的，不过金灿灿的，扇面上描绘着猛虎下山图，骨架之上全都是镂空符文，显示出此物必定是一件极有名气的法器。

我这边施礼，左手却藏在身后，示意小颜师妹带着学生们赶紧向另外一个出口转移。

不管是小颜师妹，还是别人，对于我的命令似乎都是毫无异议地执行，几人一起朝后移动。武穆王仿佛看不到一般，反而平静地赞我：“好一个茅山宗，陶晋鸿收了一个好徒弟。我听说你中了阴雷，浑身乏力，而后又在俞千八的老鼠洞里面待了几天，丹田之中一点气息都没有，仍旧被你逃走了。不错，真的不错，现在的年轻人，真的让人有种刮目相看的感觉呢，不过……”

他前面对我一阵夸奖，不过说到最后，手中的扇子猛然一抖，竟然将扇面之上那一头猛虎直接抖落了下来。

巨虎落地，身长足有四米，十足凶猛地张嘴一吼，整个溶洞都被震得抖了三抖，这大块头将整个溶洞挤得满满当当的，弄得我一点躲闪的空间都没有。我不太明白武穆王到底想做什么，便冲着那个朝我探爪的猛虎一扬左手，施展的是炼妖壶观术。

我觉得这巨虎是头灵物，却没想到这炼妖壶观术使出后，那猛虎根本就没有受到一点儿影响，反而更加狂暴地朝我扑了过来。

目睹了我刚才的乌龙，武穆王不禁发笑："你以为我会无聊到跟你玩假的？小子，你这可就错了啊！"

猛虎扑面而来，我避无可避，只有硬着头皮上，给小颜师妹他们争取一点时间。却不料我那削铁如泥的小宝剑，在这头巨虎的腹部，竟然只能划拉出一道白印子，根本就无法将其开膛破肚。

这畜生自然是老虎，不过老虎与老虎之间，多少还是有些区别的。我仔细一看，它的腹下并不是软肉，而是带着黑色鳞甲的角质层，想来必然也非凡物。

对于这样的东西，养精蓄锐之后的我自然不会有多少担忧。当下也是一边退，一边伺机反攻，却不承想另外的洞口处传来了一阵激烈的枪响。等我回过头时，小颜师妹他们怎么出去的，又这么回来了，而且显得格外狼狈。这情况让我一阵心凉，外面不是有优昙婆罗七仙女把着吗，怎么这么容易就被人前后堵在里面了呢？

我心中奇怪，这时却听到小颜师妹惊声叫道："不好，是小红她们引人过来的！"

被人出卖了？

我心中一凉，瞧见前面这头斑斓巨虎扑面而来，当下也是愤慨地一掌劈了过去。

我用的是深渊三法的土盾，那猛虎就算是再厉害，也抵不过深渊魔王阿普陀的通天手段，只听其一声哀嚎，向后跌落下来。这时我才发现武穆王的身边，居然浮动着红、橙、黄、绿、蓝、靛、紫七种颜色不一的短裙小女孩，如众星捧月一般。

小颜师妹见了这幅场景，脸上顿时就浮现出了一抹难以置信的表情，颤抖地指向领头的小红，一字一句地问道："你们，这到底是为了什么？"

小红十分孤傲地说了一句："自由！"

小颜师妹有点儿摇摇欲坠了，显然是被这七个天使面容、蛇蝎心肠的小妖精气得不轻，毕竟投入了那么多心血和情感却惨遭背叛，并不是一时半会儿能够接受得了的。我也不想让她多想，便冲着小红喊道："你们已经受到了小颜师妹的掌控，如果不听话，她随时都能让你们消失！"

小红嘻嘻地笑了起来，手扶在白发老者的肩膀上，叫嚣着："既然改换了门庭，该有的威胁，我自然是有办法解决的。有本事你念咒啊，看老娘理不理你们！”

我瞥了优昙婆罗七姐妹一眼，晓得她们能够有所依仗的，恐怕就是面前这一位武穆王了，当下也是再次坚决地问：“到底为了什么？”

小红没有再说话，反而是最小的小紫耐不住急躁的性子，指着小颜师妹怀里的八宝囊道出真相：“他答应了我们，一旦宰掉你们，里面所有的青木精华液都是我们的了，你说我们这是为了什么？”

这话是实话，我终于相信了，不过却越发感觉到棘手起来。余光处，看到小颜师妹口中念念有词，恐怕是翻阅俞千八笔记中的咒文，试图控制她们。

然而我却发现武穆王身边的炁场竟然像是那黑洞一般，任何感知延伸过去，都会消亡不见。

高人！

别的不说，武穆王能够有这样的炁场反应，真的就是一个无论是修为，还是心境，都顶级的强者。

小颜师妹的举动惹恼了优昙婆罗七仙女，她们飘浮于半空，手中的青光不停地在指尖滑落，流淌在地上。这时原本光秃秃的岩地之上，突然冒出了无数的藤条。

这手段当初是我们用来缠住别人的，此刻我们也尝到了被束缚的滋味。不过我倒也不是没有办法，当下也是施展魔威，那些藤条便像见到鬼一般，远远地避开了去。

不过暂时挡住了这些藤条，那头斑斓猛虎却已再次扑到了我的跟前。

我若是竭尽全力，根本不怕这头畜生，然而因为要时刻留意着旁边的武穆王，于是一时之间有些胶着。就在这个时候，我突然听到杨劫高声道：“这里有个洞，里面很奇怪——不管那么多，先进去吧！”

杨劫带头进洞，我且战且退，来到了洞旁，发现是一口枯竭的井眼，竖直朝下。

我看着远处脸色诡异的武穆王，没有二话，直接纵身一跃，也跳了下去。

第五十二章 实力悬殊即将亡

一入井眼，我立刻感受到了一股向上承托的力量，心中骇然，晓得这掩藏在溶洞中的井眼并非寻常之物，而是有某一种力量或者阵法加持在其中。

我双手抱膝，不断旋转，过了好几秒钟，被人托住了。我落地之后，发现这儿竟然是一处十分洁净的石室。不知道从哪儿渗透进来的光线将此间照亮，与俞千八关押我们的那种洞穴差不多。不过我们脚下有一种花纹极为繁复的石刻雕版，摆出法阵模样。

我来不及仔细研究此处，赶忙唤出王木匠，现在我们算是被逼到了死胡同里，若是没有变故，恐怕就得困死在这里了。

王木匠悬空而立，皱眉打量着这儿的状况，一脸疑惑地分析道："这个地方，应该是某位隐士在此参悟至道的临终之地。如果仔细找一找，说不定能够找到遗物呢……"

我让它赶紧研究法阵，然后问小颜师妹他们刚才是否无恙，才被告知白合的左臂被子弹擦伤了。

几人正说着话，头顶传来一阵虎啸。我抬头一看，感觉一股腥风扑面，却是那头恶虎从上面一跃而下，朝着这边扑将过来。

这恶虎将我们所有的心思拉回了现实，恶虎下落时，两肋之间竟然有薄膜展出，尤如翅膀。我心中骇然，晓得这个武穆王当真不是凡人，竟然会有这般手段，将这闻所未闻的恶虎封印在了扇面之上。这恶虎竟然并非是兽灵，而是实物，实力恐怕不比我在天山神池宫中所遇到的那福灵豹差。

不过即便如此，我也稳住了心思。人是这世间最有智慧的生物，同时也是最恶的生物，怎么可能会被一头畜生吓到。我让众人退后，接着一个箭步，朝着墙壁上一步飞蹬，紧接着又一个转身，骑在了这头恶虎的背上。

这恶虎连着虎尾，身长足有五米，我正好落在了它的脖颈之间，一手抓着它脑袋后面的虎毛。

恶虎被人骑住，哪里能够安生。四脚一落地，便侧着背，朝着墙上一阵猛冲，想要将我挤到岩壁上去。

这畜生用力，让我有一种即将死去的战栗。不过好在我见识过不少场面，此刻也能够灵活地晃动身体，一个闪身，滑到了它的腹间，紧接着一手揪住它的毛发，一手将锋利无比的小宝剑掏了出来，一剑刺向了它最柔软的脖颈。

这一剑，简简单单，然而却用尽了我毕生的修为以及习剑以来所能够感受到的所有剑意。

这一剑，有死无生，不成功，便成仁。

剑刃入体，虽然十分艰难，但最终还是刺入了它的脖颈中去，而且还割破了大动脉。

切破的那一刹那，好像是水龙头爆了一般，大量的鲜血喷溅而出，洒落在我的脸上、手上以及身体上。这些血液似乎还带着腐蚀的性质，弄得我浑身黏黏痒痒的，而且还有无数怨力朝我身体里钻。我一施展魔威，立刻将其排出体外。

借着微弱的光线一瞧，我发现这血却是蓝色的。

剧烈的疼痛和急速的失血让恶虎变得无比暴躁，一阵长啸，接着又是满地乱滚，试图想将我碾碎。

我如同一只蹦到头发里面的跳蚤，不管它如何翻滚，就是不从它的身上下来。

武穆王秉承着“千金之躯坐不垂堂”的态度，刚才并没有从那黑黝黝的井眼中跳下来。然而此刻听到虎啸，仿佛即刻就要死去，顿时就待不住了，从上面一跃而下，大声吼道：“休伤我虎！”

此人从上方一落下，宛如重磅炸弹一般，将整个石室砸得一震。他在落地的一瞬间，又猛然一晃，出现在了我面前，抬手就是一拳。

我举剑相迎，武穆王则横扇来挡。

咚！

两者撞击发出一阵轰鸣，我感到一股排山倒海的力量扑面而来。终于再也无法在虎背之上寻找平衡，翻身而落，挡在了小颜师妹等人的前面，双手一张，护住众人。

武穆王并没有立刻出击，而是抚摸着恶虎脖颈上被我捅得稀巴烂的伤口。此时伤口处已经没有多少鲜血流出了，那恶虎在刚才一顿蹦跳之中流逝了太多的生命力。在主人的轻抚下，趴在地上，鼻子下的胡须微微一抖，一双硕大的眼睛显得空洞无力，迷惘地望着自己的主人，嘴唇蠕动，伸出一条满是倒刺的大舌头，轻轻地舔了一下武穆王的手掌。

它舔了几下，武穆王的手上出现了好几道血痕，不过他眉头都没有皱一下。最后，那恶虎脑袋一垂，没有了气息。

武穆王抬起血淋淋的手掌，合上了恶虎的双眼。他似乎还沉浸在悲伤之中，没有站起来，而是呢喃着："虎儿是我从黄泉恶林之中带出来的，它陪伴了我二十多年，与我同生共死，我跟它比跟我那个不成器的犬子，还要亲近。——我唯一的儿子，被你杀了，而它，在这个世界上与我最亲密的这条生命，也被你杀了，陈志程，你真的是可恨了……"

我卓然而立，冷声哼道："你若是不追杀我，何来这么多事故？武穆王，你在抱怨这个世界的时候，有空多问问自己的错处，而不是一味地沉溺于仇恨，懂吗？"

"哈、哈、哈……"

武穆王一开始很沉默，突然开始疯狂地笑起来，眼泪都飙了出来。一直到笑断气，这才停下，接着缓缓抬起头来，对我咬牙切齿道："这么说，老子活了大半辈子，现在还得让你来教我做人咯？"

既然是生死决战，此刻我也是豁了出去，与他针锋相对："你既然不会做人，我教一教你，那又何妨？"

武穆王不再多言，这时头顶上又落下七种颜色的小精灵，为首的小红冲着武穆王问道："白胡子老头，如果我们帮你，你会不会帮我们对付俞千八？"

武穆王沉默地点了点头，小红得意地吹了一个口哨，然后露出了一口小白牙，大声喊道："姐妹们，为了青木精华液，冲啊！"

七个千娇百媚的小姑娘冲着我们围将上来，她们自然不是主力，不过她们在旁边如此一阵围绕，倒是弄得我有些分心。我朝她们望过去，心头猛然一跳，下意识地用双手挡住胸口，刚刚摆正位置，便感到一颗大拳头砸在了上面。一股倾天之力压了下来，即便我用上了土盾，都抵不住这般巨力，整个人向后腾空而起，重重地砸落在了石壁之上。

轰!

好恐怖的力量，我感觉自己就像被一门大炮轰中了，五脏六腑都移动了位置，喉头一甜，一口鲜血喷了出来。

武穆王偷袭成功，并没有乘胜追击，而是站在我跟前，略微赞赏地说："不愧是杀害我儿和爱虎的家伙，吃了我这一记奔雷手，竟然还存活下来。当今的年轻一代，你算是其中的佼佼者了，陶晋鸿果然教了一个好徒弟，所谓'茅山三杰'，也当真是名不虚传。不过可惜啊，你居然惹到了我的头上，就只能怪你命不好了!"

他语气中颇有一种对英才的惋惜，此话说罢，渗血的手再次张开，朝我拍来。

我心中惭愧，此前这一路走得实在是太顺利了。我虽然遇到过很多顶级的高手，但却总有人在旁相帮于我，殊不知天下间最靠谱的就是自己。如果一直指望别人，终究还是会有这么一天。

我能打得过这家伙吗?

扪心自问，我方才晓得这武穆王虽说此前一直籍籍无名，然而却是顶尖的高手。这老家伙一旦施展开来，恐怕这地洞中的所有人，都不是他的对手。不过想着身后的小颜师妹和学生，我又不得不迎战，便咬着牙齿，喷出一口鲜血，紧接着一声怒吼，朝前而冲。

武穆王丝毫不退却："你给我——死!"

然而就在两人进行生死对决时，一直没有出声的王木匠怪异地笑了起来："原来如此，原来如此，我明白了，诸天二郎阵，起!"

第五十三章 精疲力竭希望生

武穆王双手平推，当空浮现出一对放大十倍的巨手，赤红如血，朝我兜头罩来。我看着无法抵御，只有咬牙向前冲，准备突进到此人跟前，与其贴身缠斗。然而此刻王木匠突然发声，双手招展，凭空变出了一个额头上多出一只眼的金甲武将。

此人身高两米，镂金靴衬盘龙袜，玉带团花八宝妆，左手斩妖剑，右手三尖两刃刀，面容高傲，不怒自威。

除此之外，它旁边还带着一条恶犬，明明是狗，却只比刚才那头恶虎小上一圈，仰头一啸，凄厉无比。

此人一出现，额头上的眼睛陡然一睁，金光乍现。四处扫量，但凡被目光扫到的人，莫不觉得如坠寒潭，武穆王的那一对血魔掌，也化作乌有。王木匠哈哈大笑，叉着腰，冲金甲武将朗声说道："恭请清源妙道真君，此邪魔为非作歹，祸害一方，无恶不作，涂炭生灵。小灵无力，还请真君为民除害，了结此獠！"

听到王木匠充满恭谨的话语，金甲武将看向了武穆王，而对方恶声嘲讽道："二郎神？哈哈哈，真当老子是弱智啊，不知道从哪儿弄来的法阵阴灵，还真将自己当神祇了？老子今天就要会一会，你是个什么东西！"

此人乃一代枭雄，冷血无情，见识极多，晓得面前这一位并非什么道教神祇，不过是某位隐士留下来的杰作。

他恼怒不已，双手一翻，化作了凤凰模样，朝金甲武将毫无畏惧地杀去。

武将并没有与他正面交手，而是挥手一指。它一指，旁边那头比藏獒还要恐怖的恶狗就如离弦之箭，朝对方扑去。

先前武穆王有虎作伥，此刻却被狗咬，当真是现世报。他瞧见这猛犬来势汹汹，不得不将空中那一团黑气朝下面卷去，冷声哼道："我这迷毒罡气，能破天下间所有的灵物，不管你是神是鬼，先给我现出原形来吧！”

他如此倨傲，自然有着足够的手段，然而他再快，也不如法阵中的恶犬，恶犬猛一扭身，避过黑气，朝着武穆王胯下咬去。武穆王赶忙护住，却不料金甲武将的一剑一刀，当头就斩落下来。

他一脚踹开了恶犬，又连忙用金色扇子挡住这重重一击，同时，他又用意识控制他的迷毒罡气，使之沾染到金甲武将的身上。金甲武将一沾染到它，立刻如沙塔一般溃散，化作虚无。

一招得手，武穆王心中大悦，放声喊道：“如何，老夫的迷毒罡气不错吧？”

王木匠此时却嘿嘿一笑，说道：“所谓‘诸天二郎阵’，你以为就只有一个吗？”

说罢，石壁上便浮现出十个、二十个、无数个金甲武将，额头一律多出一只眼睛，金甲双刃，旁边还带着一只狗，将目光都集中在武穆王的身上。王木匠又是一声大吼：“恭请诸位清源妙道真君，还请诛杀此獠！”

“诺！”

这一大帮子金甲武将齐声大吼，带着狗，朝武穆王扑将过去。

武穆王终于抵挡不住，一个纵云梯，浑身带着鲜血，狼狈地退回了井上，厉声吼道：“陈志程，别以为你赢了，老子封住这井眼，让你插翅难逃。”

话是这么说，不过一大堆的金甲武将却冲到了他头顶的井眼处，化作了黄沙一般的灵物，纷纷落下融入了刻满符文的雕版中。王木匠毫不犹豫地将八卦异兽旗之中的阵灵召唤出来，顶在井眼上，让它们封住了此处。

看它们忙乎完这一切，我似乎听到了武穆王的一声抽痛。

这时我才觉得胸口一阵闷堵，几声咳嗽，吐出一口鲜血。小颜师妹担心我，上前扶我道：“大师兄，你受伤了？”

我摇头说道：“没有，这口血吐出来感觉好多了。那武穆王太厉害，居然一掌就把我逼成这样，今天要不是王木匠撑住，只怕我们就要死在这里了。”

小颜师妹感激地瞧向了喘着粗气的王木匠，说：“王师傅，多谢你！”

王木匠平日里格外骄傲，此刻却谦虚地说道：“哪里，那老头实在厉害，要不是你们选在这个地方，我未必能够挡得住他——不过现在麻烦了，我刚才将这法阵全部的潜力都用尽了，以后就用不了了。”

我疑惑地说道：“这些真的是二郎真君吗？”

王木匠摇头笑道："怎么可能，即便这世上真的有二郎真君，也不会在这里出现。不过这些阵灵，是从心底将自己认作了二郎神，我才会对它们如此客气。不过我刚才竭泽而渔，这法阵已经不能再用了！"

经它提醒，我才晓得堵在洞口的这八卦异兽旗是为了预防武穆王看透一切后，再次折返回来。

我点了点头，瞧见刚才朝小颜师妹他们掩杀而去的优昙婆罗七仙子不见了踪影，诧异地问道："小红、小橙她们呢？"

小颜师妹听到，咬着嘴唇，默默地张开了右手。

我在她莹白如玉的手掌上，瞧见七团烛光，颜色各异，宛如龙眼一般大小。它们拼命地想要逃出掌控，却又都无一例外地失败了。小颜师妹用一种极为悲伤的语调说道："人心不足蛇吞象，我实在没有想到她们会对青木精华液那么执着，更没有想到是她们透露了我们的行踪。就在她们准备伤害白合、小床单和小胖的时候，我没有办法，只有将她们归本还原成了本灵……"

小颜师妹是个极善良的人，即便面对那些穷凶极恶之徒，她也不会伤人性命，更何况是这些与她极亲近的草木之精。

在此之前，她对未来的畅想是，将她们带回茅山宗，放在秀女峰的药田，让她们管理药草，而她，则像对待女儿一般，好好教导她们，然而此时此刻，她却不得不出手，夺了她们的性命。

什么是本灵？本灵是即将离开这个世界的一种状态，就如同人的三魂七魄一般，若失去本体作载体，根本无法在世间久待。

小颜师妹悲伤地对我说道："师兄，不管如何，我想超度她们，让她们安详地离开这个世界。"

我摇头，拍着她的肩膀说道："小颜，不要伤感，她们未必会离开，一切由我来安排吧。"

说罢，我拿出装着广陵金丹的瓷瓶。瓷瓶里面灵气浓郁，装下这七个本灵正好，至于如何安排，我心中有数，总之，好东西来之不易，暴殄天物是不可取的。

此后，大家开始搜查这洞府，发现了一具已成白骨的尸骸，轻轻一碰，便化作了灰烬，除此之外，我们没有任何发现。

这儿唯一的通道，就是头上的井眼。

被困住了，我有些绝望，却不能将这样的情绪透露出来，而是鼓励大家坚持住，我们的援军，一定会赶过来的。

我是这般说，然而援军并没有来，反倒是武穆王一天之内来骚扰了三回。第一次他找了两个身手高强的敢死队员，结果下来就被我们弄死了；随后他们又往下面丢手雷、放炸弹，然而八卦异兽旗中的诸般阵灵也不是吃素的，都将其顶了回去，把外面炸得一塌糊涂；最后，武穆王又弄来了毒气，准备将我们活活毒死。

王木匠纯熟地运用着八卦异兽旗，将这儿守得如同乌龟壳一般，刀枪不入。

如此过了一天一夜，所有人都已经疲惫不堪了。离武穆王上一次出现，已经整整过去了六个钟头。我困倦得要死，这时头顶突然传来一个人的声音：“小陈，你在下面吗？”

我眼睛一亮，霍地站了起来。

他怎么来了？

第五十四章 急公好义一字剑

叫我名字的人，是一字剑黄晨曲君，他是我在这个世界上为数不多的信任之人。我与他相交于青萍之间，他无数次地救过我，而我也帮过他许多，两人是过命的朋友。在这样的绝境，听到他的声音，无疑是一件美妙的事情。

只不过，他怎么会出现在这里呢?

我有些不确定地应道："是我，黄大哥，你怎么会在这儿呢?"

一字剑听到我的回答，顿时轻呼："太好了，你果真没事！不愧是江湖传闻的陈老魔啊，这命真的是太硬了。外面没人了，你要不要上来瞧一下?"

一字剑对我邀约，我犹豫了一下，不知道是否该信他的话。毕竟有杨小懒在身边，武穆王就算对我不是了如指掌，也能晓得个大概，自然也知道一字剑与我的关系，他倘若找一个善口技者，只怕我这番出去，就被诓了。然而就在我心中思忖的时候，一字剑似乎也意识到了我的担忧，对我说道："还是我下来吧。不过你可悠着点，我听说你不仅逼走了武穆王，还弄死过青面双雄，端的厉害！"

说话间，一个身影从井眼处落了下来，轻松地落在了地面上。我定睛一看，果真是一字剑。

一字剑脚尖点着碧绿石中剑，一副轻盈的姿态，显然这些年他的进步十分巨大。我瞧见石中剑上还有些许鲜血，猜想他在上面也有过一场拼斗。

我激动地上前，与这位忘年老兄拥抱，他一把推开我，皱眉说道："得了，两个男人抱在一块儿，多恶心啊。"

我笑了笑，把我身后的小颜师妹和几个学生介绍给他。一字剑眯眼瞧了小颜师妹一眼，点头说"不错"，丑脸上挤出了暧昧的笑容。当他瞧见杨劫、白合、林齐鸣和董仲明时，又情不自禁地叹道："小陈，别的本事我不佩服你，但是选才这方面，真是让人服气。这四个孩子，个顶个都是好苗子，仔细雕琢一番，定成大器啊！”

我摸头一笑，回过头来，对学生们说道：“这位伯伯，就是当今天下正道十大高手之一的一字剑黄晨曲君，还不叫人？”

“黄剑尊好！”

天下十大，这个名号对这个行当中的年轻人来说，实在是耳熟能详。瞧见传说中的人物出现在自己面前，他们个个都兴奋不已，叫着一字剑近年来的尊号。被这些孩子们如此叫着，一字剑颇享受，平日冷冰冰的脸上，有了些笑容，对孩子们应道：“不错，都是好孩子！”

寒暄过后，一字剑才说起他出现在这里的原因。

原来一字剑近年来浪迹江湖，对于天下间的诸多情况了如指掌，他此番在附近的慈元阁分部办事，听到了有人出重金悬赏我人头的消息。他觉得不妙，便一路打听，赶了过来。

他对我的表现交口称赞：“真正的男人，就应该这样，要有蔑视天下的霸气，你那天的表现，和张飞怒吼长坂坡有一拼。”

我谦虚一番，催促大家抓紧离开，不过一字剑还有点事，问我角落里的恶虎尸体如何处理？

我这一天防备，已然心焦力瘁，哪里有时间管这畜生，自然摇头说不晓得。一字剑笑了，问我说他去处理一下可好，我自然不会有意见。之后我便吩咐杨劫上去打探消息，确认安全了，而后丢下一根绳子，让大家爬上去。

就这么一会儿的工夫，一字剑已然拿着碧绿石中剑将恶虎弄得不成模样。他先是从那畜生的颚下掏出一颗妖丹，接着又将其脑髓掏出，嚼豆腐一般喝净，然后又将其最精华的几节骨头取下来，插在自己的腰带上。临走的时候，他给我们每人分了一块肝，告诉我们，这玩意儿滋补。

最后的最后，一字剑悄不作声地塞给了我一个硬橛子一般的东西，轻声告诉我，这玩意儿对男人来说是可遇不可求的好东西，有了女朋友，正好拿着用。

我捏了捏，突然想明白了这是个啥。

我虽然想告诉他自己龙精虎猛，用不着这玩意儿，不过看他一番好意，小颜师妹又在旁边，便也没有拒绝。

一字剑速度飞快，我们重返回那梭子型的溶洞，发现地上躺着十多个人，全部都是喉口中剑。

显然，一字剑没有骗我们。

一行人走出溶洞，发现外面还有一些人躺倒在地，这些家伙都带着武器，不过武器都被卸成了一堆零件。一字剑瞧见我盯着地上的铁块瞧，一脸鄙夷地说道："武穆王这捞偏门的家伙就是不讲规矩，明明是个修行中人，居然还玩枪，这样的家伙，老子碰到一个，弄死一个，绝不手软。"

在一字剑的护送下，我们一路向北，一直从中午走到傍晚，才到达了附近的乡镇。

到了乡镇，便在路边的杂货铺里找到电话，立刻联络了华东法术学院的英华真人。这时我们才得知她在晓得夏令营出事后，已经立刻带人赶到了太行山。此刻她恐怕待在部队里。校务办给了我一个电话，让我直接打过去询问情况。

我终于联络到了英华真人，她现在正在和那些学生们以及张励耘在一起，对我们的情况十分担忧，也正在联络上面，争取能够早日解决这件事。

英华真人还告诉我，不用担心，即使上面不派人过来，她也叫人回茅山请援兵了。既然武穆王猖狂，那茅山宗也不吝出手。

我将自己这边的情况告诉了她，并表示会尽快跟大部队会合。

我刚刚挂掉电话，一字剑就走了过来，对我低声喝道："走，赶紧走，我们离开这里！"

我一愣，觉得有些奇怪。如果在深山里面，武穆王怎么出手，都还好讲，然而在这样的乡镇里面，他若是敢动手，就算我杀不了他，国家也不会容他妄为。然而还没等我反应过来，前方却出现了一个两鬓斑白、五十多岁的中年男子，他带着一群穿唐装的男人，正在市集之中四处相望，似乎在找寻着什么。

这个中年男子一脸正派，除了满脸僵硬，倒不像是什么坏人，我心中一跳，对一字剑问道："这个人，是武穆生？"

我说话的时候，那个家伙从混乱的人群中发现了我，带着手下，朝我大步跨来。一字剑叹了一口气，苦笑道："都叫你走了。惹了这帮家伙，可真的不是一件好事儿！"

我不知道他这话是什么意思，却瞧见那男人的手下遥遥围住了我。中年男人掏出证件，高声喊道："政府办事，捉拿杀人犯，大家让开！"

第五十五章 群雄汇聚气氛僵

中年男人如此一喊，市集场面立刻一片混乱。乡人仓皇奔走，大街上不多时就空空如也，只剩下我们双方。

瞧见这家伙如此肆无忌惮，我冷冷说道："阁下好大的官威，不过此事过后，不知道你怎么给这些乡人们解释，如何堵住这悠悠之口？"

中年男人长得跟武穆王极像，他听到我此刻还有时间说出这样的话，不由得冷笑道："民顾委办事，哪里需要管这么多？如何善后，自然留给当地的有关部门处理，我只需要拿住你这个杀害无辜民众的杀人凶手便可！"

我哂然一笑道："好嘛，您还真的能够颠倒黑白、指鹿为马！明明是奴驭智障挖矿的黑矿主，此刻却变成了无辜民众。而被一路追杀的特勤局人员，却被称为杀人凶手，真的好好笑。不过这世间并非没有讲理的地方，咱就将这官司打到上面去，让有关部门来决断吧！"

中年男人脸色宛如寒霜，平淡地说道："这理，自然是要讲的，不过也要等你束手就擒之后。如果你拒捕，我的人会毫不犹豫地当场将你斩杀，你可晓得了……"

这话说完，他一挥双手，周遭那群身穿黑色练功服的男人便一拥而上，朝我们这里扑来。

这些人有十八位，个个都正值盛年，太阳穴突出，手握一把长柄突刺，下挂符文旗幡，显得十分彪悍。我旁边的一字剑对我淡然说道："这是武穆生手下的十八个得力干将，江湖上人称'夺命十八鹰'，格外厉害，你且小心了。"

我点了点头，叹了一口气道："本是同根生，相煎何太急？"

一字剑脸上露出了格外潇洒的笑，对我说道："这就是我为什么不想跟着刘老三一起进入其中的原因，这里面规矩众多、勾心斗角，哪有老子在江湖上浪荡，来得爽快？”

他话音一落，腰间的那柄碧绿石中剑便朝着武穆生射去。瞧见一字剑出手，武穆生厉声喝道：“一字剑，你敢与官方为敌？”说着，从背上掏出两把剑刃，合拢成一把两头尖锐的长棍，往前一挥，挡住了一字剑的一记飞剑。听到他的质问，一字剑洒脱地笑道：“武穆生，别人叫你黑面太保，是说你面黑心冷，你还真以为自己的面子大，能代表一切？把老子惹火了，老子一剑取了你的性命。”

武穆生持着剑刃舞出一道旋风，与一字剑斗成一团。两人交手，隐隐呈现出僵持之态，他傲然说道：“什么天下十大，都是那帮清流放的狗屁！”

两人斗将在了一起，而此刻另外十八人，挥舞着手中带旗幡的长柄突刺，朝我们这儿冲锋而来。

此时，我已十分疲惫了，这些人汹涌而来，我不得不打起精神，咬牙迎战。这些家伙单拎出来都没有我厉害，但是彼此联合，却能够做到心意沟通，配合无间。如此一列阵法，给我一种难以抵御的感觉。

十八个人围成一个大圈，不但将我围住了，连小颜师妹、杨劫、白合、林齐鸣和董仲明也被围在其中。我吃了兵器的亏，不得不步步后退，却瞧见这些人对我身后的学生也凶猛得很。林齐鸣和董仲明很快就都受了伤。

我本以为这些家伙是公门中人，行事多少会循着法规，收敛一点，没想到出手竟然这么毒辣。听到两个学生的哀鸣，我心头顿时一阵火起，小宝剑陡然一挺，将刚才伤了董仲明的那个家伙手中的旗剑给一举斩断，将他拿剑的手直接斩了下来。

那人一声痛呼，朝左右大声喊道：“兄弟们，弄死这帮狗东西！”

这话说得我一阵火起，血液沸腾，怒声骂道：“弄死我们？你都活不过今晚了，还敢说这种屁话？”

双方针尖对麦芒，即将生死决斗，然而就在这个时候，突然又有一队人马杀将而来，冲着场中大声吼道：“特勤总局特勤二组办事，所有人立刻停止打斗，不然我就放箭了！”

我心中警兆一起，往后退开，护住身后的众人。说话的是黄养神，他身边是总局的特勤二组。

与我的一组不同，二组经过数次扩招，人员数倍于我，此刻来了二十多人。他们排成三排，一排趴着，一排半蹲，一排站着，手上拿着精致狰狞的破甲弩。

这破甲弩是特勤局研发出来的秘密武器，据说不管对方是金钟罩铁布衫，还是飘渺灵体，只要中箭，便会重伤。被这样三排破甲弩指着，无论是我们，还是武穆生以及他手下的夺命十八鹰，都不再动了。与一字剑分开的武穆生一脸阴寒地冲着黄养神说道：“黄世侄，你这是什么意思，准备妨碍我执行公务，对吧？”

他怒目一瞪，威严便生。面对着他的质问，黄养神温和地冲着我和小颜师妹点了点头，又拱手，对武穆生说道：“武世叔，我不敢妨碍您民顾委办事，不过这里面恐怕有些误会，所以我过来为大家开解开解。”

“误会？”

武穆生冷哼一声道：“什么误会？我都已经见到我那可怜侄子的尸体了，哪里还有什么误会？我将这人缉拿回去后，自然会申请组建特别法庭。你走开，不然我可管不了那么多了……”

即便面对名正言顺的黄养神，他依然一副嚣张模样，可见这些年来的跋扈。黄养神一脸微笑地劝道：“武世叔，有什么事情，大家不能坐下来好好聊一聊呢？不如这样，我现在打电话给我大伯，听一下他的意见？”

武穆生脸色陡变：“黄贤侄，你这么说，是准备拿黄天望来压我，对吧？”

黄养神低眉说道：“小侄不敢，不过我感觉您现在有些不冷静……”

武穆生脸上的肌肉一阵扭曲，扬起手，大声吩咐道：“夺命十八鹰，听我吩咐，列阵，迎战强敌！”

那十八个人仿佛钢铁战士一般，即便被这么多破甲弩指着，也无所畏惧，整齐划一地怒吼一声，紧接着左右堆叠，整出了如少林十八铜人一般的战阵来。他们手中的枪旗挥舞，风声猎猎，竟然有一股苍黄的龙气腾起。黄养神的脸色越来越黑，带着颤音说道：“武世叔，你可稳住，别乱来，不然……”

武穆生瞧见自己手下的表现，脸上一阵得意，指着黄养神的鼻子说道：“不然又怎样？”

就在武穆生得意的时候，远处的黑暗中突然传来了一声幽幽的话语：“这儿真热闹呢，我听说有人准备将我茅山弟子赶尽杀绝？是有这事儿吗？我茅山宗大开山门，已超十五年，我刘学道很好奇，到底是谁，竟然有这般的胆量！”

话音未落，黑暗中突然传来三道破空声，刚才的苍黄龙气，被三道光影钉住，倏然间消散无踪。

武穆生脸色大变，咬着牙说道：“无影剑？”

“不错！”

茅山刑堂长老刘学道穿着青衣草鞋带着一众刑堂弟子从黑暗中缓缓走出来。刘学道左右一打量，不由得一声冷哼道：“这么大的阵仗、这么多人，我就问一句，是谁，要将我茅山弟子赶尽杀绝？”

刘学道冰冷的目光宛如两道出鞘的剑一般巡视了一圈，看得包括我在内的所有人都不舒服。一字剑冷哼道：“你这榆木疙瘩，别乱咬人啊。我只是路过，这一位黑面太保，才是正主！”

刘长老终于确定了目标，朝武穆生看去：“怎么，对我茅山有意见？”

第五十六章 强颜欢笑已调解

“没有！”

被茅山刑堂长老刘学道这般注视着，武穆生憋了半天，从牙缝间蹦出了这么一句话。

谁也不是傻子，这么多人出现，武穆生晓得，即便强行出手，最后吃亏的还是自己。

武穆生颓然退却，刘长老却不依不饶道：“没有，没有你还准备弄死我茅山弟子？很好，我这个人最讲道理，你先给我说一说，到底是因为什么。你放心，我是茅山刑堂长老，倘若门下弟子犯了错，绝对不会手软！”

黑面太保武穆生盯着他，咬牙说道：“贵宗弟子陈志程，无故杀我兄长独子，手段残忍，情节恶劣。我办事经过此处，顺手将其伏法，这可有错？”

刘长老认真地点头说道：“的确该办。我多嘴问一句，陈志程为何要杀你那大侄子呢？”

黑面太保凛然说道：“嫉妒，再加上捕风捉影，一语不合就杀了人。做出这样的事情，必然是个魔头，我若不为民除害，岂不枉费了我领取的这份俸禄？”

刘长老的脸都黑了，十分配合地朝后面厉声喊道：“刑堂弟子在哪里，还不赶紧拿下这逆徒？”

他身后冲出四人，朝我这边走来，我不慌不忙地说道：“刘长老，兼听则明，偏信则暗，这世间讲道理，哪里有只听一面之词的？”

刘长老一愣，摸着胡子说道：“你说得倒也有些道理，那么你说一说，你为何杀人？”

我在特勤局的时候，可没少写报告，自然晓得如何将一件事情有条理地说出来，并且说得有详有略。除此之外，我还有一众证人可以帮我举证。如此说完，我冲着武穆生说道："阁下身为公门中人，不问是非，公器私用，必然也参与了此事，而此刻更是想要杀人灭口，所以我告诉你，该上法庭的不是我，而是你！"

"不可能！"

武穆生断然否定了我的话，冷声哼道："果然是传闻中的黑手双城，茅山果真教了一个好徒弟，不但修魔功，还舌灿莲花，极尽颠倒黑白之能事。你茅山若是如此偏袒他，武某人也无话可说……"

这人说不过，便直接耍蛮。刘学道长老冷冷说道："我茅山收什么样的弟子，由不得你来管，若是不服，且与老夫对一掌！"

这话说完，刘长老便腾出一掌，朝武穆生拍了过去。

武穆生原本以为人这么多，不可能再打起来，万万没想到对方说动手就动手，不过他也是个顶尖高手，手掌一翻，便朝着刘长老轰然印去。

两人的肉掌相撞，接着一阵雷鸣般的炸响轰然而出。

这是两人毕生劲力的对拼。

然而武穆生终究不如刘长老功力深厚，一顿之后，身子晃了晃，便朝后面连退了三步，脸色一阵暗红，显然憋了一口血在喉咙里。

武穆生吃了暗亏，刘长老虽说脸色有些难堪，不过很快就缓过了气，冲着武穆生微微一笑道："你这口血，喷出来就没有内伤，若是硬憋着，三个月之内，别想跟人动手……"

然而武穆生最终还是没有喷出那口血。

他终究丢不起这个人。

斗不过武力，这家伙就开始讲起了道理。武穆生一口否定了我刚才说的一切，除了那煤矿的确在他兄长名下之外，其他的奴驭智障矿工、追杀学生等严重罪名，他一律不认，并且信誓旦旦地说，若是有必要，可以去现场，当面对质。

我听他说得这般理直气壮，心中开始猜测起了两个可能。第一可能是武穆王并没有让他知道实际的情形，这才使得他能够"理直气壮"；第二点则有些可怕，那就是在这短短几天之内，武穆王已经将一切不利证据都清除了。

不过不管是哪一点，我都希望能够当场验证一番，也好还自己一个清白。

所以在一番争论后，五方决议当夜奔赴矿场，查个究竟。

如此商定之后，我走到刘长老面前，长躬到地，认真地感谢道："多谢刘师叔救命之恩。"

刘长老执掌茅山刑堂，多年来一直都是一副黑脸，对我自然也不会例外："这是你师父下的命令，你要谢也该谢他，不过看你的手段，即便我不出现，你也未必会有事。"

我依旧恭谨地说道："我有没有事，这个无从知晓，但是我身边的那些孩子，极有可能会丢掉性命，就算是为他们，我也得感谢刘师叔。"

两人寒暄几句，刘长老便一脸高冷地带着一众刑堂弟子，跟在了武穆生的后面离开。我又去看了受伤的林齐鸣和董仲明，小颜师妹正在给他们包扎呢。旁边还围着一个黄养神，对小颜师妹嘘寒问暖，一副热情过度的样子。我格外吃味，手便示威性地摆在了小颜师妹柔软的腰肢上。

虽然有了亲密关系，但是小颜师妹还不习惯在外人面前与我表现得这么亲热。她瞧见黄养神变黑的脸色以及我表现出来的斗争劲儿，扑哧一笑，没有将我的手打开。

黄养神瞧见自己的女神被别人搂住了腰也没有反抗，仿佛吃了一闷棍一样，低声说了一句告辞，便转头离开。

诸位纷纷离开后，一字剑过来与我辞行。

他本来担心我有危险，现如今既然师门出面了，也就没有他的事了。

我没有挽留一字剑，他能够在我最危险的时候赶过来，已然够情谊了，我不能把他当保姆，要求他一直护佑着我。

一字剑走了，临走之前，告诉我这次过去对质的结果，恐怕不会太好，所以提醒我有的事情，不要意气用事，要懂得妥协，妥协并不是退让，而是战略性的转移。我们收回拳头，是为了更好地打倒对方。

一字剑闯荡江湖，见过的世面不是我能够比拟的。等我们连夜赶到了那矿场，果然如他所说的那样，矿场尽是灰尘蛛网，仿佛废弃了许多年一般，别说那几百号智障矿工，除了看场子的门卫老头，别的人影一个没有。

在这个废旧的矿场里，我见到了武穆王。明明两人此前打生打死，但是此刻，他却表现得如第一次见到我一般。

一切都是在做戏，这个是我最深切的感受。然而大家你说你有理，我说我有理，讲到最后，刘长老和武穆王两人之间做了沟通，提出这样一个说法：武陆棋对我动手，我为了自保才误杀了他。我需要放弃对武穆王其他的指控，以便双方最终达成和解。

双方都是有头有脸的人物，如果真的撕破了脸皮，姑且不论到最后谁胜谁败，必定都会蒙受巨大的损失，还是维持现状更好。

这就是最终妥协的方案，我心中即使有一万个不愿意，但是在本门长老的压制下，也不得不点头认可了此事。

如此一来，算是“皆大欢喜”。只是原来那些智障矿工，此时此刻到底被转移到了哪里，又或者，已经被心黑手狠的武穆王全部灭口了？

第五十七章 总有底限需坚持

我心中自然是不肯善罢甘休的，不过在总局行走这么多年，我已经成熟了，懂得倘若一直纠缠下去，以武穆王在有关部门的势力和江湖上的影响力，不但我这边会没完没了，还会对别人造成影响。特别是困在部队营地的那一班同学，如果处理不好，他们的生命安全也会受到威胁。

不过即便如此，我也晓得我与武穆王的仇怨是结下了。这是个死结，不是一两句话就能说清的。

双方达成协议，击掌为誓。武穆王含笑说道："我很久没有这么欣赏一个年轻人了，虽说你误杀了我儿，但我并不怪你，我很好奇你以后的成就会有多高。"

他表现得像一个宽容的长者，我自然不会让人瞧笑话，于是淡然说道："承蒙前辈高抬一眼，志程鲁钝，别的没有，就是脾气有点儿硬。"

黄养神过来做和事佬，嘻嘻笑道："武家主，大人有大量，陈兄是少年英杰，意气风发。先前都是误会，现在大家待在一起，彼此认识，都是缘分，日后定然不会大水冲了龙王庙，一家人不认识一家人了。我此番前来，总局的几个领导都交代过，和平稳定是一切发展的基础……"

既然达成协议，大家就分道扬镳了。我在茅山刑堂长老的护送下，前往南边的部队营地，黄养神也需要过去办些手续，与我们一块儿同行。

大家连夜赶路，我在队伍最后，找到刑堂刘长老，对他说起此事有蹊跷，我们看到的一切，应该都是武氏兄弟精心布置的。

刘长老麻将般的脸上挤出了一丝冷笑，对我说道："你当真以为我看不出来？"

他的反问让我愣住了，接着刘长老又说道："武穆王不知道使了什么手段，竟然能够在几天之内把人都清走了，而且还弄出满目灰尘久不动工的感觉，不过有一件事情却没法掩盖，那就是人的气息！一个封存多年的矿场和一个有着几百人活动的场所，终究还是不一样的。我们假装看不到，只不过是给彼此一个台阶下而已。”

我讶异地说道：“刘师叔你既然看穿了一切，为何还同意了武氏兄弟的提议呢？”

刘学道摇头说道：“你到底还是太年轻了。我不妥协，难道还跟他们干起来不成？志程，你要晓得，我茅山宗屹立于世，不跳脱那滚滚红尘。如果此番与武氏兄弟交恶，作恶者并不会被拿住，而一旦让他游离起来，只怕造成的危害会更大。你可能不知道，这太行武家的势力已经蔓延了八百里，与这样的地头蛇为敌，不符合你师父目前秉持的低调原则。”

之后，我们一路奔忙，沿着山道一直往南，终于来到了学生们暂居的部队营地。这是一个隶属于二炮的师级警备部队。部队里有好多高精尖设备和仪器，具有一定的保密级别，故而学生们被安排在最靠外的营地。英华真人等已经提前接到了我们即将到来的消息，让几个徒弟带着学生们在营房处观望，当我们出现在大家的视线中时，立刻听到了一阵欢欣鼓舞的呼声。

我返回营地，受到了英雄般的待遇，我一打听才知晓这几天我的名声已经传得很盛了。学生们都知道我是为了给大家争取时间而只身赴险，而且还在极端不利的情况下，屡次将敌人拿下，甚至还在无数人的包围下绝地反击、逃脱生天，这样的经历让他们极为崇拜。

人群里面第一个冲出来的，是张励耘，他冲过来紧紧地抱住我，一脸激动。我拍了拍他的肩膀，赞扬他做得好，学生们能够安然无恙，全都是他的功劳。

与众人寒暄后，我叫人送受伤的林齐鸣和董仲明就诊，而后与刑堂长老、英华真人会谈。刑堂长老过来，只不过是给我撑一个场面，此番既然人已经救下了，也没有再停留的理由，当下告辞，准备返回茅山宗。

英华真人跟刘长老聊了许久，完毕之后，才将我和小颜师妹叫到她的营房，驱散众人后，缓缓说道：“你们两个，在一起了？”

她说得很隐晦，不过我却能够了解所指的到底是什么，只不过没想到她会当着我们的面问，我有些尴尬，不过小颜师妹则大大方方地承认了。

听到这肯定的答案，英华真人的眉头突然蹙起，对我说道：“倒不是反对你们在一起，只不过时间未到。实话告诉我，你们那啥了吗？”

这是再一次确定了。我老脸一红，点了点头，英华真人浑身一震，一声叹息。

小颜师妹还沉浸在幸福之中呢，瞧见师父这副模样，顿时就慌了。英华真人沉默了好一会儿，这才摇头说道："男欢女爱，实属正常，你们年纪都不小了……这样吧，回去之后，先别通知别人，我们内部办一场婚礼，也算是我给你们的一个交代吧！"

她的语气里有高兴，也有不舍，我心情十分激动，连忙表示感谢。

英华真人又告诉我，此事不能大操大办，具体的事儿，回去再说。

小颜师妹信任自家师父，一切依她，而我则是便宜占足，也不会说出什么不来。我辞别了去探望学生，尽量和他们每一个人交谈。如此一直到午饭过后，我方有时间歇下，回营房中，头沾枕头，就直接睡了过去。一觉睡到夜里方才醒来。盘腿行了一会儿周天，门突然被敲响，我问是谁，门外人回了一句："陈兄，我，养神。不知道你有空吗？有几句话想跟你聊聊。"

我睁开眼睛，简单思考了一下，下床打开门，将黄养神引入房中。因为在军中，没有什么好招待的，两人坐在房间里，开门见山地聊天，结果听到黄养神说的话题，我顿时就愣住了。

我原本以为他想跟我谈谈小颜的事情，结果他居然是受了武穆王所托而来。

黄养神问起了一个东西，就是白合他们从黑煤矿中偷出来的碳晶，是否还在我手上。若在，他们愿意付出一些代价，与我交换。

我沉默了好一会儿，然后淡然说道："比如呢？"

黄养神从怀里掏出了一张照片，我接过来一看，图中正是我遗落在山崖之间的饮血寒光剑，此刻的它没有了剑鞘，被一捆红色的丝绸捆着，放置在某处平台上。我疑惑地抬头，黄养神说道："武家主听说这剑是你的成名之物，你若愿意，他便用剑来换取碳晶。"

我盯着黄养神，平静地说道："你也知道武家背地里做的那一堆烂事情，为何不指出来，让他们得到应有的惩罚呢？"

黄养神没想到我会问这么一个孩子气的问题，不由得苦笑道："陈兄，你在局里做了这么久，也应该晓得，这个世界并不是非黑即白，哪有那么多正义需要匡扶，你们当事人都妥协了，我又能如何翻起风浪？话不多说，我此刻过来，是以私人身份，问你是否愿意交换？"

我认真地盯着照片上的长剑许久，不过最终还是摇了摇头，咬牙说道：“不换！”

第五十八章 酒醉初议建七剑

“啊？”

黄养神万万没有想到我竟然会说出这样的话，他与我共事多年，晓得我对饮血寒光剑的感情，也晓得它的来历——这剑是我与刘老三、一字剑和已故的于墨晗大师彼此之间的交情见证，陪我闯荡江湖多年，对我来说是如虎添翼的神兵利器，相比之下，那根本不知道用途的碳晶，是微不足道的。

这本是互惠互利、双方共赢的好事，然而我却断然拒绝了，这让黄养神有些难以接受，他诧异地问我道：“为何？”

我摸了摸鼻子，沉声说道：“养神，你与这武穆王家是世交？”

黄养神明白了我的意思，摇头说道：“你也知道，很多事情都不过是表面现象，我黄家家大业大，总得小心收敛，四处结缘。不过这太行武家的确是有些底蕴，据说从武则天时代留下来的两策仙书，一直被其封存着。太行武家历代皆出豪强，与我黄家也有较劲的意思，这么讲，你能明白？”

我点头说道：“如此，我倒也安心了。养神，你能够亲自带队过来救我，我心中自然感激，不过如果你跟武家搭上关系，就有点伤感情了。”

黄养神问道：“老陈，我有点不明白了，整件事情说起来损失最重的是武穆王一家，他不但死了儿子，听说最心爱的宠物也被你宰了，门下走狗更是被你诛杀无数。而你，除了丢了一把剑，也没有什么损失，为何不依不饶呢？”

我沉默了一下，对他说道：“也许你会说我虚伪，不过我想告诉你，这仇怨并不是为我自己结的，而是那些至今下落不明的智障。几百个人啊，养神，你能想象吗？我知道，这世间有人对生死和人性毫无知觉，但是我就想用行动告诉他们，总有一些人，会为了心中的公义，挺身而出，对他们这种行为说‘不’，我就是其中一个……”

听到我的理由，黄养神沉默许久，突然笑起来："即使不在总局，你还是没有变——这话倘若是赵承风那老油条说出来，我也不会多讲，而你，我相信你的人品。放心，这事儿没完，我回去之后，会继续调查的，相信一定会给他们一个交代的。"

黄养神虽说是世家子弟，为人却很踏实，跟赵承风非一丘之貉，我伸出手，郑重地说："拜托了！"

两人握过手，黄养神便没再提易物之事，而是提醒我，武穆王有钱有人，自然不会善罢甘休，要我今后务必多加小心，不要被其得了手。

我点头答应，两人又寒暄两句，临走前，黄养神犹豫好一会儿，才期期艾艾地问道："你与萧家小姐，可有情分？"

我点头，坦然说道："自入茅山，我俩便两情相悦，早已私定终身，只可惜因为种种原因，一直没有成亲。"

黄养神眼神黯淡地低下头，拍了拍我的肩膀说道："她是个好女孩，你要好好待她！"

"自当如此！"

黄养神离开了，出门的时候，又回过头来，叮嘱了我一句话："如果有朝一日拜堂成亲，记得请我喝喜酒，切记！"

这话说完，他仓皇离开，就像一败涂地的溃军。瞧见他那一副失魂落魄的模样，我心中不由得生出几许同情来。不过我晓得，爱情本也是你死我活的战争，倘若我心存仁慈，只怕此刻仓皇逃离的那个人便是我了。

如此想想，觉得还是黄养神离开，比较圆满。

黄养神离开之后，我坐在房间里思忖了许久，这才抬头，对着黑暗处说道："出来吧！"

这话说完，头顶的黑暗处便落下来一个黑影，蹲在地上，是带着影子面具的杨劫。他对我说道："大师兄，是萧师姐担心武家报复，让我给你当守卫的。你们的谈话，我听了，不过不会说出去的。"

杨劫这孩子性格比较沉默，很少说话，我还是比较信任他的，听了他的解释，我点了点头，晓得这是小颜师妹的一片好心，便挥挥手，让他退下。

杨劫既然愿意给我担当守卫，我自然不会推辞。我推门而出，发现此刻已是星光璀璨，张励耘正在不远处等着我。

他瞧见我便迎了上来，说道："老大，我见到黄组长进了你的房间，没事吧？"

我不想跟他说起这些事情，摇了摇头，说没事。张励耘点头，指着旁边的两个少校军官说道："这是我以前在部队的战友，听我说起你便是擒住风魔苏秉义的人，想过来与你认识一下，喝顿酒，不知道你……"

我看了一下旁边的两位，一个国字脸，一个一字眉，都是那种英姿勃勃的青年军官，伸手与他们相握道："拿下风魔，并非我一人之功，励耘他夸大了。"

"裴思涵！"

"黄玉衡！"

两人自报姓名后，那国字脸的裴思涵笑道："老张与我们是过命的兄弟，他这个人我最清楚了，能够让他如此崇拜的人不多。除了他那个远房亲戚外，也就只有您了。之前我也不认为您能够生擒风魔，不过结合我这几天听到的、看到的，可由不得我们不信，陈主任您若是不嫌弃，咱去喝几杯。"

我挥挥手，说道："别这么客气，什么主任，教导主任也是官儿？我现在就是个老师而已，叫我老陈，走，喝酒去。"

他们早有准备，在食堂包间里弄了点下酒菜，还有附近农家的自酿米酒。一开始大家还都有些拘束，酒过三巡之后，几人就熟络起来，称兄道弟，倒也热闹。

一聊天，我方才知道三人原来是一个部队的，不过后来裴思涵和黄玉衡去军校进修了，正好逃过一劫，虽然碍于保密原则，不能直接谈及当年的惨案，不过每个人对风魔都是恨之入骨。

这聊天也是天马行空，聊完了远的，又说到近闻，黄玉衡告诉我，他们曾经有一个战友，后来转业了，到了民顾委，就是我今日所见到的夺命十八鹰之一。

黄玉衡还告诉我，说所幸没有打起来，不然虽说您修为惊人，但是那夺命十八鹰是费尽心血打造的，不但有着诸多阵法，而且还有各种法器，一经施展开来，绝对非常恐怖。他们的手底下可折过不少威名赫赫的家伙，譬如之前川中唐门叛变的大长老，实力据说堪比青城三老。

我听了，不由得一阵后怕，而后大家又谈及了阵法一事，张励耘突然对我说道："老大，我先前回家，就是在准备北斗七星罡阵的事，你此刻既然蛰伏，不如找齐七人，也练出一个来，说不定能够成为助力？"

他的话说得我怦然心动，当年在青城山下，我瞧见青城山的七把剑，心中就有这样的想法，不过一直没有时间和机会得以实施。

不过要想做此事，还是有许多困难，最重要的便是人选。

对于这个问题，张励耘倒有自己的打算，对我说道："老大，所谓七剑，需阴阳协调，男女都要有，又要心意相通，不生嫌隙。我觉得我可以算一个，加上尹悦、小破烂，这就有三个了，再从学生里面选出表现比较优异的几个，比如林齐鸣、白合、董仲明以及你的小师弟杨劫，这就差不多齐了，你觉得如何？"

我摇头说道："尹悦和小破烂，两人虽然不在，但应该没有问题。杨劫恐怕不行——他的性子比较孤僻，不适合这种剑阵，倒是在崂山修行的布鱼可以考虑一下。"

两人开始谈论起了人选，我将怀中的羽麒麟拿出，并且将我托南南做那七把剑的事情也和盘托出，更是讲起了将先前被我拿住的优昙婆罗七仙子本灵，灌入木剑之中，当做剑灵之事，这事儿让张励耘激动不已，恨不得立刻就开始训练。

不过此时还有许多困难，所以此刻也只是将框架定好，等待后面条件成熟，再来敲定。

酒逢知己千杯少，四人一直喝到深夜，其余三人都喝得有些发飘，各自回去歇下。我因为身体素质还可以，身子只有些发热。回去的路上，听到黑暗中有人叫我，我过去一瞧，是林齐鸣，他白天受了伤，此刻本应躺在床上。我问他什么事，他抿着嘴，对我说道："陈老师，我想告诉你一件事。"

我点头，问什么事？

林齐鸣说道："昨日在那刻满符文的井眼底下，我发现了一个东西……"

第五十九章 傅青主梦中传道

得过且过的人浑浑噩噩，真正懂得感悟自然的人，才能够看穿一切，拥有真正的收获。

我们在那井眼下仔细搜寻过，除了一具尸骨，什么都没有找到。之后为了应对武穆王的袭击，时刻担忧，更是没有再仔细多瞧，反而是闲着无事的林齐鸣，有更多的时间打量那个陌生的地方。

他是一个连蚂蚁搬家都能够看上一整晚的家伙，更何况是在那样一个诡异而神奇的地方？

林齐鸣在那具腐化成灰的尸骨下，发现了蹊跷。

所谓蹊跷，其实就是一种与雕刻符阵不同的图文，这些图文或许是一种文字，或许是一种心法，总之林齐鸣撅着屁股，蹲着看了许久，一直看到自己完全将那些图文都映入脑海，才惊觉有些不对劲，而后一路奔忙，便忘了此事。

一直到抵达部队营地，安安稳稳地睡了一觉，他才晓得可能出问题了。

因为他做了一整晚的梦。

梦，自然不是噩梦，而是梦见了一个陌生的老头，鹤发童颜，长须着胸，对他说了很多奇怪的经文和道理。他在梦中将自己经脉中的气劲按着老头的教导运行了一个周天，居然真的成了，而且功力比寻常要雄厚许多。

南柯一梦。

并非只有梦，当林齐鸣醒过来时，在自己的胸口，发现了一个淡淡的印子，就好像是在很久之前用水墨写就好一般，擦也擦不掉。至此，林齐鸣方才感到惶恐不安，找到了我，对我说明了缘由。

这段经历听得我一阵惊讶，便问他，那个仙风道骨的老头儿有没有说自己姓甚名谁？

林齐鸣点头，说师尊名讳傅山。

我眼睛一睁，不由得惊声确认道："傅山？可是傅山傅青主？"

林齐鸣摸头，尴尬地低头回答："他就只是略微地讲了一下，我梦中迷迷糊糊，懵懵懂懂的，也不敢多问。"

我让他将衣服扯开，给我看一下那个印记，林齐鸣照着做，我瞧见在他的胸口，有一个全真龙门的图契。果然，如果我猜测得不错，这隐居于井眼之中的名士，恐怕还真的是傅青主了。

傅青主何人？

他是明清之际的思想家、书法家。此人于学无所不通，经史之外，兼通先秦诸子，又长于书画医学，据闻此人哲学、医学、儒学、佛学、诗歌、书法、绘画、金石、武术、考据等无所不通，被称为清初六大师之一，道号"真山"，是全真龙门派第五代弟子还阳真人郭静中的徒弟。

我少小不读书，然而入茅山之后，闲暇无事，杂学却看得颇多，这样一位大牛，自然也是知晓的。倘若是真的，那林齐鸣算是撞上大运了。

要晓得，傅青主在末法时代的开端，可是最有希望得道成仙的一人，在当年的江湖地位，在我师父陶晋鸿之上。

当然，因为时间久远，林齐鸣或许难以学得其中精髓，但是哪怕只有一成，也足够他在来年的集训营中获得较好的名次，甚至夺得魁首。

我将此事给林齐鸣说来，这小胖子嘴巴立刻惊讶成了"O"字型，一副被五百万砸中了的幸福表情。

各人自有际遇，我简单问了几句，得知林齐鸣梦中所学唯有功法。不知道那位傅青主是否还会梦中相授，不过我估计他未必会愿意让我知晓，或许我问得太多，好梦只怕就不会再来，于是简单询问一番后便叮嘱他勤加学习，一定不要辜负际遇。

因为学生众多，我们在部队营地又多待了三日。次日黄养神与我辞行，而第三日清晨，我们也乘坐部队提供的汽车离开了。出于安全的考量，归途没有再继续拉练。

返回学校，教务处便组织了学生进行总结，虽说这是一次并不成功的夏令营，很多东西，都没有按照教学大纲进行，然而这一场变故却教会了孩子们什么是真正的险恶，同时也产生了一种学习的紧张感。

唯有你感到无力的时候，方才会将自己的潜能逼到最大。

这里面，最受刺激的恐怕就是跟着我们一路颠簸辗转的白合、林齐鸣和董仲明。作为酒陵大师的得意弟子，被我一直隐藏身份，作为秘密武器的白合，更是在这一次事件中获得了一种与平日修行完全不同的感受。

在这一场变故中，相对于杨劫，她的表现算不得多好。她根本没有表现出自己的实力，这让她耿耿于怀。

回来之后，白合终于脱下了自己名师之徒的高帽子，完全融入到了这个团体中。

每一个阶段，都有每一个阶段的目标，白合似乎找到了自己的目标。

看到每一个学生都在进步，我感受到一种无所不在的满足。仔细想一想，这也许就是为人师的乐趣，不知道师父当年看着我成长，是否也如我一般欢欣鼓舞呢？

我回校之后，没待几日，又去了一趟江阴省的梁溪东港，找到了慈元阁的方鸿谨。

我找他，不为别的，只为谈一桩生意。

碳晶。

这玩意别人不知晓，但是作为当下江湖中的第一商户，慈元阁自然是清楚的。当我将这东西拿出来的时候，无论是方鸿谨，还是他们的首席鉴定师，都惊呆了。我也因此得知了这所谓的碳晶到底是何物。

这东西全名叫龙须木墨精，是洪荒远古时代的一种巨木，经过成千上万年的地质运动，最终凝聚而成的一种矿物质。那种龙须木便如凤凰栖息的梧桐一般，原本是远古真龙盘踞的巨木，天长日久，也带上了许多真龙之气以及龙涎体液，最是珍贵无比。经过这么多年的变化，凝聚成晶变成了一种格外珍稀的炼器材质。

就这样的龙须木墨精，不需要太多，拇指大的一点儿，研磨成粉，涂抹在兵器上，便有堂皇龙气，能破大部分的妄邪。

这玩意儿平日里出现，就跟钻石一样，都是用克拉来算的，我这里是一大坨，怎叫人不惊讶？

不过在鉴定后，方鸿谨问我："陈主任，这东西，可是从武家取来的？"

做生意的，讲究的就是一个消息畅通，太行山一事已在江湖上流传开，他不可能不知晓。我也不隐瞒，点头应下。方鸿谨微笑着说道：“这龙须木墨精，被太行武家垄断了，别无他家，我多嘴问一句，你这东西，是打算卖，还是自己留着？”

我大概估量了一下，对他说道：“一半自用，一半卖出。”

方鸿谨沉声说道：“陈主任，咱们做了这么久的生意，都是朋友，那么实话对你讲，此物价值连城，不过我若是收，只能给之前市价的一半价格，不然不敢冒这么大的风险，这个你可同意？”

方鸿谨说的这事儿也是有讲究的，这是一个规矩，叫做“赃物收一半”，也就是说，来历不明、有可能惹麻烦的物件，不管有什么交情，这种行当里都只会给出一半的价钱，像这龙须木墨精，他们即便收了，也得存个三年五载，等风头过了，才会慢慢地放出来卖。

我同意了他的说法，让慈元阁帮我分解出一半来，其余的款子直接打到我的账户，接着我便马不停蹄地赶往金陵，将此物和优昙婆罗花灵一同交给了南南。

南南的进展颇快，此刻已经到了附符的阶段，拿到我送来的材料，顿时就痴迷了，也顾不得招待我，又匆匆投入到了工作之中。

我在金陵并没有多待，因为我接到了英华真人的电话，她告诉我，既然我与小颜师妹已经有了夫妻之实，那么她便帮我们举办一个婚礼，此事过后，我与小颜师妹便也能够真正地在一起了。

听到这个消息，我恨不得插上翅膀，立刻飞回沪都去。

第六十章 偷天换日李代桃

我匆忙赶回沪都，第一时间找到小颜师妹，诉说相思之情，然后询问她结婚的诸多细节。我一路上兴奋无比，脑子里装了太多的问题，各种各样的细节让我一下变得婆婆妈妈的。我做梦都想迎娶面前的这位佳人，如今即将梦想成真，自然兴奋得上天。

然而让我没有想到的是，小颜师妹对于此事，并不是那么热衷，反而表现出出乎意料的冷淡。这种冷淡并不是表面上的，不过与她有过最亲密接触的我，却还是能够感受得出来。

我不由得心中一跳，拉着她的双手问道："小颜，你不愿意嫁给我吗？"

听到我的问话，小颜师妹脸上一阵娇羞，低头说道："嫁给大师兄，是我一直憧憬的事情，只是有很多事情，还没有弄清楚，我只怕……"

我紧张地问道："你是怕你父母不同意？"

小颜师妹摇了摇头，我又问道："那么你是怕我身上的诅咒会应验……"

她不容我说出口，柔软的小手一下就堵住了我的嘴巴："大师兄，不许你说丧气话——我说过，我萧应颜自那日在桃花林下与你海誓山盟，心便已经永远地属于你了。此生只愿与你相伴，同生共死。我只是有些不放心师父……"

我诧异地问道："这关英华真人什么事？"

小颜师妹欲言又止，不过最终还是摇了摇头，对我说道："我也不知道，心里面乱乱的。我师父找你呢，你去见她吧。"

我认真地看着小颜师妹，低头亲了亲她娇嫩的嘴唇，她没有拒绝，不过当我想要更进一步时，她推开了我，朝我胸口擂了一拳，羞涩地说道："你别使坏，天还亮着呢……"

天还亮？

我脑海里一阵浮想联翩，心情也舒畅了许多，赶去了院长办公室，找到了英华真人，询问婚事的相关事宜。

英华真人此刻正忙得焦头烂额，瞧见我一来就说起此事，不由得对我开玩笑道："你整日忙忙碌碌，敢情都在办私事呢？"

我挠着头说道："哪里，不过事有轻重缓急，目前小颜师妹在我眼中，比天还大。"

英华真人笑着说道："这肉麻的情话你还是别在我面前说了，我正好有一件事情想问你，你觉得我们华东法术学院什么时候能够在集训营中崭露头角，拔得头筹呢？"

我信心满满地说道："如果没有意外，明年或者后年，最晚也就是后年，我绝对给你拿个第一回来！"

英华真人盯着我问："你确定？"

我认真地点头称是，接着将此次太行山夏令营时林齐鸣的奇遇向她和盘托出。当得知林齐鸣离奇获得了清初全真龙门傅青主的传承时，她终于算是松了一口气，对我说道："如此，我也放心了。好，来谈谈你的婚事。"

我拱手说道："愿闻其详。"

"志程，你也知道自己的事情。十八劫，远远未完，故而凡事皆需隐秘，瞒过上天。所以这婚事，不能大操大办，不摆酒不登记，甚至不能通知父母和亲人，仅仅只用身边少数命格较硬的朋友作为见证即可。至于日期，本月二十七，就是农历七月十五，鬼门大开，天眼蒙蔽，你们就在那一天结为夫妻——你说如何？"

听到她的话语，我心中一紧，遗憾地说道："只怕委屈了小颜……"

英华真人摇头说道："有情饮水饱，小颜她只要能和你在一起，哪里会计较这个。而那一天，所有的事情都由我安排，不可出差错，否则会延祸于她，这你可记得？"

我拱手说道："此事皆由师叔操持，志程不敢多言。"

与英华真人谈过之后，我便做了撒手掌柜，因为她的吩咐，所以我也不敢声张，仅仅将此事告诉了身边几个最亲近之人，也没有去民政局结婚登记。

这时虽说学生们都已经放假了，不过我依旧繁忙，一边要与教务处的老师筹备新学期的教学计划，一边还得与张励耘筹备七剑。不知不觉过了两天，我正与张励耘进行着激烈的讨论，眼前突然出现了个一脸狐媚的清瘦女孩，我愣了好一会儿，才反应过来，失声喊道："尾巴妞？"

佳人俏然而立，正是小白狐，我与这小妮子自天山分别，已有大半年的时间没有见面了。她这段时间一直在山林中顿悟潜修，没想到却出现在了我面前。我高兴地招呼她，说了几句话之后，我看她脸颊清瘦了许多，但是一双眼睛却晶莹剔透，不知不觉间竟然成熟了许多，我不由得激动地说道："你突破了？"

尹悦点头，我问及来意，她难得地用一种温柔的语气对我说道："我听小七哥说了，你要结婚，我怎么可能不来？"

小白狐的话说得让我颇感慨，遥想当年，我、胖妞与她在五姑娘山的神仙洞府中相依为命，之后胖妞投敌，只剩我和小白狐并肩作战，而现在我居然也准备娶媳妇，成家立业了，如此想想，当真是时间匆匆。

两人追忆往事，不由许多惆怅，小白狐谈及胖妞，眼泪不知不觉就涌了出来。

张励耘在旁边看着我们感慨颇多，陪着沉默了一会儿，才问起小白狐，小破烂怎么没有一起过来。

说到破烂掌柜赵中华，小白狐扑哧一笑，告诉我们，本来是打算一起过来的，结果那小子急性阑尾炎，住进了医院，现在正躺在病床上痛苦不已呢，不过没事，结婚礼物他托她带了过来。

想起此事，我们也不由得一阵好笑，接着我亲自带着小白狐去我的房子里住下。离开张励耘之后，这个看着似乎有些成熟了的小姑娘一脸可怜巴巴地看着我说道："哥哥，你不会有了应颜嫂子，就不要我了吧？"

我不由得笑了，摸着她的小脑袋道："笨蛋，这世上哪有娶了媳妇，就丢掉妹妹的道理？走，我给你介绍一下你嫂子……"

似乎是赶了趟一般，小白狐当天到，布鱼第二天就从鲁东崂山赶了过来，他也是得了张励耘的通知，到的时候给我送了一份礼，是一颗冰雪宫珠，说是能够护灵，也算是代表他师父无缺真人以及崂山的一点儿心意。而后那白云观不知道从哪儿也知道了消息，派了陈子豪的表妹朱雪婷过来。

徐淡定也收到了消息，不过他此刻正在法国回不来，想要叫自己的老婆罗澜过来，被我拒绝了。说明原因之后，他表示理解。

随后的几天里，陆续有一些朋友打电话过来问，都被我推掉了。

此事正如英华真人所说，不能宣扬，所以那些人甚至都不知道我的结婚对象到底是何人。

很快就到了农历七月十五，也没有什么准备，连窗花剪纸都是贴在了内窗上，就在学院分给我的小别墅里，一群最亲近的朋友在一块儿热闹。小颜由自己的两个师妹从英华真人的家中接出，凤冠霞帔，头戴金丝盖头，与我一拜天地，二拜高堂，夫妻对拜。

如此热闹许久，到了良辰吉时，我便让小白狐和程莉她们帮着我招待一番，自己则洗净脸手，来到洞房。

瞧见新娘端坐在床上，我心中一阵冲动，冲上去摸住她的双手，正想妄为，突然感觉有些不对劲，连忙挑起盖头，整个人不由呆住了："怎么是您？"

第六十一章 七剑成员初亮相

金榜题名时，洞房花烛夜，在这般让人激动的时刻，陡然瞧见红盖头之下的那张脸，竟然是英华真人，我整个人都惊住了。

虽说英华真人驻颜有术，气质俱佳，与寻常女人比，多了几分出尘之气，但她终究还是我的长辈，也是小颜师妹的师父，我哪里敢多想，赶忙放开了她的手，朝着后面退开，一脸震撼莫名的神色。被我揭开盖头之后，身穿婚衣的英华真人霍然而起，手指轻挑，屋角四处青烟陡起，接着仿佛有佛音禅唱响起。

我没有感觉到这些布置有何危害，没有妄动，英华真人做完此法，对着旁边说道："你出来吧！"

这时，床边木柜的柜门打开，一身素衣的小颜师妹从里面走了出来，朝着英华真人深深一躬。我瞧着两人模样，不由得愣住了："师叔，小颜，你们这是在做什么，我有点看不明白了……"

英华真人起身，对我平静地说道："志程，当初我邀你出茅山，前来华东法术学院，可曾答应过你什么？"

我点头说道："您说会想办法让我和小颜师妹在一起……"

她微笑着说道："既如此，我不是已经实现承诺了吗，何必多问？"

我疑惑道："可是……"

我还想多言，小颜师妹却哇的一下哭了起来，冲入我的怀中抽泣道："大师兄，我师父她使用了李代桃僵之术，偷天换日，将我与你成亲所负担的所有噩运，一举承担了去，我本来不愿意的，结果她将我制住困在了这里……"

听到小颜师妹的话，我如遭雷轰，瞪着双眼惊声说道："师叔，这怎么可以？若是如此，那么倒霉的不就是你了？"

英华真人瞧见我和小颜师妹一副惊愕的表情，摇头笑道："偷天换日不假，不过我倒不是引厄上身。你要晓得，小颜福缘浅薄，必然受不住这般转变，最容易受到危害。我对于天道早有所悟，能趋利避害，预感福祸，反倒保险。此为其一；其二我虽说代小颜与你拜堂，但是却与你并无夫妻之实，即便劫数当头，必然也是微不足道，于我并无太多危害——今日之后，我戒斋沐浴，茹素百日，必可避祸，你们无需紧张……"

我感觉嘴中发苦，难怪当初师父听到这事儿，脸上是那么一副表情，难怪前几日小颜师妹有些反常，原来所有的一切，竟然是这般模样。

我整个人僵住了，不知道说什么好，半天过后，才推金山倒玉柱，直接跪倒在地，郑重其事地磕头道："志程多谢真人成全，我今生今世，一定会用尽自己所有的力量，护得小颜周全，也会永远对她如此刻一般，珍而重之，不离不弃！"

我这话一字一句，说得情真意切，说着说着，泪水流了下来。

男儿膝下有黄金，这是当年李道子教会我的，让我不要轻易下跪，然而此时此刻，我却觉得面对着这样一位伟大的女性，实在是难以表达我心中的敬意。小颜师妹也跪倒在地上，与我一同叩首，算是将先前那拜高堂的礼仪补上了，泣不成声地说道："师父，多谢师父成全……"

被我们两人这么一拜，反倒是英华真人有些尴尬了。

她将我们两人扶了起来："你们两个别这样，搞得我好像就要故去了一般，这事儿就是个调虎离山之计，走一个形式而已。骗了老天，成全了你们——此事机密，即便已成事实，但最好还是不要告知别人！"

我和小颜师妹手拉着手，坚定地点了点头，表示明白。

英华真人看着床头的两个红蜡烛，笑道："良辰吉日，我便不耽搁你们的好事了。这屋子四角点着的是洞庭湖龙线香，此物能瞒天机，助子嗣——别的我就不多说了……"

她说完，身子一扭，整个人化作一条细线，从窗缝倏然而走，就在此刻，却听到她轻斥道："你这小丫头片子，蹲在窗脚听什么，回去睡觉！"

这话说得我和小颜师妹面面相觑，英华真人刚才施展的奇门遁甲术并不稀奇，只是到底是谁，没事跑到窗脚去呢？

白合，还是小白狐？

又或者是小颜的那几个小师妹？

我无从得知，不过英华真人既然将这些人赶走了，我整个人的情绪就轻松了下来。我将小颜师妹脸上的泪水抹干净，就着那两根婴儿手臂粗的红蜡烛的烛光，仔细打量着面前的这一位仙女一般的美人儿。说不出的爱意绵延，我不由出声说道："小颜，刚才你师父临走的时候，说的那话，你可知道什么意思？"

小颜师妹整张脸一片酡红，仿佛喝醉了一般，低头不敢看我，细声说道："我怎么知道啊，你那么聪明……"

我收敛了情绪，此刻抱着娇妻，心思又开始活泛起来，轻轻啄了一下她的红唇，在她耳边说道："你师父是想告诉我们，这线香有助受孕，我们两个努力一番，来年说不定就能够生一个大胖小子呢！"

洞房花烛明，燕余双舞轻。次日清晨，我拥着娇妻醒来，心中豪情万丈，感觉多年奋斗，到了今天，总算是过上了我想要的生活，本想再行一番云雨，结果被小颜师妹一脚踹下了床。她告诉我：即便我们两人已成亲，但是为了她师父的安全，我们在外人面前，还是得自欺欺人，不得承认此事。

我满口答应，接着便出来招待众位前来祝贺的亲朋好友们。

我屋子里没有人，去外面逛了一圈，结果发现张励耘带着小白狐、白合、布鱼、林齐鸣、董仲明和朱雪婷，从小树林中出来。

七人走到我面前，我正想招呼，却听到张励耘朝我拱手说道："天枢星张励耘，代号贪狼，主祸福、欲望。北斗七星的主星！"

"天璇星尹悦，代号巨门，五行属阴土，化暗，主是非。北斗第二星！"

"天玑星白合，代号禄存，五行属己土，主福禄。北斗第三星！"

"天权星余佳源，代号文曲，五行属癸阴水，天权伐星，主文采。北斗第四星！"

"玉衡星林齐鸣，代号廉贞，五行属木、火，主复杂、平衡。北斗第五星！"

"开阳星董仲明，代号武曲，五行属阴金，主财运。北斗第六星。"

"摇光星朱雪婷，代号破军，五行属水，司夫妻、子女。北斗第七星！"

七人各报名号，接着异口同声地冲我拱手说道："北斗天罡七剑，拜见主星阁下！"

听到这话，我愣在了当场，过了好半天，我方才醒转过来，一脸诧异地向张励耘道："小七，这事儿是怎么搞的，怎么一夜之间，你就将这七剑的架子给搭起来了？不过这人选，可不是我们当初定的啊？"

小白狐冲我笑道："哥哥，你昨夜春风一度，好不痛快，不过我们也没闲着，无聊之下喝酒，完了之后就随便聊了聊，结果没想到大家对小七哥的计划十分感兴趣。他在了解了我们大家的情况后，觉得我们这里的每一个人，都实在是太合适不过了，于是就将位置定了，怎么，你有意见?”

相比小白狐的娇惯，张励耘倒是客气，对我说道：“老大，我昨天跟大家聊了一下，觉得实在是太契合了，就临时决定了。本来想找你商量的，不过感觉你洞房花烛夜，不可能有时间理会我，就先带他们练了一下，结果发现实在是天作之合。真的，我觉得真的是太巧合了……”

几人纷纷表示如此，我也不再多说，从怀中掏出了七块羽麒麟，交到每一个人手上，然后对他们说道：“好吧，既然如此，从今日开始，主掌北斗天罡七剑，就此成立!”

第六十二章 时间匆匆如流水

在夜深人静的时候，倘若天空晴朗，我们抬头仰望星空，便很容易发现北斗七星，它就像一个漏勺，天枢、天璇、天玑、天权四星为魁，组成北斗七星的“斗”，而柄状三星分别是——玉衡、开阳、摇光。这是我们最熟悉的星子。

这一套北斗七星剑阵，比目前市面上所能够瞧见的所有剑阵，都要犀利和神奇，它甚至能够将七个人的意志联合起来，从而产生一加一大于二的作用，让寻常人也能够与最顶尖的高手较量。

这才是我最希望看到的，在与天山神池宫大长老以及太行武家的武穆工的交过手后，我方才晓得，人一旦入了化境，便能够超脱肉体的束缚，通过自己的意志和神识，从空间之中汲取力量。

道法自然，故而自然无穷大，能够将自己融在空间之中，这便已然有了与寻常修行者截然不同的品质，也是让人绝望的地方。

此刻的我虽说能够突破瓶颈，但是终究还是差上一线，故而在与武穆王的交手中才会落败，而战胜功力大损的神池宫大长老，那也不过是因为师叔祖李道子借用了一下我的身体而已。

车开得快不快，固然跟车本身的质量有关系，但最重要的是司机。

当我拿出从天山神池宫中带出来的秘宝玉佩羽麒麟，七人在一段距离之内便能心意相通，先前彼此之间还感到有些生涩的地方，一下子就变得格外融洽起来，而且彼此都能够感受到对方的想法以及周遭每一个人下一步的动作，这样的感觉让七个人都有些发狂了。

天底下怎么会有这般犀利的阵法秘器，它又怎么会落在我手上呢?

七个人心中满是疑惑，可能只有小白狐才了解实情。

羽麒麟一共八件，除了七件小的，还有一件母佩，由我掌握，必要的时候，我可以配合北斗七星剑阵行事，共同诛杀敌人。这样的配合甚至都不需要言语，简单回答几句话，或者一个眼神，便能够代替一切。

天底下哪里会有这般的默契，仿佛这羽麒麟就是为北斗七星剑阵量身打造的一般。

接下来的几天，七人开始在附近的农场林地勤奋练习剑阵，而这里面还有一些变故，比如陈子豪的表妹朱雪婷，她此刻可是在白云观中与凌云子学习，还未出师，不过这事儿在她打电话给师父咨询之后，得到了一个肯定的答复。

朱雪婷因此留在了华东法术学院，与她一般处境的还有布鱼道人余佳源。

这个白白净净的光头年轻人自从认祖归宗后，便一直留在崂山修行，此番过来，只为送礼，结果却被我留下，这让我有些担忧。不过他却告诉我，崂山诸多功法和手段，无缺真人已差不多都教授于他了，至于许多只传掌门和长老的绝密手段，他一个外来人也没有机会插手，故而索性趁着这个差使，便辞行下山来了。

跟朱雪婷不同，布鱼他本就是一出来就没打算回去。

这让我十分高兴，因为相对于师门情谊而言，布鱼让我感觉他似乎更加喜爱与我们在一起的岁月。不管怎么说，这都是一件让人愉悦的事情。

仔细回想起来，那似乎是我人生中最幸福的一段时间，我就像是春天里播下种子的农民伯伯，每日浇水除草，辛勤劳作，地里面的庄稼也颇为争气，一天天地茁长成长了起来。

当然，我自然不是农民伯伯，孩子们也不是种子，不过他们的进步，真的可以用肉眼瞧见。七剑自不必说，他们这么久以来，都特别刻苦，除了平日里自己的修行要顾及，还得在张励耘的交代下，参习那北斗七星剑阵的一万零八百般变化。这些变化都是根据创阵之人用天上星辰的移动和强弱程度来衍生的。

这样的练习几乎将人逼疯了，不过这些性子不一的成员们，居然强忍住了心中的厌烦和抗拒，一遍一遍地完成。

而且值得一提的是，一遍比一遍更加有灵性。

时间悄然无声地过去了，一九九七年一晃而过，一九九八年又匆匆而走，那一年的集训营并没有办成，因为一场罕见的洪灾突如其来地降临了，将一切计划都打乱了。

在这样一场全国性的大灾害中，作为有关部门的后备学院，华东法术学院第一时间组织起来，由各位老师带领着，奔赴不同的灾区抢险救灾，甚至还出现过一位学生牺牲在洪灾现场的英雄事迹。

我带着学生们在洪涝里面泡着，尽己所能地抢险救灾，能救一人是一人。倘若一九九七年的时候是打基础，那一九九八年这一场突如其来的洪灾，却磨练了这些学生的意志。

在这样的天灾面前，人如此脆弱，刺激了学生们想要变得更强的心。

一九九九年，上面下达了对某个组织的严查任务。

因为那个组织的危害极大，学生们被借调。我接到卢拥军的通知，让我带领华东法术学院的教师队伍，加入到这一场浩浩荡荡的行动中去。在这一次任务中，华东法术学院因为表现出色，有三个人获得了参加夏季集训营的资格。

这三个人分别是白合、董仲明和林齐鸣。

他们三人，将带着这一代华东法术学院所有人的梦想。英华真人紧张得不得了，因为如果这里面的任何一个人能够脱颖而出，那么她就能够提前兑现自己的诺言了。

作为他们的老师，我自然是信任三人，英华真人显得有些怀疑，她总感觉这三个孩子太小了，会吃亏。

我信心满满地告诉她，一定要放心，我的学生一定能够抱着那份荣誉返回华东法术学院。

我真的很想让她亲眼看到学生们载誉归来，然而天算不如人算，学生们还未前往首都报到，英华真人被害的消息，便传了出来。

图书在版编目（CIP）数据

苗疆道事. 10, 白衣年代/南无袈裟理科佛著.-上海：上海文艺出版社.2020

ISBN 978-7-5321-7703-5

Ⅰ.①苗… Ⅱ.①南… Ⅲ.①长篇小说－中国－当代

Ⅳ.①I247.5

中国版本图书馆CIP数据核字(2020)第091524号

发 行 人：毕　胜
策划出品：牧神文化
策划监制：王晨曦
特约编审：赵南荣
责任编辑：林潍克
特约编辑：何　瑞 王辉城
装帧设计：主语设计
版式设计：彭　彭

书　　名：苗疆道事. 10, 白衣年代
作　　者：南无袈裟理科佛
出　　版：上海世纪出版集团　上海文艺出版社
地　　址：上海市绍兴路7号　200020
发　　行：上海文艺出版社发行中心
　　　　　上海市绍兴路50号　200020　www.ewen.co
印　　刷：启东市人民印刷有限公司
开　　本：710×1000　1/16
印　　张：15.75
插　　页：4
字　　数：350,000
印　　次：2020年8月第1版　2020年8月第1次印刷
I S B N：978-7-5321-7703-5/I.6119
定　　价：55.00元
告 读 者：如发现本书有质量问题请与印刷厂质量科联系　T: 0513-83349365